Mais qu'est-ce que tu fais là, tout seul ?

Du même auteur

Aux Éditions Héloïse d'Ormesson

Le froid modifie la trajectoire des poissons, 2010. J'ai Lu, 2012.

Pierre Szalowski

Mais qu'est-ce que tu fais là, tout seul ?

Roman

Éditions Héloïse d'Ormesson

www.editions-heloisedormesson.com

ISBN 978-2-35087-206-3

À ma mère,
perdue durant l'écriture de ce roman.

À mon père,
perdu bien avant que je n'imagine écrire.

Première partie

L'Histoire, c'est la passion des fils
qui voudraient comprendre les pères.

Pier Paolo Pasolini

I'M BACK !

Avant de descendre du taxi, le client a dédicacé cinq reçus qu'il s'est empressé de rendre au chauffeur. En retour, le jovial Haïtien lui a serré la main sans le quitter des yeux, pour s'assurer qu'il ne rêvait pas.

– J'ai déjà eu David Copperfield. Mais là, waouh, bingo !

Afin d'écourter cet interminable élan d'enthousiasme, le passager a ouvert la portière. Un vent glacial et une volée de flocons se sont engouffrés dans la voiture. Il est sorti sans saluer le chauffeur qui lui adressait un dernier signe de la main. Tout en maugréant, il a essuyé de son gant la neige qui s'incrustait dans le cachemire noir de son manteau. Des passants, le col relevé, les bras chargés de sacs, longeaient au pas de course les vitrines des magasins qui éclairaient la nuit de leurs guirlandes multicolores. Un enfant est resté bouche bée comme s'il avait vu le Père Noël en personne sortir d'un taxi pour entrer dans un hôtel. Il a lâché la main de son père pour hurler :

– *Go, Habs, go !*

L'homme a feint de n'avoir rien entendu et a gravi quatre à quatre les marches menant à la porte d'entrée du prestigieux Saint-Régis.

– Et puis j'espère que tu vas marquer beaucoup de buts !

En cette veille de Noël, Martin Ladouceur, joueur de centre de la Ligue nationale de hockey, venait d'être transféré aux Canadiens de Montréal.

Les journalistes sportifs montréalais s'étaient pour la plupart montrés sceptiques à l'annonce de cette arrivée. Dans *La Presse*, Ronald Tremblay, en guise de cadeau de Noël à ses lecteurs, avait même osé lever le voile sur un secret que tout le monde savait de polichinelle : « Si les supporters des Canadiens sont déçus de cette transaction qui fait revenir dans la ville un joueur qui y a semé le trouble, les bouchons de champagne ont dû sauter au Sex Paradisio, haut lieu de ses frasques, ainsi que dans les agences d'escortes. Durant les quatre prochains mois, leur chiffre d'affaires devrait tripler grâce à la seule présence de cet athlète qui a préféré dilapider son talent sur les pistes de danse que de l'exprimer sur la glace. »

Le hall majestueux du palace était désert. Le sapin qui trônait entre deux imposantes colonnes ne clignotait que pour lui-même. Une violente bourrasque a prévenu les rares employés de l'arrivée du client. Sur-le-champ, ils se sont arrêtés de ne rien faire pour se tourner vers l'entrée. Le bruit des pas de Martin Ladouceur a résonné sur le marbre immaculé. Du haut de son mètre quatre-vingt-neuf, il a marché jusqu'au directeur de l'hôtel qui, du bas de son mètre soixante, s'est plié en deux.

– En mon nom, et celui de tout le personnel, bienvenue au Saint-Régis, monsieur Ladouceur.

Le grand champion n'a pas eu le temps d'esquisser la moindre formule de remerciement. Comme tout le monde, il s'est retourné lorsqu'une nouvelle bourrasque a refroidi, plus encore, l'ambiance glaciale qui régnait dans l'établissement désœuvré. Un jeune groom, tout de bleu vêtu, casquette un peu trop large, cheveux soigneusement peignés, acné à son zénith, est apparu en poussant un chariot doré sur lequel étaient posés trois grands sacs de hockey et douze crosses. Lorsqu'il a senti tous les regards posés sur lui, il a rougi jusqu'à en faire disparaître son acné.

Le directeur, qui avait retardé son départ dans les Laurentides où il devait réveillonner en famille pour accueillir en personne le client, a jeté un coup d'œil à sa montre puis a invité Martin Ladouceur à le suivre jusqu'à la réception.

– La suite junior 919 vous attend. Le président des Canadiens a pris la peine de nous appeler pour nous assurer que le club vous défraie entièrement, y compris d'éventuels soins du corps et de la limousine de l'hôtel jusqu'à vingt-deux heures, mais ne vous offre aucun autre supplément… Vous voyez ce que je veux dire, monsieur Ladouceur ?

L'American Express Gold posée sur le comptoir doré a semblé rassurer le directeur. D'un geste précieux, il l'a discrètement fait glisser dans le sabot avant d'y poser le formulaire pour y graver l'empreinte de la carte. Il a saisi un stylo dont il a mis la pointe dans la case « montant » puis s'est fendu d'un sourire contrit.

– Désolé pour ce léger désagrément. Cette paperasserie sera certainement inutile, mais si, dans le doute, nous mettions cinq mille, par exemple ?

Pour toute réponse, l'homme au cachemire s'est contenté de ciller, ce qui a redonné vie au directeur. Tandis qu'il présentait, tout sourire, le formulaire à signer, avec ses multiples zéros, ses yeux ont failli sortir de leurs orbites en découvrant la grosse bague qui cerclait l'annulaire de son client.

– Doux Jésus, dites-moi que je rêve!

Comme tous les enfants du Québec, en donnant ses premiers coups de patin sur les lacs gelés et les patinoires extérieures, il avait vécu ce rêve patrimonial de porter un jour la bague sacrée de la coupe Stanley. L'énorme chevalière, remise à chaque joueur ayant sué et saigné pour que le grand club écrive une ligne de plus dans le livre de la légende du hockey, était d'un goût douteux, voire très mauvais. Sur le dessus de l'imposant bijou en or, des brillants traçaient un C et un H, sigle des Canadiens de Montréal. Sur trois des faces, dans le précieux métal, était gravé « Stanley Cup Champions ». Le directeur de l'hôtel s'est demandé si, à défaut de le vivre, il ne pourrait pas au moins effleurer le rêve.

– Pardonnez mon audace, monsieur Ladouceur, mais m'autoriseriez-vous à poser mon doigt sur votre bague? Comme ça, mes petits-enfants, que je vois ce soir, pourront se vanter d'avoir touché un doigt qui a touché une bague de la coupe Stanley!

– Non!

Le directeur a fait mine de n'avoir rien dit, ce qui lui a évité de feindre ne pas avoir entendu le refus. Un peu refroidi, mais professionnel, il s'est approché du buteur naturel pour chuchoter à son oreille.

– Avez-vous l'intention de… euh… recevoir de la visite ce soir? Histoire de prévenir le personnel de nuit… C'est Noël… Nos employés les plus anciens ont la priorité… Ils ont tous une famille… Pour être plus clair, nous n'avons pas dans nos murs nos meilleurs éléments. Seul notre concierge, Maxime, a de la bouteille, mais la femme de ménage n'est là que depuis un an et notre groom sort tout juste de l'école hôtelière. Vous m'excuserez d'avoir réduit l'équipe au strict minimum, mais puisque vous êtes notre seul client ce soir, je pouvais difficilement faire autrement… Donc, si vous pouviez éviter de… Enfin… si vous pouviez rester calme… Histoire de les ménager…

Le client n'a pas bronché, ce qui n'a pas eu pour effet de rassurer le directeur.

– Je peux compter sur vous, hein ?

Sept ans plus tôt, pendant sa cinquième saison avec les Canadiens, alors que l'équipe avait enchaîné quatre défaites, Martin Ladouceur avait établi un record dans cet établissement. Il avait descendu trois jéroboams de Dom Pérignon et deux litres de Chivas Regal Royal Solute, brisé un lit *king size*, bouché les toilettes, saccagé la moquette avec des mégots de cigarettes, pour un montant total de dix mille cinq cent vingt-neuf dollars et quarante-cinq cents, avec taxes, service non compris.

– Avec tout ce qu'ils ont bu, on peut avoir une remise ?

Le grand club, en toute discrétion, avait réglé la note de son centre numéro un, trente-six buts, trente-deux passes en soixante-neuf rencontres. Mais pour cet écart de trop, le joueur étoile des Canadiens de Montréal avait été transféré à Winnipeg contre trois jeunes espoirs, dont deux catholiques pratiquants qui habitaient encore chez leurs parents.

Le directeur s'est dirigé vers le petit salon meublé d'un canapé et de deux fauteuils style Empire, recouverts d'un tissu à rayures beiges et jaunes. Il a attrapé son manteau soigneusement plié sur l'un des accoudoirs pour en sortir de la poche un bonnet de laine, tricoté main, aux couleurs des Canadiens de Montréal. Il a ensuite tenu à accompagner Martin Ladouceur jusqu'aux portes de l'ascenseur.

– Je vous souhaite une petite soirée bien tranquille et surtout un joyeux Noël, monsieur Ladouceur ! Et si vous avez besoin de quoi que ce soit, vous demandez notre concierge. Il a du métier. Mais c'est surtout mon homme de confiance.

Maxime, la cinquantaine rondouillarde et avachie, de rares cheveux bruns plaqués vers l'arrière dans une mer de gel, a salué de la main son visiteur du soir.

– Toujours là pour vous servir, monsieur Ladouceur !

Sans rendre le salut ni remercier, le client est entré dans l'ascenseur dont les portes étaient bloquées par la main gantée de blanc du jeune groom. Celui-ci a accueilli, en s'inclinant bien bas, l'ancienne vedette montante avant de presser le bouton numéro neuf. Dès que les portes se sont refermées, Martin Ladouceur a senti le regard du jeune garçon posé sur lui. Il a levé la tête pour voir s'illuminer les numéros à chaque étage franchi. Cette cabine, il s'en souvenait très bien, trop bien, même. Ils y étaient montés à six…

Ce soir-là, sous la douche du vestiaire du Forum, la défaite à peine consommée, il avait prévenu ses compagnons de trio, un Tchèque et un Américain, aussi minables que lui lors du match, qu'à défaut d'arroser la victoire, ils trinqueraient pour oublier, histoire de resserrer l'esprit d'équipe.

– Et vous inquiétez pas, les *boys*, j'amène tout le matériel.

Il n'avait eu qu'à déverrouiller la portière arrière de sa grosse voiture pour que trois jeunes courtisanes, déguisées en supporters, y entrent et se mettent à glousser sur la banquette de cuir.

Au petit matin de cette folle soirée, lorsque l'ascenseur avait ouvert ses portes au rez-de-chaussée sur Martin Ladouceur et sa conquête de la nuit, qu'il avait promis de raccompagner avant d'aller à l'entraînement, c'est le président du Canadien qui les avait accueillis dans le lobby.

– Bonjour, président! Je vous présente, euh... Comment tu t'appelles déjà, toi? Vous vous en foutez de son nom, président? Bon, rentre chez toi, voilà vingt dollars, je te rappelle... J'ai pas ton numéro? *Hips!* T'inquiète, je vais le trouver, mais là ça chauffe un peu pour moi... Non, non, m'embrasse pas, là... File! Bon, président? Il est où, mon sac? Et je vois pas mes crosses non plus... Comment je vais jouer, moi? C'est vrai ça, comment je vais jouer, moi?

Quatre heures plus tard, le préposé à l'équipement des Canadiens de Montréal, après lui avoir remis un aller simple en classe économique, avait déposé le joueur de centre à l'aéroport de Dorval, direction Winnipeg, là où les nuits sont si longues.

– Un petit dernier pour la route? Allez, le verre de l'amitié? Euh, bon, ben, celui des adieux, alors? T'as pas envie de parler un peu? Allez, je t'invite... Tu veux pas? Ben, casse-toi... D'façon j't'ai jamais aimé, toi!

Lorsque Martin Ladouceur a rouvert les yeux, le groom patientait certainement depuis un moment sur le palier, regardant en l'air comme si de rien n'était. Les comités d'accueil aux portes des ascenseurs, le client y était devenu allergique.

– Ben, si tu te pousses pas, comment tu veux que je sorte?

– Excusez-moi. Je ne voulais pas vous déranger, monsieur Ladouceur.

– Et arrête de m'appeler « monsieur Ladouceur », appelle-moi Ladouce, comme tout le monde !

Visiblement contrarié par cette requête qui contredisait la première des règles enseignées à l'École supérieure d'hôtellerie du Québec, laquelle défendait la moindre familiarité avec un client, le groom s'est contenté de pousser son chariot sur la moquette rouge, direction la 919. Arrivé à destination, il a sorti de sa poche un pompon vert bouteille au bout duquel était accrochée une grosse clef dorée. Il l'a glissée dans la serrure, parfaitement huilée, et la porte s'est ouverte, sans bruit. Le jeune homme a invité le futur occupant à pénétrer le premier dans la suite. Le couloir de l'entrée était bordé de placards entrouverts sur des étagères et des penderies vides. Martin Ladouceur a poussé la porte qui donnait sur une salle de bains pour y passer la tête.

– C'est la petite salle de bains, monsieur, la baignoire est minuscule mais il y en a une bien plus spacieuse dans celle attenante à votre chambre.

– Eh, tu me prends pour qui ? Tu crois que c'est la première fois que je dors dans une suite ?

Le garçon a de nouveau fait disparaître son acné en rougissant jusqu'au carmin foncé. Manifestement agacé, Martin Ladouceur s'est arrêté.

– Coupe-moi ça, on se croirait dans un salon funéraire !

Le jeune homme s'est précipité jusqu'à la chaîne hi-fi, et le *Requiem* de Mozart, interprété par le Philarmonique de Berlin dirigé par Herbert von Karajan au meilleur de sa forme, s'est tu.

– Vous voulez que je mette un autre morceau ?

– Non, c'est bon, ça ira.

Le groom est retourné à son chariot, Martin Ladouceur a avancé dans la suite de cent mètres carrés. Habitué à ces nids coquets, il a regardé le salon sans émotion. Les tableaux aux murs représentaient des scènes de chasse, ainsi que des courtisanes bien trop chastes. Un canapé et deux fauteuils en tissu clair encadraient une table basse noire placée devant une imposante télévision. Martin Ladouceur s'est ensuite dirigé vers la chambre, dans laquelle il n'a pointé que son nez.

– Ça pue le salon funéraire !

Le jeune homme en a fait tomber les douze crosses qu'il tentait de caser dans les placards du couloir. Il a couru jusque dans la chambre pour retirer les pétales de roses essaimés sur le lit, qu'il s'est empressé de jeter à l'extérieur de la suite. Quand il a réapparu, il n'a pas osé affronter le regard qui le défiait.

– Dis-moi, la musique qui tue et les fleurs d'enterrement, c'est le club qu'a demandé ça ?

– C'est une attention que nous réservons à nos meilleurs clients. Il paraît que ça détend après un long voyage.

Le grand joueur a haussé les épaules, et le modeste groom est retourné à ses sacs, ses manteaux, ses cintres et ses crosses. Martin Ladouceur a marché vers la fenêtre et remarqué sur le côté du meuble de la télé un petit sapin garni d'une minuscule guirlande électrique. Huit ampoules, trois bleues, trois rouges et deux blanches, clignotaient, illuminant, sur la cime, les lettres CH couvertes de paillettes dorées.

– C'est pas vrai…

Il s'est affalé sur le canapé et a machinalement posé les yeux sur la table basse. Il s'est penché en avant pour passer la main dessus puis s'est baissé pour observer à contre-jour les rayures sur la laque noire. La table avait été astiquée il y a peu de temps, mais il restait sur la surface des sortes de cicatrices. Il s'est redressé pour s'enfoncer contre le dossier et, là, ça lui est revenu.

– Non, non, les filles, gardez vos talons, c'est plus *hot* quand on vous voit danser d'en bas !

« Ils n'ont quand même pas poussé le vice jusqu'à me donner la même chambre ? À moins qu'ils n'aient fait exprès d'y mettre la table ? » Martin Ladouceur a éclaté de rire. Un rire gras. Épais. Un rire nerveux qui s'est transformé en rire forcé. Puis il s'est arrêté brusquement, remarquant le jeune groom posté devant lui.

– Ben qu'est-ce que t'as à me regarder comme ça ?

– J'ai fini de ranger vos affaires dans la chambre.

– C'est bien.

Le jeune homme a timidement tendu un bloc-notes et un stylo à son client.

– Excusez-moi, normalement je n'ai pas le droit, mais c'est pour mon père…

Martin Ladouceur a pris l'air blasé de ces vedettes qui ont autre chose à faire que de s'intéresser à ceux qui les admirent. Mais, face à la gentillesse, enfin surtout la politesse du jeune homme, et puisqu'il n'avait en réalité vraiment rien à faire, il a saisi le stylo et le carnet.

– Bon, qu'on en finisse. Il s'appelle comment, ton père ?

– Donald.

Martin Ladouceur a pensé que le groom plaisantait. D'un coup d'œil il a compris que ce n'était pas le cas, mais il n'a pu se retenir de ricaner.

– Je l'avais jamais eu, lui, comme client… Et toi, t'es Riri, Fifi ou Loulou ?

– Ça faisait aussi rire mes amis qui m'appelaient comme ça à l'école, monsieur…

– Ils n'étaient pas fins, tes amis.

– Non, monsieur. Surtout que Riri, Fifi et Loulou, ce sont les cousins. En fait Donald, c'est pas le père, c'est l'oncle.

– C'est pas le père ?

– Non, enfin je crois…

– Ils ont bien un père, tout le monde a un père. C'est qui le père ?

– Je vais me renseigner, si vous le souhaitez.

– Oui, c'est ça. Renseigne-toi et dis-moi. J'aimerais bien savoir…

Martin Ladouceur a rapidement écrit : « À mon ami Donald, amitiés sportives. » Puis il a signé sans oublier d'inscrire « 69 », le numéro qui lui avait porté bonheur tout au long de sa carrière. Il a tourné la page du carnet et a relevé la tête.

– Et pour toi, tu veux que j'écrive quoi ?

– Rien, merci.

– Je suis sûr que t'es fâché après moi.

– Non, monsieur, je ne suis absolument pas fâché. Je vous assure.

– Tu veux que je te dédicace une crosse, c'est ça ?

– Non, monsieur, vraiment.

– Allez, sois pas gêné, un de plus, un de moins… Et puis faut que je reprenne l'entraînement du stylo parce qu'à Los Angeles, ils s'en foutaient pas mal du hockey. Les seuls autographes que je signais, c'étaient les chèques de pension alimentaire de mon ex. Mais tu connais Montréal, ils pensent qu'au hockey. C'est vrai, ça… Quelle bande de cons. Alors ? J'écris quoi ?

– Non, merci, vraiment, c'est très gentil…

Les grands champions sont des hommes fiers qui ne savent conjuguer la vie qu'à la première personne, ne supportant jamais la résistance d'une deuxième personne à leurs souhaits. Martin Ladouceur a souri, avenant.

– Tu veux la toucher, c'est ça?

Le groom a viré au rouge vif, le client a blêmi. Si champion est un mot masculin qui ne s'accorde qu'au plus-que-parfait, il se nourrit exclusivement du genre féminin, au pluriel si possible.

– Qu'est-ce que t'as cru?

Martin Ladouceur a tendu la main, tels les rois, jadis, pour exposer le bijou des bijoux.

– Je parlais de toucher ma bague de la coupe Stanley!

Le groom a respiré à nouveau et en a profité pour faire son *coming out*.

– C'est juste que j'aime pas le hockey, monsieur Ladouceur.

– Avec un père comme t'as?

– Oui, justement.

– Dommage, j'aurais signé Mickey.

Le jeune groom, après s'être forcé à esquisser un sourire poli, a vite rangé dans sa poche le carnet et le stylo que venait de lui rendre Martin Ladouceur.

– Riri?

– Oui, monsieur Ladouceur…

– S'cuse moi, j'suis pénible quand j'me sens pas bien… Et je deviens lourd. Dis-moi, c'est quoi ton vrai nom?

– Charles-David Hébert.

– Charles-David?

– Charles pour le père de mon père et David pour le père de ma mère…

Le joueur étoile s'est efforcé un instant de se représenter son arbre généalogique.

– Tabarnouche ! Je me serais appelé Henri-Ronald ou Ronald-Henri… T'imagines à quoi j'ai échappé ?

– Ça sonne bien Ronald-Henri Ladouceur…

– Ça fait pédé, oui !

Martin Ladouceur s'en est immédiatement voulu. Il a posé la main sur sa bague puis a regardé par la fenêtre les flocons qui se détachaient sur fond de nuit noire. Charles-David a attendu un moment, en silence, avant de toussoter.

– Avez-vous encore besoin de moi, monsieur Ladouceur ?

– Comment je t'ai demandé de m'appeler ?

– Monsieur… Ladouce.

– Qu'est-ce que j'ai dit ?

– Ladouce…

Le groom a marché vers la porte, la tête baissée.

– Ben où tu vas ? Attends-moi !

Martin Ladouceur a bondi de son canapé pour le rejoindre dans l'entrée. Il a plongé la main dans sa poche d'où il a sorti deux billets de vingt dollars d'une grosse liasse qui en contenait une centaine.

– Joyeux Noël, mon garçon !

– C'est trop, vous m'avez déjà offert l'autographe pour mon père.

– Les billets, c'est pour toi tout seul, pas pour ton père. Il a déjà eu son autographe, lui ! Et puis c'est moche de travailler le jour de Noël, non ?

– Ça paye mieux, mais ça fait drôle quand même. C'est la première fois que je ne passe pas le réveillon en famille…

Martin Ladouceur est resté sans réponse. Voyant qu'il n'y avait plus rien à dire, le jeune groom est sorti en prenant soin de refermer la porte sans bruit. Entre deux branches en plastique du petit sapin qui clignotait toujours, le client a aperçu une enveloppe aux couleurs des Canadiens de Montréal. Il l'a saisie pour vite l'ouvrir.

Bienvenue à Montréal, Ladouce!

Désolé pour l'accueil, mais c'est le réveillon. Très franchement, je ne m'attendais pas du tout à voir un joueur arriver. Et toi, encore moins… Le président pense qu'on a besoin d'un gros joueur de centre avec de l'expérience. Dit comme ça, t'es le joueur idéal. Mais faut voir ce qui vient avec… L'équipe est dans une bonne passe, va falloir que tu gagnes ta place, mais t'en es capable. Je compte sur toi pour pas foutre la merde. Laissons passer Noël, je t'attends à 10 heures lundi à l'entraînement. Joyeuses fêtes!

P.-S. : J'espère que t'as pas oublié de demander au Père Noël un élixir (sans alcool) pour marquer des buts.

Dans la grande salle de bains de la chambre à coucher, le rutilant jacuzzi, véritable appel au bain communautaire, idéalement en double mixte, n'attendait que son heure. Martin Ladouceur a déchiré en petits morceaux la feuille, puis l'enveloppe, et les a jetées dans les toilettes. Rageusement, il a tiré la chasse. Dans un tourbillon d'une eau bleutée par le désodorisant accroché au rebord de la cuve, le mot de bienvenue de l'entraîneur en chef, après quatre tours de vasque, a disparu.

– Va chier avec ton Père Noël !

Les champions ne sont pas ceux qui se montrent capables d'accomplir ce que d'autres ne peuvent pas, mais simplement ceux qui sont convaincus d'être les meilleurs. Une affaire de mental. Tout n'est que mental quand les forts se frottent à plus fort, les durs aux rocs. C'est de plus en plus dur, il faut être toujours le plus fort. Surtout qu'arrivé tout en haut, ceux qui t'admirent d'en bas n'ont comme seule ambition que de te faire trébucher pour prendre ta place. Mais de là, si haut perché, on emmerde le monde, simplement parce qu'il est à nos pieds. Pour y rester, il faut avoir la tête dure. Un mental à toute épreuve. On en revient toujours au mental. La dureté du mental, quoi.

– Va falloir que tu gagnes ta place !

Martin Ladouceur, la rage au cœur, se fixait dans le miroir. Tout était là, dans le regard. La vitrine du mental. Il a retiré sa chemise et son tee-shirt pour se retrouver torse nu, puis s'est tourné de profil. Il a posé la main sur son ventre qui semblait désormais vouloir voler la vedette à ses pectoraux. Il l'a rentré un instant, l'a relâché, pour le rentrer une autre fois avant d'abandonner. De face, il a admiré le bel homme qu'il était encore. Il a fait sortir ses épaules qui débordaient presque du miroir. Il a caressé sa cicatrice au coin de l'arcade sourcilière qui lui donnait cet air des hommes qui en ont vu, des durs, des vrais. Elle n'était pourtant le fruit d'aucun combat, d'aucun coup, juste d'une armoire dont la porte avait été laissée ouverte à Buffalo. Le salaire des soûlauds qui vont pisser la nuit sans prendre soin d'allumer la lumière. Mais il est des tranches de nuit que l'on ne révèle jamais au grand jour. L'être extérieur, surtout quand il est sombre à l'intérieur, se doit de briller de mille feux sous peine de ternir le personnage qu'il incarne. Alors on ment aux autres. Mais surtout à soi-même.

– Un élixir sans alcool pour marquer des buts ?

Martin Ladouceur s'est observé encore dans le miroir avant d'arborer son plus mauvais sourire.

– L'équipe est dans une bonne passe !

L'homme s'est approché encore du miroir, intrigué par ce qu'il y voyait. Du tiroir, il a sorti une pince à épiler et a arraché sans sourciller une bonne botte de poils de son nez. Il en a fait de même avec ceux qui dépassaient des oreilles. En passant la main dans sa tignasse brune, il a découvert quelques cheveux blancs. Il n'y en avait pas beaucoup, mais tout de même de plus en plus. Il s'est reculé et a tendu les bras. Tandis que le majeur de sa main droite effleurait le miroir, celui de la gauche était à deux centimètres de la surface. Satisfait par ce qui était à l'évidence une vérification rituelle, il s'est admiré une dernière fois comme seuls savent le faire ceux qui s'aiment plus que tout au monde.

– Je compte sur toi pour pas foutre la merde !

Martin Ladouceur est sorti de la salle de bains sans éteindre la lumière. Il a saisi un tee-shirt et une chemise propres des piles soigneusement rangées par Charles-David dans le placard de la chambre. Dans le salon, il a donné un grand coup de pied au pauvre sapin qui, en s'écrasant sur la moquette, a cessé de clignoter. L'homme en colère a attrapé au vol son manteau de cachemire et a fait claquer la porte de la suite du plus fort qu'il a pu.

– *I'm back !*

Il y a toujours quelque part quelqu'un qui vous aime

Martin Ladouceur a pressé le bouton une énième fois et a plaqué son oreille contre la paroi. Il n'a perçu qu'un grand silence. Il a tenté d'insérer son doigt entre les deux battants de fer et, à la force de son index, il est parvenu à les écarter légèrement. Dans la fine fente il a jeté un coup d'œil pour voir si la cabine se trouvait derrière.

– Il est où, ce foutu ascenseur?

Le grand champion s'est alors dirigé vers l'escalier de service qu'il a dévalé en pestant contre l'hôtel, son directeur, son concierge, pour finalement atteindre le rez-de-chaussée furibard. D'un violent coup d'épaule, il a ouvert la porte donnant sur le lobby où il est tombé nez à nez avec le jeune groom qui polissait les parois dorées, et surtout bloquées, de l'ascenseur.

– Désolé, mons… euh… Ladouce, vous êtes le seul client dans l'hôtel et je ne pouvais pas imaginer que vous alliez redescendre si vite.

Martin Ladouceur a ravalé sa colère, enfin une bonne moitié, d'un coup. Il a souri au jeune homme et lui a donné une tape amicale. Celui-ci s'est relevé et a chuchoté :

– Pour Donald, c'est bien ce que je vous avais dit, c'est l'oncle!

– Et ?

– Ben si c'est l'oncle, le père de Riri, Fifi et Loulou, ça ne peut pas être Donald...

– C'est sûr, il peut pas être partout, Donald. Mais les petits, ils peuvent pas avoir deux pères ?

– Normalement, non.

Le champion, encore essoufflé de sa folle descente dans l'escalier, a remercié de la tête Charles-David, tout rouge d'avoir su, si bien et si rapidement, satisfaire le besoin de son client. À la réception, il a attendu, sa clef de chambre à la main. Depuis le bureau situé derrière le comptoir, le concierge, au téléphone, se débattait dans une conversation particulièrement animée.

– Qu'est-ce que tu veux que je te dise ? Moi, demain matin, j'ai un car qui me livre quarante-huit jeunes mariés japonais. Dans le catalogue, il y a une superbe photo de lits recouverts d'orchidées. Les vingt-quatre couples ont ajouté l'extra à leur forfait. Je comprends que ça soit Noël, mais pour eux, c'est leur nuit de noces. Ils vont déjà nous faire un boucan d'enfer au huitième, alors tu te débrouilles pour qu'ils ne viennent pas, en plus, faire un scandale à la réception... Je comprends ça, que t'as une famille et des enfants, mais on t'a commandé des orchi... Zut, je te rappelle, j'ai un client !

Le concierge a rajusté son habit noir et plaqué ses rares cheveux en arrière. Il est sorti du bureau pour rejoindre Martin Ladouceur à la réception.

– Veuillez m'excuser de vous avoir fait attendre. Nous accueillons demain une délégation très particulière à laquelle nous souhaitons offrir le meilleur des services.

Martin Ladouceur s'est contenté de déposer sa clef sur le comptoir. Le concierge l'a accrochée sur le grand tableau, derrière lui, qui comptait désormais toutes les clefs des chambres de l'hôtel. Il s'est penché vers son client en sueur en se fendant d'un sportif sourire de circonstance.

– Je vois qu'on a déjà repris l'entraînement, monsieur Ladouceur.

– Je ne savais pas que les Canadiens payaient le supplément blagues.

– Effectivement, non. Désolé. En quoi puis-je vous être utile ?

– Y a-t-il un message pour moi ?

– Non, aucun, monsieur Ladouceur.

– Alors un taxi, s'il vous plaît.

– Vous nous quittez ? Quelle bonne idée un soir de Noël ! Pour aller où, le taxi ?

– À la Maison des vins.

– La Maison des vins ?

– Oui, à la Maison des vins !

Le concierge a immédiatement perdu sa bonhomie et a imploré la pendule, espérant y trouver le salut et éviter la colère promise par le directeur, qui avait été très ferme dans son sermon avant de quitter l'hôtel pour son chalet des Laurentides.

– Pour chaque litre qu'il boira, ce sera autant d'années de chômage pour toi !

Lorsqu'il a vu la grande horloge indiquer dix-neuf heures et cinquante-neuf minutes, le concierge a semblé retrouver joie, amour et, surtout, sérénité. Il n'a pu contenir un franc sourire en ouvrant grand ses bras.

– Je suis navré pour vous, monsieur Ladouceur, mais la Maison des vins ferme à vingt heures en cette veille de Noël. Je vous aurais bien dépanné, malheureusement notre bar est fermé. Quant au minibar de votre chambre, suite aux instructions du président de votre club, il est vide. Je suis vraiment désolé... Alors, ce taxi, vous en avez toujours besoin ?

Martin Ladouceur a caressé la cicatrice de son arcade sourcilière et s'est frotté les mains avant de faire claquer une à une ses articulations. Le concierge a dégluti. Pire que la perspective d'années de chômage, celle d'affronter à mains nues un joueur de la Ligue nationale de hockey sans arbitre pour les séparer a refroidi, d'un coup, son corps de deux bons degrés. Pour mieux se faire entendre, le client a approché son visage de celui du concierge qui n'en menait plus large.

– J'ai commandé un taxi pour rendre visite à un ami. Je voulais simplement lui apporter une bouteille. Et vu l'accueil que vous me réservez ici, je compte même lui demander de m'héberger. Et je peux vous dire que si un joueur des Canadiens passe encore une nuit ici, ça ne sera pas grâce aux recommandations que je vais donner au président !

Pire que de se faire frapper par un joueur de la Ligue nationale de hockey sans arbitre pour vous séparer une fois que l'un des deux hommes est à terre, agonisant, le visage en sang, serait d'avouer au directeur que l'on a fait perdre à l'hôtel un client important. Non, le plus grand, le plus prestigieux. Pensez donc, les Canadiens de Montréal ! Vingt-trois coupes Stanley, une histoire bientôt centenaire, l'opium de toute une ville, d'une région, d'un peuple. Le concierge a inspiré une énorme bouffée d'air en la savourant au cas où ce serait la dernière, puis il a joué son joker dans cette partie de poker menteur qu'il savait déjà perdue.

– Quelle terrible méprise, monsieur Ladouceur ! Maintenant que j'y repense, la Maison des vins sur Président-Kennedy est ouverte jusqu'à vingt-deux heures. Suis-je bête ! Comment n'y ai-je pas pensé avant ? Je mets tout de suite à votre disposition la limousine de l'hôtel. Le chauffeur n'étant pas de service, je vais la conduire moi-même. Il ne faudrait pas que votre ami vous attende !

Afin de contenir la colère qui sourdait en lui, Martin Ladouceur a fermé les yeux. Le concierge en a profité pour aspirer trois petites bouffées, l'air de rien, au cas où. Il n'a pas eu le temps de savourer la dernière que le poing fermé du client a frappé violemment le comptoir.

– Qu'est-ce que j'ai demandé, tabarnak ?

Une minute plus tard, le concierge, courbé en deux, parce que trois il ne pouvait pas, a ouvert la portière du taxi tout en protégeant son client d'un parapluie, afin que nul flocon ne souille le beau cachemire.

– Misère, vous avez de la neige sur votre manche. Je vous l'essuie tout de suite ! Et voilà, y a plus rien !

Il a contourné l'immense Chevrolet Caprice blanche pour indiquer au chauffeur la destination. Avec la même intensité que s'il s'agissait d'amener une femme enceinte perdant les eaux à l'hôpital Sainte-Justine, le concierge a hurlé :

– Une urgence ! La Maison des vins, 505 Président-Kennedy, coin Aylmer ! Vite !

Le taxi a démarré en trombe, au grand soulagement du concierge qui s'est passé la main sur le front avant de s'adosser à un réverbère pour reprendre son souffle.

– J'en boirais bien un, moi aussi, de p'tit verre.

À l'arrière du taxi, Martin Ladouceur a laissé son regard errer sur la ville. Désertés par les passants chargés de cadeaux, les trottoirs ne comptaient plus que des clochards déambulant les bras vides. Aux fenêtres, les guirlandes des sapins clignotaient. Dans le rétroviseur intérieur, il a croisé les yeux rieurs du chauffeur.

– Je me doutais bien que vous alliez ressortir. Un homme comme vous, ça ne peut pas vivre enfermé, hein ?

– On peut dire ça comme ça.

Plus que de rester enfermé, c'était rester seul qu'il ne pouvait supporter plus de quelques dizaines de minutes. La solitude, il ne l'avait jamais vraiment fréquentée. Depuis ses débuts au hockey mineur, il avait toujours vécu en gang, en équipe, les enfants entassés dans la voiture avant de filer, tous ensemble, sur la glace. Et son talent précoce, son habileté naturelle à trouver la lucarne après avoir semé les défenseurs, lui avait rapidement valu un statut particulier. Quand on marque six buts sur un score de sept, facile d'avoir vingt-deux amis, coachs compris. Le jeune Martin pouvait même choisir ceux par qui il acceptait d'être aimé. Ceux à qui il accordait le droit de gagner. La dope du quatrième trio. Quiconque s'opposait à lui ou, plus simple encore, lui déplaisait, il demandait à l'entraîneur de le retrancher, de le couper, de le virer de l'équipe. Alors, quand ceux qui vous entourent ont peur de ne plus être aimés, ils aiment encore plus fort, ou le feignent à s'y méprendre. Mais peu importe. L'ivresse de l'homme d'exception est d'être celui dont on ne peut se passer. Celui que l'on s'arrache. L'élu.

À la Maison des vins, Martin Ladouceur n'a pas hésité une seconde avant de se jeter sur les grands crus, ceux qui, contrairement aux joueurs de hockey, vieillissent si bien. Il a choisi un millésime 1974, année de son repêchage dans la Ligue nationale de hockey, une récolte exceptionnelle au passage. Et il a opté pour du Cheval Blanc, en hommage à sa Ferrari, lâchement abandonnée dans son garage de Los Angeles. Elle allait lui manquer, mais il s'était résolu à la vendre. Montréal, sa neige, sa gadoue et ses nids-de-poule, c'est invivable pour quatre pneus si sensibles. Surtout, y a pas pire pour se faire repérer par le staff de mouchards des Canadiens dans les bars branchés de la ville à pas d'heure.

Quand Martin Ladouceur a posé sur le comptoir ses trois bouteilles, le caissier l'attendait.

– Ça sent les prolongations, monsieur Ladouceur !

La légende de la Ligue nationale de hockey, dont la carte Rookie chez les collectionneurs avait perdu les trois quarts de sa valeur en quatre ans, n'a pas esquissé le moindre sourire. Le caissier, clin d'œil à l'appui, a fait passer les bouteilles sur le tapis.

– Une… Deux… Trois… La nuit va être longue !

Martin Ladouceur n'a pas voulu relever.

– *Party* d'équipe ?

– Dans le genre…

– Mille quatre cent dix-neuf, tout rond. Notre record du jour !

Le millionnaire du hockey a sorti sa liasse de billets. Derrière lui, dans la queue, quelques clients se sont donné des coups de coude en reconnaissant leur ancienne idole qui dépensait en quelques secondes ce qu'ils ne gagneraient jamais en un mois. Sentant les regards sur lui, Martin Ladouceur s'est penché vers le caissier.

– Vous savez pas où il y a un magasin de jouets, pas loin ?

– Dans le quartier, je ne vois pas. Mis à part le magasin de jouets érotiques, au bout de la rue.

Un client, dont l'haleine trahissait qu'il avait depuis longtemps entamé les célébrations de Noël, est sorti du rang.

– Y a Le Royaume des jouets chez Eaton. Mais je pense qu'il ferme à huit heures et demie.

– Merci, c'est gentil.

L'horloge derrière la caisse indiquait vingt heures quinze. Martin a rapidement payé, mais le client éméché s'est approché de lui.

– Tu peux me signer ça pour mon fils ?

– Bien entendu… Il s'appelle comment ?

– Christian !

Le champion s'est emparé du stylo qui traînait à la caisse avec l'intention de battre son record de signature en milieu naturel. Il a rendu aussi vite que possible le dépliant vantant les vins du Portugal qui portait désormais sa griffe, à tout jamais.

– Et encore un pour mon beau-frère André… Et un autre pour mon boss… Gérald… Ça va lui faire plaisir, surtout qu'il a failli me virer ce matin.

– OK, mais pas un de plus, un taxi m'attend, et j'ai encore des courses à faire.

Martin Ladouceur a battu son précédent record. Sitôt les deux dépliants signés, il a reposé le stylo pour attraper deux bouteilles dans une main et la troisième dans l'autre.

– Et un petit dernier pour mon petit frère !

– C'est que je dois vraiment y aller.

– Il est handicapé !

– Tabarnouche… Manquait plus que ça.

– Quoi, « tabarnouche, manquait plus que ça » ? T'achètes pour mille cinq cents dollars de vin avec notre argent et t'as pas deux secondes pour signer un autographe à un handicapé ?

– J'ai pas refusé un autographe à un handicapé, c'est juste que le magasin de jouets va fermer.

– Ben c'est ça, quand tu voulais savoir où y avait un magasin de jouets, t'étais tout gentil. Et maintenant que tu le sais, ben tu me traites comme de la merde.

Martin Ladouceur, en bon attaquant qui sait revenir en arrière lorsqu'il devine qu'il ne pourra s'infiltrer dans une défense hermétique, a tranquillement reposé les bouteilles sur le comptoir, repris le stylo, saisi le même dépliant vantant, encore et toujours, les vins du Portugal, puis s'est tourné vers le client ivre, sans toutefois lui sourire.

– Il s'appelle comment, ton frère, qu'on en finisse ?

– J'en veux plus ! De toute manière, mon frère handicapé, il sait pas lire. T'es un vaurien, Ladouceur. Regarde ce que j'en fais de tes autographes !

En deux temps, trois mouvements, les dépliants vantant les vins du Portugal, gratifiés de la signature de Martin Ladouceur, se sont transformés en confettis rouges et verts, une fois déchirés et jetés dans les airs.

– On n'en veut pas des gars comme toi à Montréal !

Le client n'a pas eu le temps de tituber de trois pas vers la porte que Martin Ladouceur l'a saisi au col pour le plaquer contre le rayon des champagnes bulgares.

– Toi, mon hostie ! Si tu me respires encore une fois ton haleine de coyote dans la face, je t'écrase la gueule si fort que le temps que les os se recollent tu ne pourras souhaiter joyeux Noël à personne avant l'été!

Le client a dessoûlé d'un coup et a vu défiler la vie du mastodonte qui se tenait devant lui. Il s'est rappelé toutes les unes du *Journal de Montréal* auquel il ne se serait jamais abonné s'il avait su : « Ladouceur se bat au couteau dans un bar sur Crescent », « Trois policiers ne suffisent pas pour arrêter un Ladouceur en furie », « Ladouceur interpellé pour tapage nocturne après son cinquième tour du chapeau », « Ladouceur s'enfuit d'un hôtel avec deux autres joueurs », « Ladouceur cueilli au petit matin ivre dans un hôtel », « Bon vent, Ladouceur, Montréal ne veut plus de toi! »

Mais voilà, pour ce fidèle lecteur du *Journal de Montréal*, le vent avait tourné, virant à la tempête. C'était désormais une vraie tornade qui se tenait là, devant lui. Courageusement, le caissier est intervenu, tout en reculant de quelques pas.

– Sans vouloir interrompre votre discussion, monsieur Ladouceur, si vous tardez encore, le magasin de jouets va être fermé... Enfin, je dis ça comme ça, moi.

– Je m'en tape!

Alors que les yeux de sa proie imploraient la pitié, Martin Ladouceur a serré plus fort encore le cou de l'ivrogne qui, manquant d'air, ne pouvait plus s'excuser de l'imbécile idée de s'être inventé un frère handicapé pour récolter un ultime autographe à revendre au marché noir, aux portes du Forum.

– Qu'est-ce qui est le plus important pour vous, ce soir?

Martin Ladouceur a fait volte-face pour repérer l'intrus qui avait osé l'apostropher en pleine mise à mort. À la porte du magasin, le chauffeur du taxi pointait du doigt l'homme qui respirait maintenant avec peine.

– C'est votre ami ?

– Tout le contraire !

– C'est avec ceux qu'on aime qu'on passe Noël, non ?

Martin Ladouceur a relâché le fauteur de troubles qui, sans demander son reste, a couru se réfugier derrière le rayon des vins californiens bas de gamme. Le client a saisi ses bouteilles de vin français pour sortir de la Maison des vins, tête baissée. Après avoir fendu la foule agglutinée devant la vitrine, il a rejoint le chauffeur qui lui a ouvert la portière de son taxi.

– Merci.

– Un taxi de nuit, c'est le berger des brebis égarées.

– Bon, ça va avec tes grandes phrases. J'suis en retard, là.

Le taxi tournait déjà depuis plus d'une heure et demie dans l'Île-des-Sœurs, refuge des banquiers, des cadres, des stars et des hockeyeurs qui veulent éviter la ville tout en la contemplant de leur jardin.

– Alors, ça vous revient toujours pas ?

– Sont toutes pareilles, ces fichues maisons. Et avec la neige, elles sont toutes blanches, tabarnak !

– Vous êtes certain que vous n'avez pas son numéro sur vous ?

– J'ai oublié mon calepin à Los Angeles, je te l'ai déjà dit !

– Et si on s'arrêtait dans une cabine pour appeler les renseignements ?

– Pas la peine. Il est sur liste rouge.

– Quelqu'un d'autre, peut-être ?

– Tous les autres aussi. Même le préposé aux maillots.

– Un ami journaliste ?

– Ça existe pas, un ami journaliste ! Purée ce que je suis crevé. Allez, on rentre !

– Soyez patient. Je vais essayer par là. On n'y est pas encore allé, je crois...

– On rentre, j'ai dit. Et pense pas que je le vois pas, ton petit jeu pour faire tourner le compteur.

– Je le coupe. Y en a plus. Alors j'ai le droit de rentrer par où je veux. Et je choisis de rentrer par là ! C'est ma tournée !

Martin Ladouceur n'a pas lutté et a posé sa tête contre la vitre. À travers la neige qui tombait toujours, il a vu défiler d'autres maisons illuminées. À l'intérieur, il y avait de la vie et de la joie. Les cadeaux s'ouvraient. Les enfants riaient et les parents se réjouissaient de les voir heureux. Martin s'est alors tourné vers le siège sur lequel étaient posés trois sacs Eaton pleins de paquets colorés qui ne demandaient qu'à être offerts. Rien n'allait depuis ce matin. Non, depuis le début de la saison. À bien y regarder, c'était la merde depuis longtemps. Plus rien n'allait.

Pourquoi la chance l'avait-elle quitté ? Celle qui lui avait toujours offert le bon rebond. Ce poteau providentiel qui vous aide à la mettre au fond. Pourquoi se détournait-elle aujourd'hui ? Au fond, cela n'avait plus d'importance. Plus qu'une saison à tirer. Peut-être deux si son agent parvenait à convaincre un club de le prendre en promettant un rabais encore plus gros. Mais après ? Martin Ladouceur a levé les yeux vers le plafond de l'habitacle éclairé par les lumières vertes du tableau de bord, puis s'est machinalement tourné sur le côté. Il s'est redressé d'un coup et a frappé la vitre.

– Là ! C'est là, je la reconnais !

En dérapant, la voiture a fait un demi-tour et s'est immobilisée devant l'allée déneigée de la maison. Le chauffeur a baissé la vitre électrique séparant son client de sa destination.

– Regardez bien. On a déjà dérangé quatre familles en plein réveillon et à chaque fois ça vous a coûté des autographes et une photo devant le sapin.

– C'est là, j'en suis sûr ! C'est devant cette maison qu'il a posé dans *Hockey News*. En plus c'est au douze. Il a toujours porté le numéro douze ! Et puis regardez la boîte aux lettres en forme de but de hockey. Y a que lui pour être aussi ringard.

Martin a jeté un coup d'œil au compteur qui indiquait cent dix-neuf dollars et vingt-cinq cents. Il a sorti de sa poche sa liasse de billets de vingt dollars et en a jeté huit sur le siège avant.

– Garde tout, et joyeux Noël !

– Mais c'est trop !

– Discute pas.

– Je vous attends, au cas où ?

– Non, pas la peine.

Martin Ladouceur est sorti de la voiture les bras chargés de tous les paquets cadeaux et de ses bouteilles de vin. Il a claqué la portière de son pied et s'est engagé dans l'allée. À la porte d'entrée, il a sonné comme il a pu, avec le nez. Derrière lui, le taxi a disparu dans la nuit. La porte s'est ouverte sur un homme haut de presque deux mètres, vêtu d'une chemise blanche moulant d'impressionnantes épaules, un nœud papillon autour du cou, finissant de mâcher sa tranche de foie gras. À sa vue, Martin Ladouceur a hurlé sa joie :

– *I'm back !*

Le colosse a vite refermé la porte derrière lui en s'assurant qu'on ne l'avait pas vu et il a dégluti pour mieux chuchoter.

– Qu'est-ce que tu fous là ? T'as pas eu mon message ?

– Quel message ?

– Je te l'ai laissé ce matin, chez toi, à Los Angeles.

– Non, j'ai foutu le camp à l'aube. J'avais rien de prévu là-bas, ce soir.

– Ladouce, ça va pas être possible.

– Comment ça, pas possible, Labarre ?

– Je suis en famille.

– On n'est pas une grande famille, nous les joueurs ? Canadiens un jour, Canadiens toujours ! Hein, Labarre ?

– Arrête de m'appeler Labarre, c'est fini tout ça.

Georges D'Amour n'avait pas vingt ans lorsqu'il était arrivé au grand club, en provenance de Rouyn-Noranda. Dans sa jeunesse, ce fils de mineur avait écumé les patinoires du Grand Nord en écrasant systématiquement tout ce qui patinait sur son passage. À coups de poing, il avait écrit sa légende en lettres de sang. Aujourd'hui, il était « le policier » le plus craint de la Ligue avec à son tableau de chasse plus de cinquante nez cassés et vingt mâchoires fracturées. Un don de la nature, disait-il.

– À la naissance, j'étais déjà tellement gros et fort que le chirurgien, il a ouvert ma mère jusque-là !

– Georges, c'est pas une césarienne, ça, c'est un meurtre !

À son arrivée à Montréal, Martin Ladouceur avait pris sous son aile le jeune espoir du club, si fort, si naïf et propre sur lui. Il lui avait fait découvrir les charmes de la cité et les privilèges afférents à un joueur des Canadiens. Du Thursday au Café Cherrier, en passant par le Disco 1234 et tous les endroits branchés que la ville comptait, le jeune provincial avait découvert les files d'attente s'effaçant pour le laisser passer, les meilleures tables toujours libres pour lui, et ces verres offerts sans même les demander.

– Georges, elle est pour toi celle-là !

Dans les clubs de strip-tease, cathédrales à l'autel desquelles tous les joueurs de la Ligue nationale de hockey aiment se prosterner, le mastodonte avait brûlé les papillons de sa jeunesse, ce qui lui avait valu son surnom.

– J'ai jamais vu des seins aussi gros !

– Normal, Georges, t'as les yeux collés à la barre !

Chez Parée, Chez Wanda's ou au Sex Paradisio, Georges D'Amour avait non seulement ses entrées mais surtout sa place réservée au premier rang, au pied de la scène en aluminium.

– Bon, allez, on s'en va, Labarre !

– Attends, Ladouce, encore une danse ! Elle est trop *hot* !

Mais là, en ce soir de réveillon de Noël, il commençait à faire vraiment froid dehors. L'élève avait clairement déserté les cours de son mentor déchu. La porte d'entrée de la maison s'est ouverte, brisant un interminable silence.

– Même le soir de Noël, ils viennent nous emmerder avec leurs autographes…

Affichant tout d'abord l'air blasé des bourgeoises parvenues qui ne supportent pas qu'un grain de sel retarde la sortie du four de la dinde de Noël, la jeune femme ne s'est pas contentée de fusiller l'intrus du regard, elle l'a littéralement mitraillé. Martin Ladouceur a fait mine de ne pas avoir entendu le bruit des balles et a répliqué de son plus beau sourire, illuminé de ses belles dents.

– Hey ! Bambi !

D'une tape sur l'épaule, la ravissante jeune femme blonde a rappelé sa mission à son homme, qui la dépassait de quarante bons centimètres. Pas de doute, le capitaine, dans cette belle maison de l'Île-des-Sœurs, c'était bien elle. La porte s'est refermée sur un Martin Ladouceur stupéfait.

– Tu l'as épousée ?

– On dirait bien, oui.

– Elle travaillait où, déjà, elle ?

– C'est du passé…

– Au Sex Paradisio ! J'ai une mémoire phénoménale pour ça ! Y a pas à dire, c'était la meilleure.

– C'est de ma femme que tu parles. Et, au passage, elle s'appelle Julie. Julie D'Amour. Elle a pris mon nom.

Le plus grand des deux hommes n'a pu soutenir le regard de son coéquipier quémandant qu'on lui ouvre la porte.

– Quand elle a su que tu revenais en ville, elle m'a fait promettre de ne pas te fréquenter.

– Tu te moques de moi ?

– Écoute, Ladouce, au club ça a beaucoup changé depuis qu'ils t'ont viré… Enfin, je veux dire échangé… C'est plus comme avant… Ils veulent que les gars filent droit… Ils ont plus envie de payer les frais et de filer des places dans les loges aux flics, aux patrons de bar et au personnel des hôtels pour qu'ils oublient ce qu'ils ont vu… C'est fini tout ça, Ladouce… Faut passer à autre chose… Tu vas bientôt avoir quarante ans, penses-y…

– Hé, je viens juste d'en avoir trente-six !

– C'est ça, bientôt quarante.

– Tu peux pas me faire ça… En plus j'ai une suite à l'hôtel. Je pensais qu'on ferait venir des filles… Deux ? Quatre ?

Comme si les vieux démons de ses jeunes années ressurgissaient, Georges D'Amour a un instant vacillé. Se ressaisissant vite, il a attrapé la poignée de la porte et a posé son autre main sur l'épaule de son coéquipier retrouvé.

– On ira déjeuner la semaine prochaine. Je t'invite. Salade, poisson grillé, eau de source. Ça restera entre nous. Mais ce soir, je peux vraiment pas.

Si la coupe Stanley s'était décrochée de l'étagère des trophées dans le bureau du président des Canadiens pour lui tomber en travers de la figure, ça n'aurait jamais pu faire aussi mal à Martin Ladouceur. Les douleurs les plus grandes sont toujours les plus sourdes. On n'a pas la force de hurler. On encaisse, en dedans.

– Bon, ben prends au moins les cadeaux. Tu diras que c'est de la part d'un vieux pote. Y a des consoles Nintendo, des jeux, des épées, des mitraillettes, des fusils, et des panoplies de cowboy… Je me rappelais plus si t'en avais deux ou trois. Dans le doute…

– J'en ai quatre, que des filles. Et Julie, elle veut que des jouets éducatifs. Des jeux violents, elle en veut pas à la maison. Elle dit que ça traumatise suffisamment les filles de voir leur père se battre tous les soirs aux infos.

Visiblement en désavantage numérique, Martin Ladouceur a décidé d'écourter sa visite.

– Tu lui as jamais dit que c'est parce que tu avais ce talent rare d'écraser la gueule des gars d'en face que tu pouvais lui payer une maison comme ça ?

– *Please*, c'est Noël, Ladouce.

– Et tu lui as rappelé que c'est moi qui vous ai présentés ?

– Je t'ai remercié mille fois… Tu veux que je t'appelle un taxi ?

– Non, merci. Ça ira. Je vais rentrer à pied.

– On se revoit à l'entraînement, en pleine forme ?

Georges D'Amour a salué son ancien ami d'un petit hochement de la tête puis, sans un regard, est rentré dans sa grande maison, toute chaude. Dans l'allée, Martin Ladouceur n'a pu se retenir de donner un violent coup dans le pied de la boîte aux lettres en forme de but de hockey. Elle n'est même pas tombée. Sur le trottoir, il a marché, la tête baissée. Au premier carrefour, il a cherché où aller. Au loin, il a aperçu les lumières de la ville. Les grandes tours de Montréal se dessinaient telles des étoiles montrant le chemin. La neige fraîche a commencé à s'incruster dans ses souliers, jusqu'à gorger ses chaussettes d'eau. Mais il a continué d'avancer. Ce qui lui arrivait ce soir de réveillon de Noël, il l'avait toujours redouté. Non pas parce qu'il s'y attendait ou le désirait, mais parce qu'on le lui avait toujours promis.

– Tu verras, Ladouce, tu finiras seul. Tout seul.

Martin Ladouceur s'est arrêté. Il ne voulait plus marcher, juste attendre, quitte à être enseveli sous la neige qui tombait et s'y noyer, avec ses paquets cadeaux et ses bouteilles de vin. Ainsi, il n'entendrait pas les huées de ceux qui l'avaient aimé, à guichet fermé. Au coup de sifflet final, il irait en paix. Le vieux joueur de centre numéro un s'est mis à compter les flocons qui se posaient un à un sur ses cheveux et son visage, pour savoir si l'éternité avait un prix. En cet instant, il était prêt à tout donner, ne plus rien garder, pour ne pas avoir à subir plus encore le poids de cette solitude. Son Cerruti en cachemire a commencé aussi à absorber l'humidité des flocons qui recouvraient ses épaules voûtées. Il s'en foutait. Il ne voulait surtout plus bouger, ne plus se battre, attendre aussi longtemps qu'il le faudrait pour savoir s'il existait encore. Il a continué à égrener les flocons, mais il n'est pas allé jusqu'à mille. Derrière lui, un moteur a démarré. Des essuie-glaces ont déblayé un pare-brise enneigé. Sur le toit tout blanc, la pancarte TAXI s'est éclairée en lettres rouges sur fond jaune. Sans réfléchir, Martin Ladouceur s'est dirigé vers la grosse Chevrolet Caprice blanche et a ouvert la portière arrière. Il a jeté ses paquets enrubannés et ses bouteilles de vin sur le siège. Il s'est assis et n'a rien dit. Le chauffeur a mis son clignotant, même si la rue était déserte. Il a démarré lentement sans demander où il devait aller ni même allumer le compteur. Martin Ladouceur s'est pris la tête à deux mains. Le chauffeur a regardé loin devant les grandes tours éclairées de Montréal puis a jeté un coup d'œil dans le rétroviseur sur son client recroquevillé et grelottant.

– Ne pleurez pas. Il y a toujours quelque part quelqu'un qui vous aime.

Qu'est-ce que tu fais là, tout seul ?

– Mais il va cuire !

– Ou s'évaporer ?

Le concierge n'a pu s'empêcher de ricaner. Pourtant, au bout du fil on ne riait pas. Le directeur de l'hôtel aurait apprécié de ne pas être dérangé en pleine distribution de cadeaux à ses petits-enfants, qui ne l'avaient toujours pas reconnu dans son costume de Père Noël.

– Ça fait combien de temps qu'il bout ?

– Trente minutes, maintenant.

– À quelle température ?

– Soixante-dix.

– T'as pas le mode d'emploi ?

– Si, mais c'est tout écrit en suédois.

– Comment on fait d'habitude ?

– D'habitude ? Ben, tous les clients chialent au bout de cinq minutes parce qu'ils ont trop chaud. Vous les connaissez ! Plus ils sont riches, plus ils se plaignent.

– Bon, va le voir et demande-lui si tout va bien.

– Hors de question ! Vous auriez vu comment il m'a parlé quand il est rentré.

– Écoute-moi bien. J'ai mes douze petits-enfants au sous-sol qui sont en train de hurler : « Père Noël, Père Noël ! », alors si t'y vas pas tout de suite, ton cadeau à toi, ça va être la porte !

Le concierge a raccroché et s'est exécuté. Avec sa clef passe-partout, la plus grosse du trousseau, il a frappé doucement sur la cloison en bois.

– Quoi ?

– Tout va bien, monsieur Ladouceur ?

– Non !

– Que puis-je faire pour vous ?

– Me foutre la paix !

Après s'être assuré que le concierge avait quitté le spa, Martin Ladouceur s'est levé de sa serviette blanche pour verser de l'eau sur les pierres chaudes. Un nuage de vapeur s'est formé. Assis tout seul dans le coin, sur le banc supérieur de la cabine, il a regardé la sueur perler sur ses bras. Il a senti les gouttelettes couler le long de son torse et de son ventre. Il a alors tendu les jambes pour entendre l'eau cliqueter sur le sol. Il s'est adossé à la paroi brûlante, en serrant les dents. Rapidement, il s'est habitué à la douleur causée par la chaleur. Mais à celle qui le rongeait de l'intérieur, il ne pouvait s'y faire.

« Tu verras, Ladouce, tu finiras seul. Tout seul. »

Pourtant, après la débâcle de l'Île-des-Sœurs, Martin Ladouceur avait bien tenté de conjurer le sort alors que le taxi s'arrêtait devant l'hôtel.

– Tu fais quoi, toi, ce soir ? Ça te dit pas de boire un petit coup avec moi ?

– C'est gentil, mais j'ai du travail. Et dans une demi-heure, les premiers réveillonneurs vont sortir.

– J'ai une idée. On gare ta voiture, on laisse tourner le compteur et je te paierai après…

– C'est gentil, mais je ne peux pas.

– On peut même boire en restant dedans.

– Un taxi de nuit, c'est fait pour ramener les gens saouls, pas pour les faire boire.

– Mais c'est moi qui veux te faire boire. Pas toi.

– Je vous l'ai déjà dit. Je suis le berger, moi. Pas la brebis égarée…

– Arrête avec tes histoires de brebis ! Tu me fais penser à mon ancien coach. Il était même capable de parler d'un vol d'outardes pour expliquer notre tactique en avantage numérique.

– Très drôle ! C'était qui ?

– Je sais plus. Pas important… Allez, juste un verre ?

– Je vous ai déjà répondu.

– Prends au moins une bouteille. Tu la boiras en pensant à moi.

– Je ne bois jamais d'alcool pour penser.

– Hey, « taxi-la-morale », prends les jouets, au moins. S'il te plaît. Fais quelque chose pour moi. Qu'est-ce que tu veux que j'en fasse ?

– C'est gentil, mais je n'ai pas d'enfants. Je n'ai jamais eu cette chance. *Se bon dye ki konnen…*

– C'est vraiment pas ma nuit…

– Attendez qu'elle soit finie avant de dire ça.

La porte du taxi s'était ouverte d'un coup. Martin avait sursauté en apercevant le concierge qui lui tenait la portière avec un grand sourire et un parapluie. L'accalmie avait été de courte durée. Quand le joueur était sorti de l'auto avec ses cadeaux, mais surtout ses trois bouteilles de vin, il avait vite compris que rien n'allait s'arranger du côté de la réception.

– Monsieur Ladouceur, je pensais avoir été très clair. Vous deviez aller boire chez un ami.

– Va chier !

– Je vais être obligé d'appeler le directeur.

– Oublie pas de lui dire que je l'emmerde.

Dans le hall de l'hôtel, Charles-David attendait Martin devant l'ascenseur. Mais celui-ci s'était contenté de glisser un billet de vingt dollars dans la pochette de sa veste en le priant de monter dans sa suite les bouteilles de vin et les paquets cadeaux. Tandis qu'il avançait dans le couloir menant au spa, il avait entendu, au loin dans le lobby, le concierge mettre sa menace à exécution.

– Allô, monsieur le directeur ? Il est armé de trois bouteilles de vin. Et pas de la merde, en passant !

Les sportifs fêtent leurs victoires ensemble sous la douche mais oublient leurs échecs dans le sauna où la vapeur empêche de se regarder les yeux dans les yeux. La défaite en devient plus facile à partager. Depuis près d'une heure, Martin Ladouceur ne voyait plus rien, ne voulait rien voir – et personne ne voulait le voir. Pourquoi avait-il quitté Los Angeles ce matin sur un coup de tête ? Une de ces décisions irréfléchies dont il avait le secret et qui vous éloignent du bon chemin jusqu'à ne plus croiser personne. Il voulait bouillir un bon coup pour mieux rétrécir. Et disparaître.

Que jamais personne ne le retrouve. Peut-être, alors, se souviendrait-on de lui.

Mais avant de s'évaporer, autant se l'avouer : la cité des anges, il l'avait fuie. Pas en courant, mais sans se retourner, parce que personne ne le regardait. Sur ses vingt-trois coéquipiers, un seul était venu le saluer à l'annonce de son transfert.

– Ça t'embête si je reprends ton casier ? Le mien, il est près des toilettes, et ça pue, je te raconte même pas.

Et sur les trois, aucun ne lui avait proposé de réveillonner. Alors il avait appelé Georges, ce bon vieux Georges. Il avait laissé un message sans jamais douter de la réponse. Ami un jour, ami toujours. Certes, Martin Ladouceur lui en voulait d'avoir fermé sa porte, mais pas autant qu'à Bambi. Pourquoi fallait-il que les femmes, après avoir levé un hockeyeur, ne soient plus les mêmes ? Parce que si Bambi, enfin Julie, avait feint de l'avoir oublié, lui se souvenait bien d'elle. Surtout de sa devise : « Un joueur des Canadiens, sinon rien. » Il y avait pensé. Elle aussi.

– Ladouce ? Ça ferait pas des beaux enfants, toi et moi ? Ton coup de patin et ma beauté. T'imagines ?

Martin n'avait jamais voulu l'imaginer, et l'avait présentée à Georges D'Amour. Parce que les enfants, ça promet de belles pensions alimentaires. Tous les hockeyeurs le savent. À son arrivée dans la Ligue, les vieux de la vieille l'avaient mis en garde. Martin Ladouceur avait écouté ces pères et n'avait pas eu d'enfant. Mais la pension alimentaire, oui.

– C'est scandaleux, monsieur le juge. Je patine et elle, elle fait rien ! Elle veut même pas laver mes maillots, mes bas et mes coquilles de protection !

En jetant son dévolu sur une serveuse *topless* en lieu et grâces d'une danseuse nue, Martin Ladouceur avait opté pour la demi-mesure. Cynthia s'exposait, certes, à moitié nue, mais surtout à mi-temps parce qu'elle poursuivait ses études pour devenir avocate. Martin y avait vu le droit chemin se dessiner. Un an, presque jour pour jour, après avoir quitté Montréal avec fracas, il avait épousé la belle Cynthia. Ses coéquipiers de Winnipeg avaient formé une haie d'honneur avec leurs crosses. La nuit de noces, Martin était rentré ivre mort dans la grande maison qu'il avait payée cash. Cynthia avait dû le prendre dans ses bras pour lui faire passer la porte d'entrée. Cette première année de lune de miel sans cesse renouvelée avait été couronnée par le trophée du meilleur buteur.

– L'amour, ça donne des ailes et on tire plus fort !

À Winnipeg, on jubilait. À Montréal, on pleurait. Le président des Canadiens avait dû faire face aux critiques enflammées des journalistes. Comment avait-il pu échanger « cette machine à marquer des buts » ? D'autant que s'il avait fallu se séparer de tous les joueurs qui avaient un jour fait la fête, l'équipe ne compterait plus que le coach et le préposé aux crosses. Le président s'était vu forcé de démissionner. Le paria tenait sa vengeance. Mais la joie avait été de courte durée. Cynthia voulait un enfant. Pas demain, pas dans un mois. Maintenant.

– Si on fait ça ce soir, il naîtra en juin et on l'appellera Stanley !

Martin Ladouceur avait évoqué la vie infernale d'un joueur de hockey, ses absences, les risques de transfert ou de blessure – une vie incompatible avec un enfant. Le jeune marié avait donc proposé de remettre le projet au camp d'entraînement suivant. Dans les vestiaires, les vieux de la vieille l'avaient félicité.

– En plus, t'es agent libre sans restriction dans un an. T'as vraiment eu chaud.

Mais à la maison, ça avait jeté un froid. Cynthia avait abandonné ses cours de tricot pour retourner à temps plein sur les bancs de la faculté de droit. Martin, lui, était retourné à ses vieux démons. Après chaque match, il rentrait à des heures indues en prétextant une réunion d'équipe ou un tête-à-tête avec le coach pour mettre au point une nouvelle tactique. Après quelques semaines, il n'avait plus eu à chercher de prétextes, sa femme s'en foutait. Comme tout couple sans projet, ils avaient de moins en moins de choses à se dire. Dans le silence de la grande maison, Cynthia rédigeait sa thèse. Martin n'aimait pas lire. Il aurait dû faire un effort.

Un soir, au retour d'un *road trip* de six jours ponctué de six buts, quatre passes, cinq gueules de bois et trois filles ramenées dans la chambre, enfin celle de l'hôtel, sur les valises qu'il venait de lancer dans le grand hall, Cynthia avait déposé sa thèse, reliée avec soin. Martin n'avait eu qu'à baisser la tête et lire le titre pour comprendre qu'il était inutile de les défaire. « Une répartition équitable des biens du couple même sans enfant » avait valu à Cynthia la mention « très très très bien » à l'université. Lorsqu'elle en avait fait un livre à succès, elle avait envoyé un exemplaire dédicacé à Martin pour le remercier de lui avoir mis le pied au porte-monnaie.

Les pierres chaudes ne dégageaient plus aucune vapeur. Seul le corps ruisselant de Martin Ladouceur fumait encore. Jamais il n'aurait dû écouter les vieux de la vieille qui avaient tous fini par se marier et avoir des enfants.

– Quitte à payer la pension, autant en profiter, non ? Finalement, Ladouce, on en doit une belle à ton ex ! Allez, c'est ma tournée, faut que je rentre torcher les petits ! Y a rien de plus beau qu'une famille, penses-y.

Martin a voulu chasser ces idées roses en remettant de l'eau sur les pierres noires. Il a saisi la louche, l'a plongée dans le bac, et s'est immobilisé. Quelqu'un lui parlait. Mais ça n'était pas clair. Il s'est mis l'index dans l'oreille pour se déboucher le conduit auditif obstrué par la sueur. Et à nouveau, la voix a parlé. Elle était chaude et grave. Martin Ladouceur a levé les yeux vers les lambris du sauna suédois, qu'il a longuement observés et dans lesquels il a distingué le dessin d'épines tressées posées sur la tête d'un homme barbu aux cheveux longs qui, manifestement, avait les bras écartés et peut-être bien des clous plantés dans les mains. Il s'est demandé si, pour mieux entendre, il ne serait pas utile de s'agenouiller, mais il n'a pas eu le temps de mettre sa pensée à exécution qu'à nouveau la voix a parlé. Et là, il a tout bien compris.

Il y a toujours quelque part quelqu'un qui vous aime...

Au plus profond de lui-même, il est allé chercher l'amour. Il s'est recroquevillé pour mieux le retrouver. Au bout de vingt bonnes minutes, il s'est relevé d'un coup et a enroulé la serviette autour de sa taille avant de sortir de la cabine en bois. Quand il a posé ses pieds sur la faïence glacée, le froid l'a transpercé et la tête lui a tourné. Il a ramassé ses vêtements qu'il avait jetés au sol en arrivant, et il est sorti du spa en courant.

Il y a toujours quelque part quelqu'un qui vous aime...

Quand Martin Ladouceur a traversé en trombe la réception, le concierge, à la vue de son client quasi nu, a eu besoin de s'asseoir. Rien n'allait, donc tout était normal, pas la peine de déranger le directeur pour ça. Charles-David a ouvert les portes de l'ascenseur, mais une nouvelle fois, Martin Ladouceur l'a évité, préférant emprunter l'escalier de secours.

– S'cuse, p'tit. J'ai pas le temps d'attendre!

Il a grimpé les marches quatre à quatre, aussi vite qu'il a pu. Il a perdu sa serviette deux fois pour se retrouver nu. Au septième étage – il n'en restait que deux à monter –, il l'a gardée dans sa main. Arrivé au neuvième, il a couru vers la porte de sa chambre et posé ses vêtements au sol pour y chercher sa clef.

– Elle est où, tabarnak!

La porte devant lui s'est soudain ouverte. Une femme a hurlé à la vue du client, nu, agenouillé, les mains cachées dans les poches de son manteau de cachemire, désormais chiffonné. Martin Ladouceur l'a vite saisi pour se couvrir. La femme, habillée de noir avec un petit tablier blanc, est sortie sur le palier.

– Excusez-moi, monsieur, lorsque le groom est venu porter vos paquets dans votre chambre, il a vu que le sapin était tombé. Le concierge m'a demandé de ramasser le verre brisé des ampoules pour éviter que vous ne vous blessiez.

L'homme nu a remercié d'un hochement de tête, a replacé la serviette sur sa taille et s'est relevé pour entrer dans sa suite. Il a pris soin de bien verrouiller la porte puis a couru vers le téléphone de la chambre.

Il y a toujours quelque part quelqu'un qui vous aime...

Il s'est assis sur le lit *king size* et a décroché le combiné. Au moment de composer le numéro, il a marmonné quelques chiffres dans un grand désordre, a hésité et, d'un coup, les a remis dans l'ordre. Il a croisé les doigts et son vœu a été exaucé. Lorsqu'une voix de femme a répondu, ses yeux se sont embués.

– Allô ?

– C'est moi.

– C'est qui, moi ?

– Ben, Martin…

– Martin qui ?

– Ton fils.

– T'es fou d'appeler !

– C'est Noël…

– Noël ou pas, je peux pas te parler. Ton père est dans la pièce d'à côté, à regarder son sapin clignoter.

– Il a fait un sapin ?

– Ben, voyons, on a toujours fait un sapin.

Combien de paires de patins Martin avait-il découvertes sous le sapin ? Facile à compter. Une par an depuis sa naissance.

– Martin, t'es là ?

– Oui, m'man…

– Faut que je raccroche.

– On peut pas parler un peu ?

– T'es fou, il est déjà dans tous ses états, juste à savoir que t'es revenu à Montréal et qu'à nouveau il va avoir de tes nouvelles dans les journaux, mais pas à la page des sports.

Pendant quelques secondes, seul le bruit des respirations s'est fait entendre.

– Tu vas faire quoi ce soir ?

– Rien de spécial… Je vais rester tranquille à l'hôtel.

– Bonne idée.

– Maman, je t'aime.

– T'as pas rendu les choses faciles.

– Je sais… Passe le bonjour à papa.

– Martin, tu vas bien ?

– Vous me manquez.

– Qu'est-ce qui te prend, Martin, t'as encore bu, c'est ça ? Tu changeras jamais.

À l'autre bout de la ligne, on a raccroché. Le bip-bip caractéristique a brisé un instant le silence. Martin a reposé le combiné. Il s'est rendu dans la salle de bains pour enfiler le peignoir blanc de l'hôtel. Il a regardé le petit sapin. Trois ampoules de la guirlande ne clignotaient plus. Il s'est approché de l'arbuste et s'est accroupi pour tenter de les rallumer. Seule l'une d'elles a accepté de fonctionner à nouveau. Il l'a fixée, pour ne plus rien voir d'autre, comme il l'avait fait durant son dernier Noël en famille.

– Qui depuis que t'as trois ans t'amène à la patinoire ?

– Toi, papa…

– Qui a repéré quand t'avais six ans que t'avais un bras plus court que l'autre et que ça te donnait un tir si puissant ?

– Toi, papa.

– Qui a été ton coach dans les mineurs ?

– Toi, papa.

– Qui t'a appris toutes tes feintes ?

– Pas toutes, peut-être…

– Ta meilleure. Celle où tu passes tes poignets devant et que…

– Celle de Maurice Richard ?

– Comment ça, celle de Maurice Richard ? C'est pas lui qu'a tout inventé quand même. Je te parle de celle où tu passes tes poignets devant et ramènes ta main vers là…

– Ah, celle-là ? Celle-là, c'est toi, papa…

– Et qui a fait chaque hiver une patinoire dans le jardin ?

– Toi, papa.

– Bon, les garçons, on arrête. C'est Noël.

– Qui s'est sacrifié pour que tu ne manques jamais de rien ?

– Toi, papa.

– Qui a toujours eu le plus bel équipement ?

– Moi, papa.

– On était les plus riches ?

– Non, papa.

– Quand ils t'ont relégué en atome BB parce que ce con de Ménard, mon patron, voulait pas que tu fasses de l'ombre à son fils, qui a été là pour gueuler ?

– Toi, papa… Merci de me le rappeler.

– Martin, Henri ! Arrêtez, maintenant !

– Franchement, crois-tu que sans moi les Canadiens t'auraient repêché ?

– …

– Crois-tu que sans moi les Canadiens t'auraient repêché ?

– Henri, arrête de lui crier dessus. C'est Noël.

– Non, papa…

– Alors, il est où le problème que je devienne ton agent ?

– Je te l'ai déjà dit, papa.

– Tu préfères donner dix pour cent à quelqu'un que tu connais pas plutôt que me les donner, à moi, qui t'ai tout donné !

– Lui, c'est mon agent. Toi, t'es mon père.

– Je suis ton père parce que c'est moi qui t'ai fait ! Tu comprends ça ? C'est moi !

– C'est pas moi que t'as fait. C'est toi que t'as voulu refaire parce que la Ligue, t'y es jamais arrivé!

– C'est comme ça que tu me remercies…? À partir d'aujourd'hui, je ne suis plus ton père!

– S'cuse, p'pa…

– Tu peux encore dormir ici ce soir, mais demain tu t'en vas.

Au petit matin, après avoir longuement serré sa mère dans ses bras devant la maison, le fils avait emprunté l'étroite allée déneigée qui traversait le jardin. La gorge nouée, il avait posé un dernier regard sur le grand arbre et la balançoire à la peinture usée que son père avait construite pour lui, quand il était enfant.

Dans son peignoir blanc, Martin Ladouceur a fait quelques pas sans trop savoir où aller. Il n'avait en fait nulle part où aller. Il s'est effondré sur le canapé et a mis ses pieds sur la table basse. Il a remarqué le journal du jour, plié au-dessus de quelques revues touristiques. Il s'en est saisi et l'a retourné pour voir la une. Seul un petit bandeau, en haut de la page, mentionnait son retour à Montréal sous le titre « Pourquoi lui? ». Il a baissé les yeux pour découvrir le visage radieux de Georges D'Amour, tout sourire, en compagnie de Julie et de leurs quatre filles.

– Le bonheur en famille pour un dur de dur!

Il s'est levé et a chiffonné le journal qu'il s'est empressé de jeter dans la corbeille. Il a marché jusqu'à ses bouteilles de Cheval Blanc, puis a cherché le tire-bouchon dans le minibar. Étonné de ne pas en trouver, il a ouvert tous les tiroirs de toutes les commodes, des armoires, de la salle de bains, même. Rien. Dans la table de nuit, il n'a trouvé qu'une bible.

– Qui c'est qui peut bien se faire chier à lire ça?

Il s'est assis sur son lit et a saisi le téléphone pour appeler le concierge.

– Ici la réception…

– Pourriez-vous me monter un tire-bouchon, s'il vous plaît ?

– Me forcez pas à répéter, monsieur Ladouceur.

– Je veux juste boire un petit verre. Je suis seul. Je suis tanné et je me fais chier dans votre hôtel.

– Non, désolé. C'est une consigne du directeur.

– Tu me fais monter ce tire-bouchon ou je viens le chercher !

– Vous pouvez toujours venir si vous voulez. Vous ne l'aurez pas !

Martin Ladouceur n'a pas pris le temps de raccrocher et s'est levé d'un bond. Il a refermé la ceinture de son peignoir, a relevé les manches en éponge blanche pour faire ressortir ses monstrueux avant-bras et a foncé vers la porte. Il l'a ouverte mais s'est arrêté net. Il est resté immobile alors qu'on le dévisageait. Et là, il a dit ce que n'importe qui aurait dit à cet instant :

– Mais qu'est-ce que tu fais là, tout seul ?

À QUOI TU JOUES AVEC MOI ?

– Vous avez peut-être eu une vision due au décalage horaire ?

– Amène-moi une carte, et je vais te faire voir combien de fois par an je traverse le pays d'est en ouest !

Le concierge n'a pas pris la peine d'ouvrir le tiroir à cartes routières que l'hôtel offre généreusement aux bons clients qu'il ne veut pas perdre, et a tenté de retrouver contenance face à Martin Ladouceur, toujours en peignoir de bain.

– C'est peut-être la fatigue causée par le stress du transfert ?

– Quatorze ans dans la Ligue. Des transferts, j'en ai connu. Et pour la fatigue, je joue encore quatre-vingt-deux matchs par an, sans compter les séries.

– Oui, mais comme remplaçant et pas plus de dix minutes par soir !

– C'est quoi déjà ton nom ?

– Maxime ! Pour vous servir.

– Maxime, rappelle-moi demain de demander au directeur de t'acheter un gros manteau, des mitaines et un bonnet de laine, parce que ça te réussit pas vraiment de traîner dans les courants d'air du matin au soir.

Le concierge a levé les yeux au ciel en soupirant. Après s'être assuré qu'ils étaient seuls, il a chuchoté à l'oreille de son client énervé :

– Vous n'auriez pas fumé une cigarette donnée par un inconnu ou inhalé… par inadvertance, bien entendu, une substance… poudreuse… blanche? Contre votre gré, je n'en doute pas.

– Toi, t'arrêtes tes insinuations, sinon ta tête je vais la rentrer droit dans le casier à clefs!

– Monsieur Ladouceur, vous allez m'obliger à rappeler le directeur.

Lorsque le grand joueur a enfoncé la main dans la poche de son peignoir, le concierge n'a pu s'empêcher de reculer, craignant que l'homme ne soit armé – pourtant aucun acte de violence n'avait encore jamais terni la réputation de l'établissement. Tremblant, il a fixé les touches du téléphone : une fois le neuf, deux fois le un. L'étonnement a vite cédé à la peur, lorsque le client a placé sa main devant le visage de Maxime.

– C'est quoi, ça?

Le concierge a cette fois cherché à se remémorer le numéro de l'hôpital. Et, si possible, la ligne directe des urgences psychiatriques.

– Je répète, c'est quoi ça?

– Vous savez pas ce que c'est, monsieur Ladouceur?

– Ben si, je le sais. Mais toi, dis-moi, c'est quoi?

– Ben moi, je dirais… une balle…

– C'est tout?

– Ben elle est… rouge. C'est donc une balle rouge que vous tenez dans votre main…

– Et donc ?

– Donc, vous avez une balle rouge. Voilà !

– Je sais que c'est une balle rouge. Mais comment ça se fait qu'elle soit dans ma main ?

– Ben, elle est dans votre main parce que vous l'avez sortie de votre poche, monsieur Ladouceur. Vous ne vous en souvenez pas ?

– Elle est quand même pas tombée du ciel, cette balle rouge, tabarnak !

– Calmez-vous, monsieur Ladouceur, je vais passer un coup de fil, histoire de savoir comment vous aider.

Le concierge a saisi le téléphone, pris son courage à deux doigts et a commencé à composer le numéro du chalet du Père Noël, enfin celui du directeur. Avant que la communication n'ait été établie, la femme de ménage a surgi en faisant claquer ses talons sur le marbre.

– S'il vous plaît, mademoiselle, pourriez-vous faire un peu moins de bruit, je suis en ligne avec le directeur. Je dois régler une urgence.

– Je sais pourquoi cette balle est là.

Le concierge a raccroché, soulagé de ne pas avoir à déranger le directeur une nouvelle fois. Il s'est épongé le front, et a cru bon de mettre en garde la jeune femme.

– Je vous prie de peser vos mots, mademoiselle, M. Ladouceur est fatigué, et je ne voudrais pas qu'un nouveau choc émotif gâche son séjour chez nous.

– Maxime ?

– Oui, monsieur Ladouceur.

– Ferme ta gueule !

Le concierge a préféré faire mine de ne rien avoir entendu et, d'un geste auguste, enfin du revers de la main, a intimé à la jeune femme de parler.

– On a eu David Copperfield la semaine dernière dans la suite qui jouxte la vôtre. Une de ses malles s'est renversée dans le couloir. Je m'en souviens. On a réussi à rattraper les lapins et les colombes, mais peut-être que la balle a glissé sous un meuble. J'ai pas dû la voir en faisant le ménage. Je suis vraiment désolée.

– Il a pas de lapins, David Copperfield…

– Monsieur Ladouceur, on va laisser tomber les lapins et se concentrer sur la balle rouge, d'accord ?

L'homme en peignoir n'a pas répondu, mais n'a pas marqué d'opposition. Le concierge, s'assurant que Martin Ladouceur le regardait, s'est adressé d'un ton sévère à la jeune femme.

– Que vous soyez désolée ou pas, mademoiselle, je n'ai pas le choix, je dois faire figurer cet écart dans votre dossier. À cause de votre négligence, notre honorable client a été importuné, et cela vous vaudra un avertissement. J'en fais une affaire personnelle. Besoin de quelque chose d'autre, monsieur Ladouceur ?

– Mais il la tenait dans la main, je l'ai vu ! Il portait même une casquette des Canadiens !

Le concierge a tenté de gagner quelques centimètres en se haussant sur les bras pour défier du regard Martin Ladouceur. Cette fois, et malgré plus de mille cent cinquante-neuf minutes passées en prison, dont quatre cent cinquante pour des bagarres, l'ex-terreur de la glace a baissé les yeux, à la grande surprise, et surtout à la grande joie, du concierge. Du bout des doigts, Martin Ladouceur a fait rouler la balle rouge sur le comptoir.

– Donc tu me crois pas ?

– Monsieur Ladouceur, nous avons trouvé une explication rationnelle à cet incident. Quant à votre drôle de rencontre, il n'y a aucune preuve qu'elle ait vraiment eu lieu. Alors, au nom du directeur et de l'ensemble du personnel, nous vous prions de nous excuser pour ce regrettable incident et avons le plaisir de vous offrir une séance de massage en compensation. Et la responsable de ce désagrément sera réprimandée comme il se doit. Mais nous n'allons pas passer le réveillon à trouver réponse à chacune de vos… euh… visions.

Martin Ladouceur a remis la balle rouge dans sa poche et a marché vers l'ascenseur. Le concierge s'est empressé de l'accompagner et d'appeler la cabine en pressant, vite fait et bien fort, le bouton rouge.

– Pas de chance, il est au dernier !

Martin Ladouceur avait les yeux rivés sur les numéros qui défilaient au rythme de la descente de la cabine lorsqu'il a senti un regard posé sur lui.

– Et toi, Charles-David, tu me crois ?

Le groom, tout rouge, s'est avancé vers lui.

– Je dis pas que ça se peut pas, mais… c'est pas vraiment possible… On l'aurait vu… Y a qu'une entrée ici… Mais peut-être que… On sait jamais… Moi, je suis juste stagiaire…

– C'est bon, te fatigue pas, j'ai compris.

Lorsque la porte de la cabine s'est ouverte, Martin Ladouceur s'est tourné vers le concierge.

– Bon, Maxime, donne-moi le tire-bouchon.

– Excusez-moi, monsieur Ladouceur, vous me semblez dans un drôle d'état, je ne pense vraiment pas que ça soit approprié…

– S’il vous plaît, Maxime.

– J’ai dit… non ! Et quand je dis non, c’est non !

Enfoncé dans le fauteuil, les pieds sur la table basse, Martin Ladouceur a porté à ses lèvres le verre qu’il a incliné délicatement pour en faire couler une petite gorgée de Cheval Blanc.

Quelques minutes plus tôt, après une âpre et longue négociation aux portes de l’ascenseur, il avait finalement convaincu le concierge de réviser son point de vue.

– Dis-moi, le nain, t’y crois, toi, à la réincarnation ?

– Qu’est-ce que vous voulez dire, monsieur Ladouceur ?

– Je disais ça comme ça… Au cas où il t’arriverait quelque chose de grave… Très grave… Là, tout de suite. Genre un mauvais coup.

– Bon, je préfère ne pas chercher à comprendre, sinon on va y passer la nuit et moi j’ai mes Japonais qu’arrivent demain. Alors je vais monter avec vous. J’ouvre une bouteille, je vous sers un verre mais je redescends avec le tire-bouchon et vos bouteilles iront cuver dans le coffre-fort de l’hôtel jusqu’à la fin de votre séjour.

Si Martin Ladouceur avait d’abord pesté contre le concierge, jusqu’à lui claquer la porte dans le dos, il lui était finalement reconnaissant. Grâce à lui, il découvrait un plaisir inattendu. Des bouteilles à plus de cinq cents dollars, il en avait bu des coteaux entiers, sans jamais les apprécier. Cette fois, il prendrait le temps de savourer chaque goutte qui lui était accordée.

Après avoir contemplé son verre, Martin Ladouceur a finalement avalé la gorgée qu’il avait si longtemps gardée en bouche.

Alors que ses papilles distillaient encore le doux arôme, il a fermé les yeux pour mieux jouir de si peu.

– C'est pas donné, mais c'est pas de la merde…

Le souvenir est un trait qui lie le présent au passé. On le classe, on le trie, et parfois on l'enfouit à tout jamais. Mais il peut ressurgir au détour d'une odeur, d'un mot, d'une sensation ou d'une pensée. En dégustant ce vin, il ne découvrait en fait rien, si ce n'est un souvenir qu'il avait enfoui, et qui revenait à lui.

– Un glacé à l'érable s'il vous plaît, m'dame ! Oui, celui qu'est le plus gros, là !

À la table en formica du Dunkin'Donuts, assis face à son père qui buvait un expresso, Martin Ladouceur aimait ouvrir délicatement le papier kraft qui emballait le beignet, en veillant à ce que le glaçage ne s'y colle pas. Il plantait doucement les dents dans le nappage avant de mordre dans la pâte qu'il faisait tourner dans sa bouche pour l'imprégner de la douceur de l'érable.

– Hey, bonhomme, mon café est froid et toi, t'as toujours pas fini ton beignet ! Dépêche-toi, maman nous attend.

Son père jetait alors immanquablement un coup d'œil à sa Thunderbird 1963, vert amande, qui était garée à portée de vue.

– Plus que cinquante-neuf mensualités et elle est tout à nous !

Au retour, le reste de son beignet dans la main, Martin s'étirait sur la banquette trois places à l'avant. Bercé par le ronronnement du huit cylindres mêlé au lancinant va-et-vient des essuie-glaces déblayant la neige sur le pare-brise, il somnolait, la tête appuyée contre la vitre.

– T'sé, Martin, en troisième, quand t'as fait l'entrée de zone et que t'as repiqué au centre et que le gars y t'a pris le palet, t'as fait une grosse erreur, c'est que t'as baissé la tête. Faut jamais baisser la tête, faut toujours jouer la tête haute. Comme dans la vie. Tu comprends ce que je dis, mon homme ? La tête haute, toujours la tête haute !

– Oui, papa.

Alors Martin fermait les yeux jusqu'à ce que son père, las de parler aux essuie-glaces, allume l'autoradio – et *Love Me Do* jouait dans la nuit. De retour dans la petite maison qui bordait le quatrième rang du chemin reliant Sainte-Claire à Saint-Lazare, Martin ôtait ses souliers sur le paillasson de l'entrée et Henri tendait à sa femme le sac de linge imprégné de sueur. Pauline s'empressait de jeter le maillot, les bas et les dessous dans la machine à laver afin que l'équipement soit propre, mais surtout sec, pour l'entraînement ou le match du lendemain. Le samedi soir, un repas chaud et copieux les attendait sur la table de la salle à manger. Sans un mot, le père et le fils dînaient en regardant la *Soirée du hockey*.

– Pauline, tu pourrais faire quelque chose pour que la machine à laver fasse moins de bruit, on entend rien !

Jusqu'à l'âge de huit ans, quand son père se levait de table à la fin de la première période pour s'installer dans l'un des deux fauteuils devant la télévision noir et blanc, Martin l'embrassait et montait se coucher. Sa mère l'aidait à s'endormir en lui lisant l'histoire d'un enfant qui marque plein de buts. À dix ans, il rejoignait son père et s'asseyait dans l'autre fauteuil jusqu'au terme de la deuxième période.

– Tu me diras demain, p'pa, si Dickie Moore a marqué un but ce soir, en troisième ?

À douze ans, alors qu'il était déjà l'espoir de son village et s'était fait un nom dans la région, il pouvait regarder les matchs des Canadiens de Montréal jusqu'au bout. Lorsque son père se levait pour éteindre la télévision, il se tournait vers Martin et lui chuchotait toujours les mêmes mots :

– Un jour, tu verras, ce sera toi Dickie Moore !

On croit souvent que c'est à force de récompenses que la passion germe chez l'enfant. Alors pour l'attiser, ceux qui doivent montrer le chemin mettent un point d'honneur à la nourrir. C'est ainsi qu'assis à la table du Dunkin'Donuts face à la Thunderbird 1963, après un match au cours duquel il avait marqué cinq buts, Martin avait vu son père revenir du comptoir avec une grande boîte en carton. Tout sourire, il l'avait ouverte pour laisser découvrir à son fils cinq gros beignets glacés à l'érable.

– Maintenant, autant de beignets que de buts !

Parce que Martin avait des mains en or et un tir foudroyant, les boîtes de beignets étaient devenues la routine de l'après-match. Il perdit l'habitude de les savourer et s'en gavait, ne mangeant que le glaçage et laissant la pâte durcir dans la poubelle, au grand bonheur des rats. Et tant pis pour ses amis qui l'enviaient.

– Martin, t'aurais pu me le donner, tu penses qu'à toi !

– J'y peux rien si t'es nul !

Quelques mois après le triste soir de Noël où Henri avait décidé de ne plus jamais parler à son fils, la rutilante Thunderbird 1963, qui n'avait jamais connu la rouille pour avoir été polie à la peau de chamois chaque week-end, avait été vendue à un cadre de l'usine. Martin l'avait appris par sa mère mais n'en avait éprouvé aucune tristesse. Des beignets glacés à l'érable ; il en avait mangé jusqu'à ne plus en supporter l'odeur. Il avait juste dit adieu aux vacances d'été sur les longues plages d'Old Orchard, dans le

Maine, et au trajet en auto avec des crosses de hockey le séparant de ses cousins à l'arrière.

– Elles sont lourdes, p'pa.

– Tu vas voir les avant-bras que ça va t'faire ! Comme Dickie Moore.

– Henri, tu peux arrêter de lui faire lancer des galets dans la mer et le laisser jouer un peu dans le sable comme les autres ?

Martin Ladouceur s'est redressé d'un coup. Il a porté le verre de vin à ses lèvres, l'a vidé d'un trait, avant de le reposer brusquement sur la table basse.

– Mais qu'est-ce que je m'emmerde, tabarnak !

Les pans de son peignoir ont volé dans les airs quand il a foncé jusqu'au téléviseur pour saisir la télécommande. Immédiatement, un chant de Noël interprété par la chorale de l'accueil Bonneau a envahi la suite.

– Manquait plus qu'eux…

Il a zappé avec frénésie jusqu'à voir un rideau rouge et des lumières scintiller au-dessus d'un public – robe du soir pour les femmes, smoking pour les hommes – applaudissant à tout rompre. La musique retentissante s'est interrompue et une voix tonitruante a annoncé un spectacle à ne pas manquer.

… Ladies and gentlemen, live from Las Vegas… the incredible, the greatest, the unique… David Copperfield!

Le rideau s'est levé pour laisser découvrir le magicien. Martin Ladouceur a saisi un fauteuil et s'est collé au téléviseur. De la poche de son peignoir, il a sorti la balle rouge qu'il a machinalement pressée, sans quitter l'écran des yeux.

Ainsi, il n'a rien raté du célèbre magicien se faisant couper en deux, ni de ces deux spectatrices mystérieusement disparues dans un nuage de fumée. Lorsqu'est venu le tour du canard qui entre dans une boîte en fer pour ressortir de la grosse caisse de l'orchestre, il a soupiré d'ennui. Il s'est approché plus encore de l'écran pour comprendre quel était le truc quand une femme a lévité de longues minutes sur une fontaine d'eau jaillissant de la scène. Il n'a pu s'empêcher de rire grassement lorsque David Copperfield a fait monter deux autres jeunes femmes sur des chaises et a deviné la couleur de leurs dessous, qu'il a ensuite fait passer de l'une à l'autre.

– Je les aurais fait disparaître, moi, au lieu de les échanger !

Au dernier numéro, le téléspectateur attentif a même poussé un petit cri de peur lorsque l'assistante du magicien s'est fait décapiter. Le spectacle terminé, Martin Ladouceur a voulu décrocher le téléphone pour hurler au concierge sa façon de penser.

– David Copperfield, il a pas de lapins et pas de balles rouges. Tu m'as pris pour un con ?

Mais il a renoncé. Il savait qu'une engueulade ne mènerait à rien, et s'il devait avoir soif pendant la nuit, il n'était pas dans son intérêt de se fâcher davantage avec le concierge, d'autant que celui-ci détenait les clefs du coffre dans lequel reposaient ses bouteilles de vin.

Martin Ladouceur venait de passer une heure seul devant la télévision à regarder David Copperfield. Il n'avait plus qu'une envie, que cette effroyable soirée de Noël se termine pour l'oublier à jamais.

– Bon, je vais aller manger, puis un petit film de cul, et au pieu !

Il a enlevé son peignoir en le faisant glisser le long de ses épaules jusqu'à ce qu'il ne forme plus qu'une boule blanche au sol. Nu, il a cherché les vêtements qu'il avait balancés à son retour du sauna. Il a retrouvé son tee-shirt au pied du canapé, sa chemise sur l'accoudoir et le pantalon sous les coussins. Il a jeté son linge sale dans le sac accroché à la poignée de la porte d'entrée. Au passage, il a remarqué que le placard à manteaux était mal fermé. Son regard a balayé les cadeaux encore enveloppés que Charles-David avait rangés là. Il n'a pas eu le temps de repenser à sa débâcle de l'Île-des-Sœurs qu'un petit quelque chose l'a intrigué. Plusieurs des paquets avaient été déchirés et maladroitement rafistolés. Intrigué, il a refermé la porte du placard puis est revenu vers le canapé où il a récupéré, derrière le dossier, son slip et une chaussette. Il s'est agenouillé, espérant découvrir la seconde sous le canapé. Très vite, il a touché quelque chose. Ce n'était pas une chaussette.

– C'est quoi, ça ?

Martin Ladouceur, nu, accroupi, tenait dans sa main une casquette usée aux couleurs des Canadiens de Montréal. Il l'a retournée, aucun nom à l'intérieur. Il a essayé de l'enfiler. Elle était bien trop étroite pour lui. Il a observé le petit couvre-chef en le tournant, et le retournant.

– À quoi tu joues avec moi ?

Qui ça peut bien être ?

Devant l'hôtel, un manteau de neige avait recouvert la rue, immaculée, à l'exception des halos jaunes des réverbères. Martin Ladouceur a descendu les marches, s'est arrêté sur le trottoir. Au loin, il a vu la borne de taxi. Il n'y en avait qu'un. Il a levé le bras et a hurlé ce que l'on crie toujours dans ces moments-là :

– Hep, taxi !

La Chevrolet Caprice blanche a roulé lentement jusqu'à lui. Martin Ladouceur n'a pas été surpris de reconnaître Pierre-Léon au volant. Ravi, il a ouvert la portière et s'est s'installé à l'arrière. En la refermant, il a pris soin de ne pas faire claquer le battant de tôle, comme s'il voulait que personne ne l'entende.

– Je vis un véritable cauchemar. Il m'arrive des choses incroyables. Je me demande même si cet hôtel n'est pas hanté.

– Voulez-vous dire que vous avez vu des fantômes ?

– Genre…

Pierre-Léon a observé dans le rétroviseur son meilleur client de la nuit qui, lui, n'était pas au meilleur de sa forme. Il a démarré le compteur et mis le levier de vitesse sur *drive*. Le vrombissement du huit cylindres a un instant recouvert le silence avant que les trottoirs, déserts, ne défilent.

– Bon, je vous emmène où ?

– J'ai faim. Viens dîner avec moi, je t'invite.

– C'est vraiment votre nuit de chance, ma pause est dans un quart d'heure.

– Pour la chance, on en reparlera… Mais bon, prends la rue Sherbrooke, je connais un coin où on pourra discuter tranquillement. Surtout, tu gardes ça pour toi. C'est un secret.

– Tout ce qui se dit dans le taxi reste dans le taxi.

Trente minutes plus tard, la Chevrolet éteignait ses phares dans le parking sombre d'une raffinerie de l'est de la ville. Des pipelines plantés dans d'énormes citernes rouillées, éclairées de petites ampoules blanches, jaunes et rouges, donnaient à ce décor des airs de station spatiale à l'abandon. Les deux hommes sont sortis de la voiture et ont marché vers une gargote aux lattes de bois lasurées, sur laquelle était écrit en lettres rouges *Chez Ginette et Réjean.*

– En face, ils font les trois huit, c'est pour ça que c'est ouvert vingt-quatre heures sur vingt-quatre.

Pendant le trajet, Martin Ladouceur s'était confié au chauffeur et lui avait raconté comment il avait atterri là le soir d'une honteuse défaite à domicile, à quelques heures d'un décollage pour Boston où un nouveau match l'attendait dans la foulée.

– J'étais tellement saoul que je me souvenais même plus du numéro sur mon maillot !

L'idole de tout un peuple avait été arrêtée par la police au coin des rues Sherbrooke et Iberville. Afin de justifier la présence de sa voiture dans le jardin du presbytère, il avait prétexté avoir vu un caribou. Les forces de l'ordre, qui restaient avant tout des fans des Canadiens de Montréal, avaient escorté le joueur étoile jusque Chez Ginette et Réjean.

– Si j'mange pas quelque chose dans les cinq minutes, je vais pas être capable de monter dans l'avion pour Boston et de marquer des buts.

Ginette, la maîtresse des lieux, avait pris dans ses bras musclés l'homme titubant, pour l'asseoir devant la friteuse. Réjean, son chétif mari, avait servi un demi-poulet frites et de la bière aux policiers, et vidé un verre d'eau glacée sur le crâne de Martin Ladouceur avant de lui faire boire un café salé. Le champion avait couru vomir dans les toilettes. Ragaillardi, il avait avalé une *poutine* maison et payé d'une photo dédicacée que Ginette s'était empressée d'accrocher au-dessus de la friteuse.

– Ben tu sais quoi, Pierre-Léon, ce soir-là, à Boston, j'ai marqué deux buts et fait deux passes décisives !

Aux photos dédicacées s'étaient ajoutées d'autres photos dédicacées au-dessus de la friteuse, jusqu'à constituer une sorte de mausolée à la gloire, toujours trop arrosée, de Martin Ladouceur. La gargote était devenue son refuge, Ginette et Réjean une seconde famille qu'il ne voyait que saoul, mais sur laquelle il pouvait toujours compter.

– Ils m'ont traité comme leur fils, et ils ont jamais rien cafté à personne !

Georges D'Amour, comparse de tant de nuits que même le jour ne pouvait arrêter, avait également droit aux remèdes miracles de Ginette, même si sa bonté avait des limites.

– Il vient de me manger un troisième poulet et ça fait trente minutes qu'il est enfermé dans les toilettes avec les deux petites poulettes que vous avez ramenées. Si ça continue, les gars d'en face, ils vont devoir aller à l'usine le ventre vide mais la vessie pleine !

Martin Ladouceur a tourné la poignée tachée d'huile noire et est entré, suivi de Pierre-Léon. Dans la petite salle, rien n'avait changé. Entre deux gorgées de bière, des hommes en bleu de travail souillé de pétrole dévoraient les plats concoctés par Ginette. Aux trois machines à sous, trois ouvriers perdraient peut-être leur nuit de labeur, aux fléchettes personne ne jouait, mais à la friteuse, il y avait toujours Ginette. À la vue de son vieux client, la vieille dame aux cheveux gris a esquissé une moue et a continué de remplir de *relish*, de moutarde, de choux et d'oignons hachés trois hot dogs – les meilleurs en ville, vantait le panneau derrière la caisse.

– Ginette, c'est moi, Martin ! Tu me replaces pas ?

– Hey, un revenant…

Déstabilisé par le flagrant manque d'entrain de la patronne et quelque peu gêné devant Pierre-Léon à qui il avait annoncé des effusions sans fin et peut-être même des larmes de joie, Martin Ladouceur a levé les yeux au-dessus de la friteuse.

– Ben, elles sont où, mes photos ?

– Elles étaient pleines de graisse, et quand t'as été transféré à Winnipeg, les clients s'amusaient à lancer les fléchettes dessus. Réjean, il en avait marre de monter les décrocher. Et il commençait déjà à fatiguer.

– Ah ?… C'est vrai ça, il est où Réjean ? Je le vois pas.

– Il est mort. Il a fait une crise cardiaque un soir en servant des beignets d'oignon à la table là-bas.

– Oh… Je suis désolé, Ginette.

– C'est ça, t'es désolé.

– Y a quelque chose que je peux faire pour toi ?

– Ben si t'as prévu de manger, va t'asseoir. Dans cinq minutes, y en a qui vont finir leur quart en face, t'auras plus de place. En attendant, tiens, v'là le journal.

Ginette, petit sourire au coin des lèvres, a tendu le quotidien en veillant à ce que la photo de Georges D'Amour avec Julie, encadrant leurs quatre filles au pied d'un sapin de Noël géant, soit sous le nez de Martin Ladouceur.

– T'as vu, lui, au moins il a compris...

Pierre-Léon observait du coin de l'œil Martin Ladouceur qui mâchait sans entrain un beignet d'oignon, plat choisi en hommage à Réjean. Pour éviter d'être importuné par les fans, le joueur avait tenu à s'installer sur la chaise qui tournait le dos à la salle. Son ami chauffeur, qui avait opté pour la poutine maison, prit soin de ne pas lui dire que personne ne le regardait.

– Vous m'avez parlé de fantômes tout à l'heure dans la voiture ?

– Hein, quoi ? Moi, j'ai parlé de fantômes ?

– En sortant de l'hôtel, souvenez-vous...

– Tu promets de pas te moquer de moi ?

– La moquerie est le fusil de ceux qui ne comprennent pas. Moi, je ne me moque jamais parce que j'essaye toujours de comprendre.

Martin Ladouceur n'a pas hésité longtemps. Il a planté la main dans la poche de son cachemire et en a ressorti la balle rouge pour la placer devant Pierre-Léon, ce qui a eu pour effet de piquer la curiosité de Ginette, qui en a même arrêté de beurrer des toasts.

Au rythme des hochements de tête du Haïtien, celui dont la nuit était un enfer s'est épanché sur ses malheurs en gesticulant et en haussant de plus en plus le ton. Évidemment, tout le monde dans le restaurant s'est retourné pour écouter. Ginette, sur le qui-vive, a saisi son téléphone et s'est retournée pour que personne ne l'entende.

– J'étais tout nu dans le sauna perdu au milieu de la vapeur. Tu sais, moi j'ai jamais été seul là-dedans, alors bien sûr j'ai eu de drôles d'idées… Quand tout à coup j'entends une voix me parler. Je te jure, ça m'était jamais arrivé d'entendre une voix dans un sauna ! Et tu sais quoi ? C'est ta voix que j'ai entendue. Oui, la tienne ! Et tu me disais : « Il y a toujours quelque part quelqu'un qui vous aime. » J'avais jamais entendu ça de ma vie, j'étais comme en transe. Alors je suis sorti tout nu et j'ai couru dans les couloirs de l'hôtel jusqu'à ce que…

– Waouh, des cochonneries, t'en as assez fait ici avec des filles. Si t'as viré de bord, c'est ton problème, mais pas la peine d'en faire profiter toute la salle !

Martin Ladouceur a souri à la maîtresse des lieux qui le fixait, toasts en main, derrière ses fourneaux.

– Hey, ça va pas de dire des conneries pareilles ? Tu me connais, non ?

Ginette s'est contentée de lui tourner le dos pour mettre à frire des ailes de poulet. Tous les hommes en bleu de travail dévisageaient le client bavard. Quand celui-ci les a défiés du regard, un à un, certains ont baissé les yeux, d'autres ont ricané. Il a serré les poings, respiré un grand coup, englouti un autre beignet d'oignon. Ensuite, il a chuchoté.

– Donc là, je rentre dans ma chambre. Je passe un petit coup de fil…

– À qui ?

Martin Ladouceur a sursauté et s'est frotté le menton. Ce n'est pas qu'il ne voulait pas le lui dire, mais c'est surtout qu'il ne voulait pas en parler. Il aurait encore eu à retourner des années en arrière, là où il était déjà allé sans le vouloir, trop de fois, ce soir.

– Tu te souviens des trois bouteilles qu'on a achetées ensemble à la Maison des vins ? Ben, ces salauds à l'hôtel, ils me les ont confisquées et ils ont même pris le tire-bouchon de ma chambre !

– Une chose est claire, ils ne veulent pas que vous buviez.

– Ah oui, pour être clair, c'est clair ! Mais on est quand même dans un pays libre, non ?

– Ne vous dispersez pas, continuez votre histoire. Vous veniez de passer un coup de fil.

– Et là, j'ai voulu boire un verre. J'appelle la réception, et le concierge refuse. Je pète un câble, j'ouvre la porte et je tombe sur un enfant qui lâche une balle rouge en me voyant !

– Un enfant ?

– Oui, un enfant ! J'ai pas eu le temps de lui parler qu'il a disparu. Hop là, plus personne !

– Il a disparu comment ?

– Ben, en courant, tiens !

– Il avait quel âge ?

– Je sais pas, je dirais… euh… sept… Non ! Peut-être onze… ou treize, même.

– Un enfant de sept ans ne ressemble pas vraiment à un enfant de treize ans.

– Mais j'y connais rien, moi, en enfant! J'en ai pas, j'en veux pas. Les seuls que je vois, ce sont ceux qui me traquent pour des autographes. Je les regarde jamais dans les yeux, sinon ils m'en demandent un autre, et un autre, puis ils veulent une photo, et ils veulent me parler… et ils me racontent le dernier but qu'ils ont marqué… Et là les parents débarquent pour me dire à quel âge il a fait son premier tir frappé… Je m'en moque comme de l'an 40, de savoir quand il a fait son premier tir frappé.

– Ne dites pas ça. Un enfant, c'est ce qu'il y a de plus beau au monde…

Absorbé par son propre malheur, Martin Ladouceur n'a pas su déceler la tristesse dans la voix de Pierre-Léon.

– J'en étais où?

– Votre enfant a disparu dans le couloir.

– Ah oui… Et là l'enfer a commencé. Enfin, non, je devrais dire les choses bizarres… En bas, personne m'a cru. Alors même moi je savais plus si je l'avais vu ou pas. Je remonte dans ma chambre et là, je trouve les cadeaux pour les filles de Georges presque tous ouverts. Et sur quoi je tombe après?

Martin Ladouceur agitait maintenant la petite casquette des Canadiens devant le visage de Pierre-Léon qui l'observait avec attention, tout en se fendant d'un petit sourire.

– Et je vous parle même pas de David Copperfield!

– Non, pas la peine.

Martin Ladouceur, vexé, a repris des mains de Pierre-Léon la casquette des Canadiens de Montréal.

– Voilà, j'aurais jamais dû vous raconter ça, vous ne me croyez pas non plus.

– Mais pas du tout.

– Non, vous ne me croyez pas, comme tous les autres !

– Mais non, c'est juste que je préférais qu'on oublie David Copperfield et qu'on reste concentrés sur cet enfant…

Et là, Martin Ladouceur n'a pu se retenir de parler à nouveau très fort. Les autres clients ont cessé de manger pour tourner leurs regards vers les deux hommes, et Ginette en a lâché son quart de poulet qui n'attendait que les frites.

– Vous comprenez rien ! Vous voulez pas que je vous parle de David Copperfield alors qu'il est au cœur du mystère ! Vous avez jamais eu la curiosité de savoir s'il avait des lapins ? Arrêtez de me regarder comme ça, je suis sérieux ! Moi, par exemple, je sais si David Copperfield il a des lapins. Et mine de rien, dans le monde entier, je suis peut-être un des seuls à le savoir ! Et vous savez quoi ? Ben, il a pas de balle rouge non plus parce que…

– Il est temps que tu partes, Ladouce, tu les fais même plus rire, tu leur fais peur. Pire que ça, tu les emmerdes !

Du regard, Ginette défiait son client, dont le front laissait perler quelques gouttes de sueur. Mais il n'a pas bougé, se contentant de piquer sa fourchette dans un nouveau beignet d'oignon. Quand tous les hommes en bleu se sont levés pour soutenir leur cuisinière bien-aimée, surtout la nuit, Pierre-Léon a dit ce que tout bon ami dirait en ces circonstances :

– Je pense qu'il est temps de rentrer.

– Ginette, encore cinq minutes, on a pas fini de parler.

– Je t'ai dit qu'il faut libérer la table, Ladouce ! Y a des gars qui attendent et ils ont que trente minutes avant de retourner travailler.

– Qu'est-ce qui se passe, Ginette ?

– Il se passe que t'as mangé et tu t'en vas. Comme tout le monde ici.

– Pourquoi t'es comme ça avec moi ?

Déceler de la haine dans un regard est douloureux. Déceler du mépris est plus douloureux encore. Martin Ladouceur n'a pu soutenir le regard de Ginette. Tête basse, il a enfilé son manteau puis a sorti sa liasse de billets.

– Pas la peine de passer par la caisse, c'est payé.

Comme s'il se réveillait d'un cauchemar, Martin Ladouceur a repris vie, le visage radieux. De la poche intérieure de son manteau il a extrait une photo couleur de lui en maillot de bain, allongé sur des packs de Budweiser, et entouré de cinq jolies filles en bikini rouge avec les tétons cachés par des capsules de bouteilles de bière.

– Regarde Ginette, j'ai une surprise pour toi. C'est un *collector*. Si tu l'encadres, les fléchettes pourront pas l'abîmer. Elle est unique parce que…

– Pas la peine. C'est pas moi qu'a payé.

– Ben c'est qui ?

– Lui, là-bas.

– Remercie-le pour moi.

– Fais-le toi-même !

Martin Ladouceur a levé les yeux au plafond, mais n'a pas osé pester devant Ginette. Il savait qu'il allait devoir encore parler avec ce supporter trop heureux de raconter à toute sa famille, ses amis, ses voisins et ses collègues qu'il avait, une nuit, offert un repas à Martin Ladouceur en personne. Alors il a pris un stylo et a foncé vers l'homme qui était assis au bar, col de manteau relevé, une casquette enfoncée sur la tête.

– Je suis désolé, j'aurais bien causé un peu avec toi, mais malheureusement je suis attendu.

Pour ne pas perdre une seconde, Martin Ladouceur a gribouillé « Amitiés sportives! » juste sous les tétons des filles. Il a signé en y ajoutant « 69 », puis il a placé la pointe du stylo au-dessus de la petite rousse, celle aux plus gros seins, a écrit « Pour », avant de se tourner vers son hôte.

– C'est quoi ton nom?

– Michel Mercier…

L'encre du stylo a d'abord rayé son visage pour finir sur le bikini de la petite brune qui le tenait par l'épaule.

– Mais qu'est-ce que tu fais là?

– Ce que j'ai toujours fait… Payer ta note! Qu'est-ce tu crois, Ladouce? Que Ginette et Réjean qui n'ont jamais gagné en un an ce que tu gagnais en un jour avaient les moyens de te nourrir presque tous les soirs avec tes amis? Tes photos dédicacées, ils les mettaient aux murs pour te faire plaisir, et être sûrs que tu reviennes. Comme ça je savais où t'étais et j'avais qu'à leur envoyer un chèque à la fin du mois.

Martin Ladouceur a eu besoin de s'asseoir. Le vieil homme a continué d'une voix qui contenait de la rage.

– Ce soir, quand elle t'a vu arriver et raconter tes saloperies dans le sauna, elle a paniqué et elle m'a appelé. Comme elle a toujours fait.

Les doigts de Martin Ladouceur ont lâché le stylo qui a roulé sur le comptoir, chuté au sol et fini sous la jambe droite de Ginette qui égouttait des pilons de poulet sans rien perdre de la conversation. Pierre-Léon a posé la main sur l'épaule de son client, qui maintenant tremblait.

– Je vais passer un coup de fil à ma femme, je vous attends dans la voiture.

Martin Ladouceur a hoché la tête, puis il est revenu à l'homme aux traits tirés dont les yeux, bleu délavé, étaient cerclés de vaisseaux rougeâtres. Il l'a regardé saisir l'anse du pichet de bière. La mousse a débordé avant même que son verre ne soit plein. Sans un mot et sans reproche, Ginette a passé un coup de torchon sur le formica avant de s'en retourner à sa caisse.

– Tu la portes tout le temps pour faire baver tous les minables que tu croises ?

Martin Ladouceur a immédiatement mis sa main dans la poche pour cacher sa rutilante chevalière.

– Tu sais que j'ai plus la mienne ? C'est un vendeur de chez Oldsmobile qui me l'a achetée… Il a fait une bonne affaire… Et tu sais ce que j'ai fait avec l'argent ?

L'homme a porté la chope à ses lèvres pour avaler trois bruyantes gorgées de bière. Martin Ladouceur n'a pu soutenir son regard vitreux. Une nouvelle fois, son passé, tel un palet frappant le poteau, lui revenait en pleine face.

– Alors, Ladouce, tu m'demandes pas de mes nouvelles ?

Ce qu'était devenu Michel Mercier, ancien entraîneur en chef des Canadiens de Montréal, tout le monde le savait dans la Ligue. Sitôt Ladouceur envoyé vers les bars de Winnipeg, après sa folle nuit à l'hôtel Saint-Régis, le président du grand club avait dans la foulée congédié le coach. Aucune autre équipe n'en avait voulu parce qu'il avait désormais la réputation de ne pas savoir tenir ses joueurs en dehors de la glace. Véritable paria, il avait dû fuir en Europe pour prendre en main la destinée du hockey club d'Innsbruck dans le Tyrol autrichien, au pied des Alpes.

Dans cette contrée lointaine, il y a beaucoup de hockeyeurs, mais aussi de grands chanteurs. Marie, l'épouse de l'entraîneur, qui l'avait suivi contrainte et forcée, s'ennuyait ferme à regarder paître les vaches dans la vallée. Elle s'est un jour amourachée de la chanson tyrolienne et, plus tard, du chef d'orchestre de la chorale avec qui elle est partie vivre dans la montagne.

– Laïlo, laïolo, ouh! ouh! Laïlo, laïolo, ouh! ouh!

Michel Mercier, élevé à la dure dans une famille de fermiers sur les rives du Saint-Laurent, a tenu malgré tout à honorer son contrat dans l'espoir de redorer son blason et, en retournant au pays par la grande porte, de reconquérir, auréolé de gloire, le cœur de sa belle. Mais la dépression l'a vite gagné et M. Schultz, le président du hockey club d'Innsbruck, n'a eu d'autre choix que de le congédier. Car l'homme au cœur brisé, qui s'était lui aussi mis à la musique – à la guitare –, faisait pleurer les joueurs dans le vestiaire avant les matchs.

– *Elle n'a qu'à ouvrir l'espace de ses bras, pour tout reconstruire, pour tout reconstruire… Je l'aime à mourir… Je l'aime à mourir…*

Revenu au Québec, sans femme, ni guitare, ni emploi, Michel Mercier n'était plus rien. Même plus un souvenir.

– Tout ça par ta faute, Ladouce! Je t'ai toujours tout laissé passer parce que tu marquais des buts. Mais là on venait d'en perdre quatre de suite. Tes frasques nocturnes étaient de plus en plus difficiles à cacher. Fallait distribuer des places aux policiers qui oubliaient de te mettre des amendes, aux patrons de bars chez qui t'avais fait du grabuge avant de partir sans payer, aux filles qui venaient se plaindre de ta vulgarité et de tes mains baladeuses. Quand y avait plus de places, ben fallait que je les fasse taire avec mon propre cash!

La bouffée de chaleur qui a saisi Martin Ladouceur n'a pas été moins brûlante que celle qu'il avait eue lorsque sa voisine Lucie, plus vieille de quatre ans et si populaire dans le quartier – elle embrassait les garçons en mettant la langue –, lui avait révélé que le Père Noël n'existait pas.

– Tu crois quand même pas qu'un but de hockey ça passe par une cheminée ? Et regarde, y a même pas de cheminée chez vous !

La triste vérité venait de balayer une croyance bien ancrée. Martin Ladouceur s'est adressé à son ancien entraîneur.

– Je suis désolé, Michel, vraiment... Je m'excuse.

– Tes parents t'ont jamais appris qu'on s'excuse pas tout seul mais que des excuses, ça se demande ?

– Je te demande de m'excuser.

– Je t'excuserai jamais parce que je te pardonnerai jamais ! Jamais, je te dis ! C'était ma vie, Ladouce, toute ma vie, mon rêve... être derrière le banc au Forum et diriger les Canadiens ! Et ma vie maintenant, elle est pas derrière un banc à diriger des joueurs, mais derrière un bar, à commander des verres !

Sans un mot, Martin Ladouceur a déchiré la photo, puis a salué Ginette qui n'a pas levé les yeux de sa caisse. Tandis qu'il se dirigeait vers la porte, il a senti une main le retenir par le poignet. Michel Mercier a collé son visage au sien pour lui chuchoter à l'oreille ses effluves de bière.

– Tu t'en souviens bien de cette dernière sauterie dans cette chambre d'hôtel quand le président est venu te cueillir aux portes de l'ascenseur ?

– Non.

– Je serais toi, j'essaierais de faire un effort, parce que tu sais, les filles d'un soir, ben c'est comme une saison au hockey, faut attendre neuf mois pour connaître le résultat final…

Les ampoules qui éclairaient les pipelines et les réservoirs des raffineries de l'est de la ville étaient déjà bien loin. Comme un boxeur retournant dans son coin au gong du neuvième round, groggy d'avoir reçu les coups d'un adversaire trop fort, mais surtout sous-estimé, Martin Ladouceur était sorti de chez Ginette en titubant pour s'affaler à l'arrière du taxi de Pierre-Léon, dans l'angle entre la porte et la banquette – sans aucun M. Ramirez pour lui faire de l'air avec une serviette. Alors il a ouvert la fenêtre pour laisser passer un mince filet glacé. Il lui fallait reprendre ses esprits, même s'il n'avait pas l'intention de retourner au combat, déjà KO, non au compte de dix, mais de neuf.

– Février… mars… avril… mai… juin… juillet… août… septembre… octobre!

Dans le rétroviseur, Pierre-Léon a observé son client qui venait de chuchoter ses premiers mots depuis le départ.

– Octobre…

Alors qu'à gauche de l'auto, filant bon train sur Sherbrooke, la tour penchée du stade olympique est apparue, Martin Ladouceur s'est pris la tête à deux mains en battant du pied, puis s'est pris la tête à deux mains sans battre du pied, mais rien n'y a fait. Ça ne lui revenait pas.

– J'ai tellement fait d'équipes que je sais plus si j'ai été échangé par Montréal en 80 ou 81.

– 81. Comment ne pas le savoir? Toute la journée, ils n'ont parlé que de ça à la radio.

La vedette du jour a commencé à compter sur ses doigts, mais cette fois, il n'est pas allé jusqu'à neuf.

– Sept ans…

Dans sa carrière, il en avait vu, des hommes, des vrais, des durs, enfin des hockeyeurs, si bouillants sur glace, fondre dans la chaleur du vestiaire, à hurler, l'air con :

– Hey, les boys, je vais être papa !

En début de carrière, Martin Ladouceur ricanait chaque fois dans son protège-dents, avant que la thèse de Cynthia ne se rappelle chaque mois à son chéquier. Depuis, il prenait soin, afin de conjurer le sort, de se lever le premier pour féliciter son coéquipier qui brandissait comme un trophée de meilleur buteur l'échographie.

– Félicitations, mon homme, il a l'air bien beau !

– Merci Ladouce, j'ai l'impression que ma vie ne sera plus jamais comme avant.

Martin Ladouceur a fermé les yeux pour ne plus penser. Lorsque deux êtres qui s'additionnent se multiplient ensuite pour en concevoir un nouveau – un enfant –, la vie change à jamais. S'ajoutent immanquablement une chambre, un break, une baby-sitter, des cris, des pleurs et des caprices. Alors ceux qui se satisfont de leur vie en solitaire, au point d'avoir peur de la voir disparaître jusqu'à s'oublier, refusent de l'envisager autrement.

– Et tu peux même plus sortir un soir tranquille !

Cette nuit d'ivresse, huit ans plus tôt, il ne s'en souvenait plus. Il y avait participé, mais il était tellement saoul que ça n'était donc plus vraiment lui. Comment pourrait-il être responsable de ce qui s'y était passé, s'il n'y était pas.

– Monsieur Ladouceur ?

Si on ne souhaite pas être père, inutile de chercher à savoir si une mère existe. Comme c'est injuste, tant d'années plus tard, de vous menacer d'une responsabilité que vous vous étiez efforcé de ne jamais endosser. Ce que l'on vit, on doit le vouloir, jamais le subir.

– Monsieur Ladouceur!

Martin Ladouceur a ouvert les yeux pour voir l'ampoule du plafonnier de l'auto éclairer le visage de Pierre-Léon qui, agenouillé sur son siège, lui tenait l'épaule.

– Excusez-moi de vous avoir secoué un peu fort, mais vous ronfliez en gémissant des mots bizarres.

À travers la vitre du taxi, le client a aperçu l'entrée éclairée du Saint-Régis. Charles-David a dévalé les marches quatre à quatre avec un parapluie ouvert en main.

– S'cuse, je crois que j'ai fait un cauchemar.

Il s'est penché sur le côté pour voir le compteur qui indiquait onze dollars. Il a jeté deux billets de vingt sur la banquette avant.

– Garde la monnaie!

– C'est beaucoup trop, vous m'avez déjà invité à dîner.

– Justement, j'aurais préféré ne jamais t'amener là. C'est pour me faire pardonner.

Martin Ladouceur n'a pas eu le temps de saisir la poignée de la portière que Charles-David l'a déjà ouverte, en prenant soin de placer le parapluie à l'endroit même où la tête de son hôte apparaîtrait. Pierre-Léon, après avoir soigneusement rangé ses deux billets dans la boîte à gants, s'est retourné et a saisi le bras de son client qui avait déjà un pied sur le macadam enneigé, prêt à s'enfuir.

– À propos de votre enfant.

– Quoi, mon enfant?

Même Charles-David a sursauté, manquant d'en lâcher le parapluie, lorsque Martin Ladouceur a hurlé, le regard empli de peur, voire de dégoût :

– J'ai pas d'enfant, moi ! Non !

– J'ai pas dit que vous aviez un enfant, je parlais juste de celui que vous avez vu dans l'hôtel avec la balle rouge. Vous vous en souvenez ?

– M'en parle plus, j'ai dû rêver, comme quand je dormais y a cinq minutes.

Pierre-Léon s'est fendu d'un sourire, tout en toisant Martin Ladouceur. Jusqu'à l'inquiéter.

– Qu'est-ce que t'as à me regarder comme ça ?

– Je ne crois pas que vous ayez rêvé cet enfant.

– Qu'est-ce que tu veux dire ?

Le chauffeur a cessé de sourire, puis il a pris un air grave et une grande inspiration.

– C'est moi qui l'ai amené à l'hôtel…

Martin Ladouceur a monté si vite les marches menant à la porte d'entrée que Charles-David n'a pu maintenir le parapluie au-dessus de la tête de son client.

– Tu vas voir le concierge, je vais lui faire bouffer les clefs des chambres une par une, et crois-moi qu'il va en passer du temps demain matin aux chiottes à repenser à David Copperfield et à ses lapins alors que ça fera gling-gling-gling sur la faïence !

Charles-David a bien tenté de rattraper son client en furie sur le perron afin de lui ouvrir la lourde porte d'entrée avant que lui-même ne le fasse – sacrilège pour tout palace qui veut à tout prix conserver ses cinq étoiles. Mais avant qu'il n'ait pu refermer le parapluie, la porte s'est rabattue sur lui. Et immédiatement rouverte. Le jeune groom s'est alors retrouvé face à Martin Ladouceur qui venait de ressortir. Il n'a eu d'autre choix que de redéployer le parapluie et de partir à la poursuite de son client qui était déjà en bas des marches.

– Faut que je réfléchisse !

Les bras croisés dans son manteau noir dont les pans virevoltaient à chaque demi-tour, Martin Ladouceur marchait de long en large sur le trottoir, suivi de Charles-David qui tenait le parapluie au-dessus de sa tête tout en chassant du bout des doigts les rares flocons qui se posaient sur le cachemire.

– Je sais que c'est ton boulot, petit, mais de sentir le parapluie au-dessus de ma tête et toi qui me tripotes le dos en me soufflant dans la nuque, ça me déconcentre. Prends pas ça pour toi, mais faut que tu me laisses penser.

Décontenancé, Charles-David est allé se placer au pied des marches et, penaud, a tenté de retrouver dans les cours suivis à l'École supérieure d'hôtellerie l'attitude à adopter en pareilles circonstances. Après réflexion, considérant qu'aucun client ne pouvait être moins bien loti qu'un membre du personnel – une devise sacrée pour laquelle il se souvenait d'avoir obtenu un 20/20 en première année –, il a décidé de refermer le parapluie et d'attendre.

Pendant que les flocons s'entassaient sur sa casquette, il suivait des yeux son client qui, après une trentaine de va-et-vient effectués dans une progressive accélération, venait de poser son front sur le lampadaire glacé, comme pour le refroidir après une surchauffe due à une intense réflexion.

– Ça va, monsieur… euh, enfin, Ladouce ?

Charles-David ne l'aurait pas juré devant Dieu, mais il a bien cru entendre un *pschitt* lorsque Martin Ladouceur a décollé son front du poteau.

– Tu vois, Charles-David, des fois dans la vie, faut pas céder à la colère à chaud. C'est souvent mieux de réfléchir avant de faire quelque chose que tu pourrais regretter.

– C'est toujours ce que me dit mon père.

– Il a bien raison.

– Je parie que votre père, il vous le disait aussi.

– Non, il me disait pas ça, mon père.

– Il vous disait quoi, alors ?

– Plein d'autres choses, mais pas ça. Tu sais, moi, fallait toujours que je sois gonflé à bloc. Et il savait y faire. Bon, allez, on y va !

Martin Ladouceur a, cette fois, monté lentement les marches, une à une. Quand, sur le perron, il a senti la main du jeune homme lui enlever la neige amoncelée sur son manteau, il s'est arrêté afin de le laisser accomplir sa tâche.

– C'est gentil, sinon le concierge aurait pu me donner un avertissement. Je veux pas en dire du mal, mais, lui, il est vraiment règlement-règlement. Et il répète tout au directeur. Dites-le à personne, mais c'est comme ça qu'il a eu sa promotion. Tout le monde le déteste, ici.

C'est exactement à cette conclusion qu'en était arrivé Martin Ladouceur grâce à son chaud et froid sur réverbère. Plutôt que de faire avaler les clefs des chambres à Maxime, il valait mieux qu'il ne sache rien de l'étrange visite de cet enfant. Lorsque l'on ne sait pas, on ne dit pas. De toute façon, il n'y avait pas grand-chose à savoir, et pour être franc, Martin Ladouceur espérait qu'il n'y avait vraiment rien à savoir. Le mieux, pour éviter le pire, était de faire comme si rien ne s'était passé. Et tant pis pour le concierge qui n'aurait rien à raconter au directeur. Ravi de sa réflexion, il a glissé un billet de vingt dollars dans la pochette de la veste du jeune groom.

– Bon, je vais aller me coucher. Je compte sur toi pour que personne ne me dérange. Et si on me demande, je ne suis pas là. Pour personne, c'est compris ?

Charles-David a opiné puis a poussé la grande porte du Saint-Régis. Dans le hall, Martin Ladouceur a enlevé son manteau qu'il a plié en deux pour le poser sur son avant-bras, et s'est dirigé vers le comptoir derrière lequel se tenait, de dos, le concierge, bien agité au téléphone.

– Si ça vous amuse, moi ça ne m'amuse pas du tout. C'est la huitième fois que vous m'appelez, alors je vous le dis, cette fois je ne raccrocherai pas. On peut y rester des heures, j'ai tout mon temps. Quand on n'a qu'un seul client, on n'a que lui à servir, alors vous pouvez continuer à rien dire, j'en ai rien à faire. Mais franchement, je ne comprends pas qu'à votre âge cela vous fasse encore rire. Dites-moi, vous vous prenez pour…

– Mes clefs, s'il vous plaît !

Le concierge a sursauté. Il a éloigné le combiné de son oreille, incrédule. Puis, lentement, s'est retourné. À la vue de son client impatient, il a eu besoin de s'asseoir.

– Vous êtes là, vous ?

– Je crois bien que oui.

Maxime a reposé le combiné sur l'appareil. Il s'est levé pour saisir la clef de la suite 919, mais il ne l'a pas tendue au client.

– Misère, on n'arrête pas de m'appeler de votre chambre… Mais si c'est pas vous… qui ça peut bien être ?

Y A PLUS QUE NOUS DEUX…

– Monsieur Ladouceur, ouvrez ! Vous m'avez demandé de vous accorder cinq minutes pour aller en paix aux toilettes, mais je poireaute depuis plus de dix minutes. Faudrait pas exagérer.

À la porte, Maxime, le concierge, faisait le siège de la suite 919. Exaspéré, il s'était mis à frapper plus fort.

– J'ai laissé Charles-David en bas pour me remplacer, mais il n'a aucune expérience… Vous comprenez bien que vous ne pouvez pas réquisitionner l'ensemble du personnel pour vous tout seul. Si vous ne m'ouvrez pas, je vais devoir faire un rapport au directeur. Et sous son air débonnaire, croyez-moi, ce grand homme peut être un fauve sans pitié. Alors, je vous en conju…

La porte s'est ouverte pour laisser apparaître un Martin Ladouceur radieux.

– Max, faut pas te mettre dans un état pareil pour cinq malheureuses minutes.

– Douze minutes trente précisément !

– Excuse-moi, Max. Entre gars, je vais te dire la vérité. J'ai mangé des beignets d'oignon tout à l'heure et ils avaient vraiment un drôle de goût. Depuis, j'ai le ventre qui fait des bruits bizarres avec tout ce qui peut suivre. Tu vois ce que je veux dire ?

– Épargnez-moi les détails… Enfin, bien entendu, si vos troubles gastriques devaient perdurer, sachez que dans l'armoire à pharmacie de l'hôtel nous tenons à votre disposition des anti-diarrhéiques, ainsi que des antalgiques. Vous n'avez qu'à appeler la réception. À titre préventif, je vais d'ores et déjà doubler votre provision de papier toilette. Mais revenons à ce qui m'amène ici, que je puisse comprendre comment ces appels ont pu être passés de votre chambre en votre absence.

– Entre, on va discuter entre amis.

Quinze minutes plus tard, debout face à Martin Ladouceur vautré dans le canapé, le concierge, qui avait dû regarder beaucoup de séries policières dans sa jeunesse, se frottait le menton, perplexe.

– Récapitulons ! Depuis votre arrivée dans notre établissement, rien n'a pu vous faire penser que quelqu'un était entré dans votre chambre ?

– Je te l'ai déjà dit, Max. Rien, j'ai vraiment rien vu qu'aurait pu me faire penser ça.

– Vous avez bien regardé, vous êtes certain qu'on n'a pas touché à vos affaires ?

– Max, on a checké ensemble, j'ai fait trois fois le tour avec toi. Relaxe, si on avait touché à quelque chose, chiant comme je suis, je te l'aurais dit, non ?

– Ça, je vous le concède.

Martin Ladouceur s'est tapé sur le ventre avant d'éclater d'un rire gras, qui se voulait complice. Il s'est levé, a fait mine de manquer d'air et a posé sa main sur l'épaule du concierge avant de se coller à lui.

– Regarde comme je t'aime bien ! Tu viens de me dire que je suis chiant et je te dis rien. Nous deux, c'était mal parti à cause d'un petit malentendu. Mais je crois que maintenant on a tout pour devenir de grands amis. Hein, Max ?

Le langage corporel du concierge n'a pas exprimé un franc enthousiasme à la proposition de paix. Maxime s'est empressé de se dégager de l'emprise de son client, dont la soudaine familiarité le laissait comme le grand hall : de marbre.

– C'est cette balle rouge qui me tracasse…

Martin Ladouceur a quant à lui été trahi par son langage corporel, en particulier celui de ses mains. Pour masquer son inquiétude, il n'a trouvé qu'à lacer ses souliers. Mais accroupi, il s'est rendu compte qu'il portait des mocassins et s'est vite relevé pour se retrouver nez à nez avec Maxime.

– Parce que, lorsque vous êtes venu nous voir avec cette balle rouge à la réception, vous nous avez bien dit qu'il y avait quelqu'un ?

– Je crois, oui…

– Un enfant, c'est ça ?

Les visages des deux hommes se touchaient presque. Comme dans les films, enfin ceux où les visages se touchent, aucun n'a voulu baisser les yeux. Mais à ce petit jeu, celui qui avait pour objectif dans la vie de toujours être le meilleur a marqué sa supériorité. Au moment crucial du penalty, il s'agit d'abord de trouver l'ouverture par où passera le palet pour ne plus avoir qu'à se concentrer sur le tir, la mise à mort. Alors, la certitude de perdre s'impose à ceux qui vous défiaient. Le visage de Martin Ladouceur s'est progressivement détendu, jusqu'à sourire.

– Allez, je vais tout te dire. Mais tu promets de garder ça pour toi ?

– Je peux pas vous promettre.

– Max, on est amis ou pas amis ?

– Je préfère ne pas vous répondre. Non que l'amitié soit un sentiment que j'ignore, mais elle ne peut être considérée dans ma position. Mes clients, je ne les aime pas pour ce qu'ils sont, mais uniquement parce que je dois en prendre soin.

– Max, je t'aime de plus en plus, parce qu'en fait, t'es comme moi, t'as la tête dure.

– Bon, enlevez votre main de mon épaule et venons-en aux faits, que vouliez-vous me dire ?

– J'espère que tu ne vas pas m'en vouloir, mais je t'ai fait une blague que je fais depuis plus de dix ans dans la Ligue. C'est un gars de Winnipeg qui m'a appris ça.

Martin Ladouceur a sorti son manteau de la penderie du vestibule. De la poche, il a extirpé la balle rouge.

– J'en ai toujours deux ou trois avec moi quand je voyage. Tu le sais, les hôtels, ils nous ont à l'œil. Alors ce qu'on fait, c'est qu'on en laisse traîner une, puis on va se plaindre en disant qu'on a marché dessus et qu'on a failli tomber et se blesser. Comme ils veulent pas d'histoires, pour se faire pardonner, ils nous donnent des bouteilles, de la bouffe, ou ils ferment les yeux sur nos petits écarts. Mais toi tu m'as bien eu, t'as pas craqué parce que t'as un mental de fer. *The mental toughness*, comme les hockeyeurs. T'as la tête dure, hein ? En plus t'as pas de casque !

Même les animaux au sang le plus froid fondent si on sait les caresser dans le sens du poil. Mais en voulant jouer de trop de ruses, on finit par effrayer la proie qui alors ne mord pas.

– Vous ne pensez tout de même pas, sauf votre respect, que je vais avaler une telle énormité?

– Je te jure que c'est vrai! Même moi j'en reviens pas que ça marche encore. C'est pour ça que je t'admire tellement d'avoir flairé le coup tout de suite!

Le concierge n'en croyait pas ses oreilles, et encore moins son client. Martin Ladouceur est allé chercher une de ses crosses dans le placard, puis de la pochette d'un de ses sacs de hockey, il a sorti un gros feutre.

– Une petite crosse signée, rien que pour toi. Une pièce de collection, c'est la nouvelle série pro de chez Sherwood, faite sur mesure avec mon nom en lettres d'or, histoire que tu me pardonnes pour ma mauvaise blague. Si tu le vends à gros prix, je t'en voudrais pas. Au contraire, même, si tu vois ce que je veux dire. Si tu en veux une deuxième, t'as qu'à demander.

Le concierge n'a pu retenir un gémissement de bête blessée devant cette proposition qui constituait une insulte suprême à l'art de bien recevoir.

– Le règlement de l'hôtel est formel. Nous ne pouvons accepter de cadeau des clients.

– Mais je ne suis pas ton client, je suis ton ami!

– Monsieur Ladouceur, je ne tiens pas à être votre ami. Je ne suis pas ici pour nouer une quelconque relation, mais pour tenter de comprendre ce qui se passe. Suis-je assez clair?

À vouloir trop forcer sa nature, la nature finit par reprendre le dessus. Martin Ladouceur a serré les mâchoires, de colère – il ne savait la contenir autrement. Il a violemment jeté sa crosse dans le sac.

– Aïe!

Sur le visage de Martin se lisait l'inquiétude de savoir si le concierge avait entendu.

– Bon, ben je pense qu'on s'est tout dit.

– Vous avez entendu, monsieur Ladouceur, votre sac a fait aïe.

– Non, non, il a pas fait aïe.

– Si, si, il a fait aïe!

– J'en ai eu des sacs dans ma vie, je peux vous dire que j'en ai jamais vu un qui faisait aïe. Alors je vois pas pourquoi celui-là, il ferait aïe.

– Mais celui-là, je l'ai entendu.

La colère, qui figeait quelques secondes plus tôt les traits de Martin Ladouceur, avait cédé la place à l'angoisse. Les grands champions n'abandonnent jamais, alors il a tenté de bifurquer.

– C'est moi qui ai fait « ah » en reposant ma crosse.

– Mais « ah », c'est pas « aïe ».

– Regardez, là je fais « ah »… Puis là, je vais faire « aïe »… Ah-aïe, ah-aïe, ah-aïe… Moi je la vois pas, la différence!

– Oui, mais moi je l'entends.

Le concierge a dévisagé le sportif de haut niveau, légende vivante du hockey mais piètre acteur, au jeu minimaliste – il était figé, pendu à la réaction de son unique spectateur, qui marchait maintenant vers lui.

– Ça vous embête si je jette un coup d'œil dans votre sac?

Martin Ladouceur, mauvais dans les rôles de composition, surtout s'il fallait jouer les bons, n'a eu aucun mal à reprendre celui du méchant. Il s'est planté devant son sac de hockey et a croisé les bras pour défier le concierge.

– Pas question ! Mon sac de hockey, c'est ma seconde peau. L'ouvrir, c'est me mettre tout nu durant une pause publicitaire au Forum, au milieu de quinze mille personnes et devant les caméras qui diffusent le match en direct dans tout le pays. Alors, tu peux tout retourner ici, mais ça, tu n'y touches pas. Ça pourrait me porter malheur !

Le visage tout rouge recouvert de sueur, Martin Ladouceur n'avait plus envie de combattre, seulement de quitter l'arène.

– Faut que j'aille me coucher. J'en peux plus. Si tu pouvais éteindre la lumière du couloir en partant…

L'homme aux abois a déboutonné sa chemise et l'a jetée sur le dossier du fauteuil avant d'enlever son tee-shirt qui, lui, a volé jusqu'au canapé. Torse nu, il a marché jusqu'à la porte d'entrée. Le concierge a ramassé sur la table un téléphone débranché.

– Mais y a encore une chose qui me tracasse… Vous m'avez bien dit que le téléphone s'était brisé lorsque vous aviez lancé le combiné après mon refus de vous fournir un tire-bouchon ?

Martin Ladouceur n'a pas desserré les mâchoires, il a juste ouvert la porte d'entrée. Mais le concierge a préféré lever l'appareil devant les yeux de son suspect numéro un qui serrait très fort la poignée.

– Si vous avez lancé le combiné, comment se fait-il que ce soit l'appareil qui ait été presque totalement enfoncé ? Je devrais même dire transpercé. Alors que le combiné est aussi neuf et lisse que s'il sortait de l'usine ?

Jusqu'alors bien accroché à la poignée, Martin Ladouceur a commis l'erreur de la lâcher. Ses mains se sont immédiatement mises à remuer dans tous les sens. Il a eu la présence d'esprit de ne pas faire semblant de lacer ses chaussures, se rappelant qu'il portait des mocassins. Après une réflexion rapide, il a décidé de se gratter la tête pour garder constance.

– N'essayez pas de me faire croire que vous êtes en train de réfléchir, monsieur Ladouceur. Ça ne vous va pas. Vous mentez mal, très mal même…

Et là, Maxime a commis une erreur à son tour. On n'est jamais plus fort que l'autre tant qu'il n'est pas à terre. Même acculé, un homme blessé reste un homme dangereux. Ce n'est pas parce qu'il se gratte nerveusement la tête qu'il faut le croire vaincu. Le concierge a pensé porter l'estocade finale en pointant un doigt accusateur sur le torse de Martin Ladouceur.

– Ce téléphone n'est jamais tombé à terre, quelqu'un l'a défoncé ! Regardez vos chaussettes, sous votre talon ! Elles sont remplies de petits bouts de plastique jaune ! Vous me prenez pour un imbé…

La main de Martin Ladouceur, qui en avait sans doute assez de gratter un front en sueur, s'est soudain jetée sur le cou du concierge. Face à cette attaque fulgurante et définitive, si possible par surprise – une technique infaillible que Martin avait déjà maintes fois éprouvée –, sa proie s'est retrouvée plaquée contre le mur. Le pauvre Maxime a bien essayé de frétiller un moment, mais il a dû se rendre à l'évidence, il n'était plus qu'un papillon pris au piège. La suite de l'acte d'accusation se résume à un mot, peu utilisé dans le jargon judiciaire, mais très à propos dans la circonstance.

– *Gloups !*

Torse nu, l'épaule collée contre le concierge qui avait renoncé à se débattre, le plus fort des deux est resté un instant à peser de tout son poids sur le plus faible. Martin Ladouceur a décollé son corps de celui de Maxime avant de lâcher son emprise.

– Ferme ta gueule et dégage.

Sans demander son reste, le concierge s'est enfui dans le couloir. Arrivé aux portes de l'ascenseur, à une distance suffisante pour envisager un repli stratégique sans risque, il a levé bien haut le bras pour s'assurer que le téléphone était bien en vue.

– Vous ne pensez tout de même pas que je vous ai cru quand vous m'avez assuré qu'un faux contact a pu déclencher des appels à répétition à la réception ? Y a plus un seul fil qui fait contact dans l'appareil !

Martin Ladouceur a refermé la porte de la chambre en la verrouillant à double tour, mais a bien entendu ce que lui criait Maxime.

– Il y avait quelqu'un dans votre chambre, je le sais ! Vous ne vous en tirerez pas comme ça. On va se revoir, monsieur Ladouceur. Croyez-moi ! J'attaque mon rapport tout de suite, et j'ai comme l'impression que ça va être un roman !

Martin Ladouceur a attendu le *ding* signalant que l'ascenseur était arrivé à l'étage pour se diriger vers son sac de hockey. Il s'est penché pour vite faire coulisser la languette de la grosse fermeture éclair. Le front ruisselant, il est allé jusqu'au minibar et s'est accroupi pour en ouvrir la porte. Il a soulevé le couvercle du minuscule compartiment à glaçons et en a sorti trois du petit bac, qu'il a vite collés à son front. Il s'est relevé pour marcher jusqu'au canapé. D'une main, il a saisi son tee-shirt et l'a enfilé. Il s'est assis pour faire cesser le tressaillement nerveux de ce pied qui ne l'écoutait toujours pas. Les glaçons ont fait leur œuvre. Le calme est revenu en lui. Son pied ne battait plus sa folle démesure. Martin Ladouceur s'est alors tourné vers le sac.

– Tu peux sortir. Y a plus que nous deux.

Deuxième partie

Dans la vie, rien n'est à craindre,
tout est à comprendre.

Marie Curie

C'EST MON ENFANT !

LA TOILE DU SAC DE HOCKEY a doucement ondulé, plusieurs fois, avant de se soulever lentement de quelques centimètres. Deux petits yeux écarquillés sont apparus dans l'entrebâillement de la fermeture éclair avant de disparaître. Et le sac s'est refermé.

Puis, comme une coquille d'œuf qui se briserait de l'intérieur, un pan du sac a laissé sortir une tête aux cheveux blonds emmêlés, une tête d'enfant, dont les yeux noisette, éblouis, ont cligné avant de se poser sur celui qui était assis dans le canapé.

Martin Ladouceur a contemplé le petit être qui tentait de se lever. N'ayant nulle part où se rattraper, il a failli trébucher, mais a finalement réussi à rester sur ses jambes qui ont d'abord tremblé, avant de le tenir debout.

L'homme et l'enfant se sont étudiés, curieux, mais surtout surpris de se retrouver ensemble dans cette situation improbable. Martin Ladouceur n'avait pourtant pas le sentiment de rêver, plutôt celui de vivre un tournant dans sa vie. Même si cet enfant ne tombait pas du ciel – il sortait de son sac de hockey –, il y voyait un signe du destin. Cet enfant, à ne jamais le vouloir, il n'avait fait que l'imaginer, toujours en négatif. Mais un enfant, on ne peut l'inventer, il faut le regarder. Alors il a ouvert grand les yeux, pour ne rien rater de sa nouvelle vie.

L'enfant a sorti une jambe de son nid de fortune, puis l'autre, et a fait ses premiers pas tout en défroissant des mains son polo des Canadiens de Montréal. Martin Ladouceur y a vu un autre signe. Ce qu'il redoutait tant, ce qu'il se refusait à envisager l'a soudain percuté, chassant toutes ses interrogations – comme celle de savoir ce qu'un enfant de sept ans pouvait faire dans sa chambre, à cette heure, tout seul. Il n'a pas douté que c'était lui. SON FILS. La révélation est la réponse à une question que l'on ne se pose pas ; lorsqu'elle vous foudroie, l'évidence de ce qui ne s'expliquait pas vous illumine.

Martin Ladouceur s'est levé pour aller chercher dans la poche de son manteau la casquette trouvée plus tôt dans la chambre. Il l'a posée sur la tête de l'enfant – certain que c'était la sienne – et s'est reculé. Cette petite chose apparue comme par miracle était si belle qu'il a eu besoin de se rasseoir.

– Tu t'appelles comment ?

L'enfant n'a pas bronché.

– Tu sais pas parler ?

L'enfant n'a pas bronché.

– T'es sourd ?

L'enfant a fait non de la tête.

– Alors t'es muet ?

L'enfant n'a pas esquissé le moindre mouvement, ce qui a inquiété Martin Ladouceur. Cherchant à établir une communication avec celui dont il se sentait déjà si proche, il s'est immédiatement souvenu de cette rencontre, plusieurs années plus tôt dans un bar mexicain de Detroit, avec une étudiante en langage des signes, brune aux yeux bleus, qui portait pour quelques heures encore une robe moulante rouge, très décolletée. Entre bières, tacos et tequila rapido, la jeune femme lui avait enseigné les rudiments de ce langage, en n'utilisant, bien entendu, que ses mains. Le grand joueur avait ainsi appris à se présenter, en toute simplicité.

– Bonjour, je suis Ladouce !

S'il ne se rappelait plus le prénom de la demoiselle, il n'avait jamais oublié la petite leçon. Alors il a souri à l'enfant et s'est appliqué à articuler chaque syllabe qu'il gesticulait. En guise de réponse, il a reçu un timide sourire. Son cœur a soudain battu très fort. L'homme a pensé tendre ses bras et les ouvrir grand, mais l'enfant ne le regardait plus, subjugué par le téléviseur.

– J'ai pas envie de jouer aux Indiens avec toi, je veux regarder un dessin animé sur la grande télé !

– Mais tu parles ?

L'enfant n'a pas répondu, trop occupé à appuyer sur les boutons de la télévision. Mains jointes et tête relevée, son compagnon de chambre venait de comprendre qu'il y avait peut-être plus important dans la vie que de marquer un but en prolongation, et remerciait le ciel, enfin le plafond, de ce miracle.

– Pourquoi elle marche pas, ta télé ?

Martin Ladouceur a sursauté parce que l'enfant avait vraiment de la voix, mais il en a aimé le ton affirmé et un brin autoritaire. Il a contourné le fauteuil pour ramasser sa chemise chiffonnée et a saisi la télécommande, cachée dessous. Il est revenu vers l'enfant, toujours planté devant la télé, et s'est accroupi à côté de lui.

– Tu vois, ça c'est une petite boîte magique. Avec elle, je peux faire ce que je veux sur l'écran. Tu voudrais que je t'apprenne à faire de la magie pour allumer la télévision ?

L'enfant n'a pas exprimé le moindre enthousiasme, pas même de la déception, mais quelque chose que l'on décèle chez ceux à qui on prêtera, plus tard, du caractère et cette faculté à regarder les autres de haut.

– J'ai sept ans et je sais comment ça marche, c'est juste que tu l'avais pas rangée où il faut !

– Je le savais, que tu avais sept ans.

L'enfant a toisé Martin Ladouceur comme s'il avait devant lui un redoublant de première année de maternelle à qui la maîtresse viendrait d'annoncer qu'il allait rempiler pour une troisième, avec cette fois un programme allégé.

– Ça fait deux mois que j'ai sept ans !

L'enfant a arraché la télécommande des mains de l'homme au regard frit d'amour et a pressé la touche rouge. Dès que l'image est apparue à l'écran, le petit homme a instinctivement trouvé les flèches pour faire défiler les programmes. Il s'est arrêté sur un dessin animé en anglais puis est allé s'asseoir dans le fauteuil et a caché la manette derrière lui, avec un regard condescendant. Martin Ladouceur n'y a vu que le meilleur et a chuchoté ce qu'il aurait tant aimé hurler au monde entier :

– Qu'est-ce qu'il est intelligent pour son âge !

L'enfant a rapidement été absorbé par *Les Tortues Ninja* et n'a plus fait que mimer le violent combat opposant Michelangelo à Shredder. Quand le petit s'est mis debout sur le coussin du fauteuil pour donner des coups de pied imaginaires aux rats mutants qui attaquaient Donatello par-derrière – lequel ne faisait pourtant de mal à personne –, l'homme à la réputation de dur a savouré le spectacle. Mais au moment où l'enfant a sauté sur le dossier pour s'y tenir debout, dans un équilibre précaire, Martin Ladouceur a senti pour la première fois un nœud se former dans son ventre. Le nœud a grossi pour devenir une boule lorsque l'enfant, qui du haut du dossier venait de tuer quatre rats mutants avec son bras laser, a prévenu le dernier des méchants du sort qu'il lui réservait.

– Je vais t'écraser en faisant le super salto de la mort!

Ce n'était plus une boule dans le ventre de Martin Ladouceur, mais un ballon de foot que l'on gonflait jusqu'à vouloir le faire éclater. Même face aux menaces des terreurs de la Ligue qui le dépassaient de dix centimètres et l'écrasaient de trente kilos, il n'avait jamais éprouvé de peur. Il ne connaissait ni le sentiment ni la sensation, alors qu'il savait la semer dans son sillage. La peur est une patate chaude qu'il faut toujours lancer à l'autre. Elle ne donne pas des ailes, elle vous paralyse, comme l'était à cet instant Martin Ladouceur.

– Je viens te sauver, Donatello!

L'envolée n'a pas été royale, l'enfant s'était juste laissé tomber du dossier. Mais comme Martin Ladouceur a vu la chute au ralenti, il a eu l'impression que le petit avait sauté de haut. Ça a fait un *boum* quand les pieds ont touché le sol. La casquette a volé dans les airs. Puis l'enfant s'est écroulé sur le dos, les bras en croix, sans bouger.

– Ça va, bonhomme?

Martin Ladouceur était déjà au chevet du blessé. Avec précaution, il a pris la main de l'enfant et l'a posée sur la sienne, grande ouverte. De son autre main, il a doucement caressé les petits doigts tout chauds.

– Arrête, tu me chatouilles !

L'enfant a retiré sa main et s'est levé d'un bond pour retourner s'asseoir dans le fauteuil. Renfrogné, il a croisé les bras, en décochant un méchant regard à son sauveur.

– Je faisais semblant d'être mort. Tu comprends rien !

C'était vrai qu'il ne comprenait rien. Martin Ladouceur a dû convenir que, pour ne les avoir jamais vraiment regardés, ni appréciés, ni aimés, il en savait bien peu sur les enfants.

Le petit être a de nouveau été happé par l'écran de la télévision où les affaires de Donatello ne s'arrangeaient pas. Après avoir gigoté dans tous les sens, il a décidé de s'installer en travers du fauteuil, le dos contre l'accoudoir, les jambes sur l'autre, faisant ainsi disparaître de son champ de vision l'adulte qui se relevait avec la casquette à la main.

– Tu la veux ?

Sans regarder, ni même savoir ce sur quoi portait la question, l'enfant a fait non de la tête. Martin Ladouceur a posé la casquette sur la table basse et a marché jusqu'à la fenêtre où il a collé son front. *Pschitt.* Il s'en est détaché pour observer, dans le reflet, l'enfant, à nouveau rivé à l'écran.

– Splinter, vite ! Il faut sauver Donatello, sinon Shredder va le tuer !

Tandis que le jeune téléspectateur lançait à nouveau les pieds en l'air au rythme des épées turbo-magiques se cognant dans un fracas d'éclairs, Martin Ladouceur comprit que quelque chose d'étrange s'était passé en lui. Pourquoi avait-il eu si peur en voyant l'enfant tomber, lui qui n'en avait jamais ressenti pour lui-même ? Il ne fallait pas s'inquiéter, juste apprendre.

– Ça s'apprend où, ça ?

Il a songé à appeler un de ses anciens coéquipiers de Los Angeles, déjà père, pour qu'il lui vienne en aide, mais il aurait dû expliquer cette drôle de situation sur laquelle il avait si peu à dire, en ignorant tout. Bien entendu, ses parents auraient pu lui enseigner les rudiments de la relation parents-enfant, mais pour cela, il aurait fallu leur parler. Impensable. Martin Ladouceur a donc pris sur-le-champ la résolution d'apprendre tout seul au plus vite, quitte à acheter des livres.

– Sans images, en plus !

Mais là, au générique de fin des *Tortues Ninja*, il y avait urgence. Que pouvait-il bien proposer à l'enfant ? À cet âge-là, à part jouer au hockey avec son père, il n'avait fait que jouer au hockey avec son père.

– Quand tu auras fini de regarder la télé, tu veux jouer au hockey ? J'ai des crosses et on peut utiliser ta balle rouge, hein ? On va s'amuser et ça nous fera un peu d'exercice.

– J'aime pas le hockey.

À travers la fenêtre, Martin Ladouceur a contemplé la ville. Enfant, on avait toujours décidé pour lui. Adulte, il s'était fié aux coachs. À bien y regarder, on lui avait toujours dit ce qu'il devait faire. Il en est arrivé à la conclusion qu'il n'avait pas la moindre idée de ce qu'il pourrait bien dire, et encore moins proposer comme activité. Peut-être parce que, tout simplement, ils n'avaient rien à faire ensemble.

– Ladouce ?

Des dizaines de milliers de supporters avaient déjà scandé son surnom durant ses meilleures années sur la glace, mais l'entendre prononcé par cette voix innocente, que Martin Ladouceur pouvait déjà reconnaître entre mille, a fait naître une nouvelle boule dans son ventre. Cette fois, elle était chaude et délicieuse. Un sourire idiot a éclairé son visage. Pour l'éteindre, il s'est discrètement adossé à la vitre glacée et y a collé l'arrière du crâne. *Pschitt!*

– On va faire quoi maintenant tous les deux?

Martin Ladouceur s'est décollé de la surface glacée et s'est accroupi, radieux, devant l'enfant toujours allongé en travers du fauteuil.

– Tu te souviens de mon nom? T'as une sacrée mémoire, j'en reviens pas. Mais toi, tu ne m'as pas encore dit le tien.

– Ben, tu me l'as pas demandé.

– Mais si je te l'ai demandé, tout à l'heure.

– C'est pas vrai!

– Bon, alors, je te le demande, tu t'appelles comment?

– Je veux pas te dire!

Martin Ladouceur en a perdu sa bonhomie, ne sachant que rétorquer. Dès que son cœur s'emballait, plus rien ne fonctionnait. L'enfant a dû comprendre que s'il ne parlait pas, là, tout de suite, plus rien ne sortirait de la bouche de l'adulte et qu'en matière d'activité, cela risquait d'être plutôt morne. Il a donc vite repris les affaires en main.

– Il est vraiment trop moche, mon prénom.

– Mais non, je suis sûr qu'il est très beau.

– Tout le monde se moque de moi.

– Quoi?

Martin Ladouceur s'est étonné de réagir si fort, pour si peu. Mais dans sa tête c'était clair. Désormais, si quelqu'un osait faire du mal à ce petit ange qui le regardait de ses jolis yeux noisette, avec sa tignasse ébouriffée et sa moue boudeuse, il allait passer un mauvais quart d'heure. Non, deux mauvais quarts d'heure. Mais avant de prendre en poing ce dossier, il a préféré se renseigner.

– J'espère que tu leur as bien cassé la gueule à ces morveux.

– Je suis trop petit, et j'ai peur de me battre. Je me fais casser la figure à l'école parce que je sais pas me défendre.

Martin Ladouceur a répondu de son plus beau sourire. Ce n'est pas du sort réservé à son protégé par ses vilains camarades de classe qu'il se réjouissait, mais d'avoir enfin trouvé une activité, enfin, surtout quelque chose à apprendre à l'enfant. Il n'enseignerait pas les secrets de la défense à son jeune élève, mais l'art de l'attaque, fulgurante et définitive, si possible par surprise. Car savoir attaquer, c'est ne plus jamais avoir besoin de se défendre.

– Alors, dis-moi, c'est quoi ton prénom ?

– Si je te le dis, tu te moques pas ?

– Moi, me moquer de toi, mais t'es fou ? Jamais je ferais ça !

Honteux de ce qu'il allait dévoiler, il a baissé la tête et chuchoté.

– Martin…

– J'ai bien entendu ?

L'enfant a opiné en se couvrant le visage de ses petites mains, avant de se recroqueviller.

– C'est pas vrai, c'est pas vrai ? Tu t'appelles pas Martin, quand même ?

– Je savais que t'allais te moquer.

Martin Ladouceur a bien pensé courir au réfrigérateur pour se munir de deux autres glaçons, mais il devait d'abord annoncer la grande nouvelle.

– Tu sais pas quoi ?

L'enfant a lentement retiré les mains de son visage. Il s'est tourné pour regarder l'homme qui trépignait, puis il a fait non de la tête.

– Moi aussi je m'appelle Martin !

Si on avait appris à cet enfant de sept ans que les taux d'intérêt des banques suisses avaient baissé de 0,5 % pour soutenir le cours de la morue sur les marchés asiatiques, l'effet sur l'expression de son visage aurait été le même, c'est-à-dire inexistant. En revanche, chez Martin Ladouceur, les indices venaient d'atteindre des sommets historiques.

– Tu te rends compte, on s'appelle pareil !

L'enfant a semblé enfin comprendre. Il a repris vie et, dans son regard soudain complice, il restait tout de même une grande interrogation.

– Toi aussi à l'école ils te disaient : « Y a qu'un âne qui s'appelle Martin et c'est toi » ?

– Non, y en a aucun qu'aurait osé le dire.

– Même les grands de CE1 ?

– Et même ceux de CE2…

– Comment tu faisais ? Ça se peut pas de battre les CE2 !

Martin Ladouceur n'a pas eu à réfléchir longtemps pour trouver sa réponse. L'art de l'attaque fulgurante et définitive, si possible par surprise, il allait commencer à l'enseigner à cet enfant pas plus tard que maintenant ! Il a posé sa grande main sur les frêles épaules de celui qui le regardait maintenant avec admiration.

– Viens, je vais te montrer !

L'enseignant a marché vers le centre du salon en faisant des cercles de sa tête afin d'étirer ses cervicales. Le petit a vite gambadé derrière en tentant d'imiter, malhabile, les mouvements de son nouveau maître.

– Et ça marche aussi avec les CM1 ?

Pour prouver l'efficacité de son enseignement, Martin Ladouceur a écarté les jambes et a joint ses bras pour les tendre devant lui. Lentement, il les a levés jusqu'à les faire passer par-dessus la tête et les étirer en arrière, le plus loin possible. Il a répété le mouvement plusieurs fois, en y ajoutant les commentaires.

– Un, deux, un, deux, un, deux, un, deux…

Un texte que l'enfant a vite appris par cœur.

– Un, deux, un, deux, un, deux, un, deux…

Visiblement plus doué pour la récitation que l'exercice physique, le petit Martin a cessé d'imiter les gestes du grand Martin. Au bout d'un moment, seul le grand faisait des mouvements, alors que le petit comptait.

– Un, deux, un, deux, un, deux, un, deux…

Le maître a fini par regarder l'élève et se rendre compte que dans sa classe il y avait peut-être un tire-au-flanc.

– Euh, bon… maintenant, les pompes !

Ventre à terre, jambes tendues, Martin Ladouceur a soulevé son corps à la force de ses bras musclés, puis a entamé une première descente. L'enfant, qui avait retenu quelques enseignements du premier exercice, a tenu à y participer.

– Un, deux, un, deux, un, deux, un, deux…

– Non, non. Là, je l'ai fait une fois pour te montrer ! À toi d'essayer. Je vais regarder si tu le fais bien.

L'examen a été de courte durée car le petit Martin, une fois au sol, appuyé sur ses mains, n'a jamais pu se relever à la faiblesse de ses bras maigrelets, et ce malgré une tentative de dopage qu'aucun règlement ne condamne, puisqu'il s'agit de la pensée magique.

– À moi les super-pouvoirs des Tortues Ninja!

Martin Ladouceur n'a pu retenir un sourire quand il s'est penché vers l'enfant. En le relevant, il a pu mesurer à quel point ses bras étaient fins et peu musclés.

– Bon, on va faire une pause. Va regarder la télé pendant que je réfléchis à ta prochaine leçon.

L'enfant a couru pour bondir sur le fauteuil. Il a repris possession de la manette et a fait défiler les programmes. Son nouveau professeur de gymnastique a trouvé dans une poche de son sac de hockey un feutre noir et un bout de papier pour noter son plan de cours. Vu le gabarit de son poulain et son manque évident de tonicité, l'objectif serait désormais l'art de l'attaque fulgurante et définitive, si possible par surprise, mais surtout par-derrière. Ayant toujours affronté de face les situations de combat, Martin Ladouceur n'avait aucune expérience en la matière. À vrai dire, il éprouvait pour les adeptes de ce mode offensif un profond mépris. Les hommes n'attaquent pas de dos, mais quand on aime plus petit que soi et que l'on désire le protéger, on tord le cou à ses principes.

– Ils vont rien voir venir, les CE1!

Martin Ladouceur a posé la pointe du feutre sur la feuille blanche, mais rien n'est venu. Il s'est gratté la tête, mais la mine du feutre n'a pas bougé.

Toc-toc-toc! Quelqu'un frappait à la porte.

L'enfant a sauté du fauteuil. Heureusement qu'il ne courait pas bien vite, sinon Martin Ladouceur n'aurait jamais pu le rattraper avant qu'il n'aille ouvrir. Il a pris le petit Martin dans ses bras et a couvert sa bouche de sa grande main, puis il a regardé à travers le judas avant de chuchoter.

– C'est le méchant monsieur de tout à l'heure. Il ne faut pas qu'il te voie… Tiens, on va jouer à un jeu, tu vas te cacher, et il faut pas qu'il te trouve.

Deux minutes plus tard, l'occupant de la suite 919 a déverrouillé la porte. Le concierge, tenant dans sa main six rouleaux de papier toilette enfilés sur une ficelle, n'a pas attendu qu'on l'y invite pour entrer.

– Aux grands maux, les grands remèdes !

Il a déposé les munitions du client prétendument malade dans la salle de bains, en est ressorti aussi vite qu'il y était entré et s'est planté au milieu du salon pour l'inspecter. Son regard s'est immédiatement arrêté sur la télévision.

– Vous regardez encore des dessins animés, à votre âge ?

– C'est que ça me détend.

Maxime n'a pu retenir un ricanement dans un haussement d'épaules. Il n'en croyait pas un mot. Martin Ladouceur n'a pas cherché à le convaincre. Il voulait que cette visite se termine au plus vite.

– Je ne vais pas te retenir, tu dois avoir une nuit chargée ?

– Non, non, pas du tout, c'est plutôt calme, même…

Le concierge a saisi la télécommande posée sur l'accoudoir du fauteuil et s'est approché de Martin Ladouceur pour murmurer à son oreille.

– Voulez-vous que je vous fasse voir comment on peut recevoir les programmes adultes ? Nous mettons à votre disposition les dernières nouveautés américaines et les grands classiques du genre. Pour votre information, afin que vous n'ayez aucun souci avec ceux qui paient votre séjour dans notre établissement, sachez que sur la facture nous indiquons pour ce genre de service « soin du corps ». Pas bête, hein ?

– Non, merci, j'allais me coucher, là.

Le concierge n'a même pas écouté la réponse, il la connaissait déjà. Il avait juste cherché à faire diversion, le temps d'espionner la suite dans ses moindres recoins. Soudain, il a couru vers la table basse et a saisi la petite casquette qu'il a méticuleusement observée.

– Tiens, tiens…

– Elle est à moi !

– Vous plaisantez, j'espère ? Je veux bien croire que votre tête ne soit pas la partie la plus développée de votre corps, mais de là à imaginer qu'elle peut tenir là-dedans, permettez-moi d'en douter.

Martin Ladouceur a arraché la casquette des mains du concierge et a ramassé le feutre noir qui était posé sur la feuille blanche. Rapidement, il a écrit sur la visière, puis a signé.

– C'est un fan qui m'a demandé un autographe !

Pour preuve, il a tendu la casquette au concierge qui a lu à haute voix.

– « À mon ami Martin, amitiés sportives », tiens, tiens, comme c'est bizarre… Vous vous signez des casquettes à vous-même, maintenant ?

– C'est pour le fils d'un ami… qui s'appelle Martin.

Maxime, décidément, aurait mieux fait de choisir l'école de détective au lieu de celle d'hôtellerie, tant il se sentait à l'aise dans ce rôle, semant le mystère dans chacune de ses répliques sibyllines, pour mieux déstabiliser l'adversaire.

– Tiens, tiens, il n'y en a donc pas qu'un qui s'appelle Martin… Hihihi !

Martin ne l'a pas pris pour lui, mais la colère l'a envahi. Curieusement, il n'a pas vu rouge ; il a vu le visage du concierge se transformer pour laisser place à un diaporama de méchants CE1 défilant aux cris de « Hi-han ! Hi-han ! Hi-han ! ».

À la vue de Martin Ladouceur, pris de tremblements, le concierge a eu peur, à l'évidence, d'une nouvelle agression.

– Je vais pas vous déranger plus longtemps.

– Vaut mieux pas, non.

Maxime a battu en retraite, mais s'est arrêté net à la vue du sac de hockey. Il s'est retourné vers celui dont le front semblait encore fumer. Le concierge a hésité, en jaugeant de loin son adversaire. Puis, n'y résistant pas, il a donné un coup de pied dans la poche. Elle s'est immédiatement dégonflée. Elle était vide. Penaud, l'inspecteur-concierge s'est dirigé tête basse vers la porte, mais avant de disparaître, il a tenu à avoir le dernier mot.

– C'est pas fini, nous deux !

Martin Ladouceur se remettait à peine de cette nouvelle intrusion – certainement pas la dernière – lorsqu'il a senti une tête se poser contre sa hanche et un petit bras l'enlacer. Sans regarder, il a mis la main, celle qui ne tenait pas la casquette, sur l'épaule frêle et chaude qui venait de se coller à lui.

– T'as eu raison de me dire d'aller me coucher sous le lit, sinon il m'aurait trouvé dans le sac !

Martin et Martin sont restés soudés un moment. Le plus grand des deux a repensé à cette soirée au Forum où il avait marqué quatre buts et fait deux passes décisives, le Graal de tout joueur, l'acte ultime, acclamé par une foule en délire. Mais le bonheur vécu ce soir-là n'était comparable en rien à ce qu'il ressentait à l'instant. Autant il avait eu naguère envie de le crier, de l'exprimer, de le faire sortir de son corps, autant il voulait, contre cet enfant, le garder prisonnier de son cœur qui battait si vite, mais surtout si fort.

– On fait une belle équipe tous les deux.

Il est remonté le plus loin possible dans le temps pour tenter de se rappeler s'il avait jamais connu pareille tendresse avec son propre père. Ou plutôt, pour se rappeler si son père avait pu ressentir ce bonheur lorsqu'il fondait sur lui. Il n'a pu retrouver ce moment de grâce – avait-il seulement un jour existé ? Mais les mots lui sont facilement revenus. Il lui a suffi de les déterrer.

– Martin ! Décolle-toi de moi, t'as plus deux ans, t'en as cinq, maintenant ! Allez, patine, patine !

Si les plaies du corps se soignent et se referment, les blessures de l'enfance saignent à jamais. Il faut empêcher que ces blessures, tapies en vous, ne refassent surface, au risque de détruire ce que vous avez réussi à reconstruire.

– Veux-tu que je te raconte la ruse que j'ai dû employer pour faire partir le vilain concierge ?

Le petit corps s'est décollé du grand. Martin Ladouceur en a profité pour cacher la casquette derrière lui.

– Oh, oui ! J'adore quand on me raconte des histoires !

– Et en plus, il y a une surprise pour toi !

L'enfant, fou de joie, a écarquillé les yeux.

– Ah bon, c'est quoi ?

Martin Ladouceur a placé la casquette sous les yeux de l'enfant en veillant à ce que la dédicace soit dans le bon sens.

À la vue de la visière portant l'autographe de celui contre qui il était collé il y a encore une minute, l'enfant a perdu d'un coup son sourire.

– Mais qu'est-ce que t'as fait ?

– Quoi, qu'est-ce que j'ai fait ?

– T'as écrit sur ma casquette !

L'enfant n'était pas en colère, il était hystérique. Hurlant de plus en plus fort, il a trépigné avant de foncer donner un coup de pied sur le tibia de l'homme à qui il en voulait tant.

– C'est... ma casquette !

Puis un autre coup de pied. Mais cette fois, Martin Ladouceur l'a évité. Il s'est penché pour attraper l'enfant à la taille et le soulever.

– Je vais t'en acheter une toute neuve. Même vingt toutes neuves ! Et je vais ajouter un maillot, des shorts, des bas, des patins, dix crosses, un but de hockey tout neuf! Et je te promets, j'écrirai pas dessus !

– J'en veux pas ! Ma casquette, c'est mon papa à moi qui me l'avait donnée ! Mon papa à moi ! Mon papa à moi !

– Regarde, je te donne ma bague de la coupe Stanley. Tu seras le seul enfant au monde à en avoir une !

Aussitôt dit, aussitôt fait. L'enfant a arraché la bague dorée sertie de brillants. Sans même la regarder, il l'a lancée du plus fort qu'il a pu. Elle a volé en direction de la salle de bains, a rebondi contre la porte, claqué contre un carreau, puis elle a fait *plouf*!

– Ma bague...

Les pieds de l'enfant se débattaient toujours dans le vide, et Martin Ladouceur, le souffle court, a eu besoin de s'asseoir avant que ses jambes ne le lâchent. Il s'est laissé tomber en installant de force l'enfant, qui gesticulait et hurlait, sur ses genoux. Il n'aurait pas dû. Le petit démon a fait preuve d'une prédisposition insoupçonnée pour l'attaque furtive, si possible par surprise. Il s'est emparé de la télécommande posée sur l'accoudoir et a frappé Martin Ladouceur de toute sa rage à l'extrémité de l'arcade, là où la peau est si fine, exactement sur sa cicatrice. Le sang a jailli pour couler sur le tee-shirt et le tissu du fauteuil. L'enfant en a profité pour se dégager et courir à la fenêtre où il a hurlé, en transe.

– Mon papa il va venir me chercher ! Mon papa il va venir me chercher ! Mon papa il va venir me chercher !

Martin Ladouceur s'est recroquevillé et bouché les oreilles pour ne plus entendre cette braillarde litanie qui le transperçait au rythme de son cœur, affolé.

– Mon papa il va venir me chercher ! Mon papa il va venir me chercher ! Mon papa il va venir me chercher !

L'homme s'est replié encore sur lui-même. Il n'était maintenant que boule de feu prête à exploser. Et soudain, elle a éclaté. D'un bond, il s'est levé et a marché jusqu'à l'enfant pour démontrer que de la voix, lui aussi, il en avait.

– Bon, maintenant, ça suffit ! Moi aussi je peux me mettre en colère et crier !

L'enfant s'est arrêté net de hurler. Stoïque, le duo de Martin au grill s'est regardé, sans qu'aucun n'ose parler, espérant ainsi refroidir dans le silence.

Toc ! Toc ! Toc ! Ça n'avait pas frappé fort, mais ça frappait quand même.

Martin Ladouceur a marché jusqu'à la porte de la suite sur la pointe des pieds. Il a regardé à travers le judas. Une voix a parlé, paniquée.

– Ouvrez-moi s'il vous plaît… C'est mon enfant !

Le Père Noël en personne

Martin Ladouceur a pris entre ses doigts les deux glaçons posés sur le rebord du lavabo, les a plaqués contre son arcade, et le sang a cessé de couler. Il a laissé tomber les glaçons sur la faïence pour s'emparer du rouleau de scotch noir – habituellement destiné à protéger ses crosses du palet au caoutchouc si dur – dont il a déchiré une bandelette. Entre le pouce et l'index, il a pressé les bords de la plaie de son arcade pour la refermer. Il a incliné la tête en se tournant légèrement pour la présenter face au miroir et, d'un geste précis, a plaqué le bout de scotch sur sa coupure. Pansement terminé, il a placé ses mains sur le rebord du lavabo et s'est longuement interrogé dans le miroir.

Quel âge pouvait-elle bien avoir ? Peut-être le sien. Peut-être moins. Quand elle était entrée, il n'avait pas eu le temps de l'observer parce qu'elle s'était précipitée vers son fils qui s'était jeté dans ses bras.

Le claquement des talons sur le sol s'est accéléré et rapproché, jusqu'à s'arrêter devant la porte de la salle de bains.

– C'est bon, on peut parler, maintenant ?

Martin Ladouceur s'est tourné vers la femme qui portait dans ses bras l'enfant, les yeux fermés, la tête reposant sur son épaule.

– C'est qu'il est lourd.

– Vous voulez que je le prenne ?

– Ça va le réveiller. Il risque de mal réagir.

Blotti contre sa mère assise sur le fauteuil, l'enfant ne dormait plus, suivant distraitement les tribulations d'un troupeau de gnous dans l'aridité du désert africain. Il n'avait pu choisir un autre programme puisque la télécommande était cassée – Martin Ladouceur, malgré toute sa bonne volonté, n'avait pas réussi à la réparer.

– C'est qu'il y en a du muscle dans ce petit bras !

Alors qu'un jeune gnou, buvant dans une rivière presque asséchée, se faisait happer par la puissante mâchoire d'un crocodile caché dans les eaux boueuses, l'homme regardait cette femme qui serrait son fils contre elle. Ses rides étaient ciselées, ses traits tirés, marques d'une fatigue qui semblait l'habiter depuis longtemps.

– C'est comme ça depuis qu'il a trois ans. Tout va bien quelques jours, quelques semaines, puis ça lui reprend. Quand la nuit tombe, il réclame son père et il ne dort pas avant l'aurore…

Martin Ladouceur a regardé l'enfant qui assistait impassible au spectacle terrifiant de la noyade du petit gnou, marionnette désarticulée dévorée par le crocodile.

– Tout allait très bien dans la journée. Quand je l'ai quitté, il jouait autour du sapin avec la baby-sitter. Je l'ai appelée dans la soirée pour prendre des nouvelles. Martin était prostré devant la fenêtre à attendre son père, et ne voulait plus lui parler. Elle a paniqué, alors je n'ai eu d'autre choix que de le reprendre avec moi.

– Et un taxi l'a amené…

– Oui, j'ai appelé de votre chambre après que vous avez quitté l'hôtel pour la Maison des vins. J'ai accès aux chambres, mais les téléphones de celles inoccupées sont coupés. Il n'y avait donc que la vôtre d'où je pouvais appeler… Martin m'a aidé à ramasser les débris autour du sapin, et il en a eu marre. Je ne l'ai pas vu quitter la chambre pour aller jouer avec sa balle dans le couloir. Vous comprenez que j'aie été paniquée quand je vous ai vu remonter du sauna… nu. Je l'ai retrouvé dans l'escalier de secours et, quand vous êtes reparti, il a voulu aller jouer dans votre chambre.

Dans sa bulle, l'enfant ne prêtait pas attention aux deux adultes. Il n'a pas réagi quand la femelle gnou, qui venait déjà de perdre son petit, s'est fait attraper par le guépard. Le mâle était peut-être plus gros et plus appétissant pour le prédateur, mais il avait couru beaucoup plus vite pour disparaître, sans se retourner, dans la savane.

– Martin a donc un père?

La femme de ménage a presque pouffé.

– Bien sûr qu'il a un père, tous les enfants ont un père…

Martin Ladouceur s'est mordu la lèvre, fort. Sa main qui tripotait le scotch de son arcade blessée s'est soudain agitée. La femme n'a rien remarqué, elle venait de baisser la tête.

– C'est pas de sa faute, c'est la mienne. J'ai pas choisi le bon père. Il n'en voulait pas, mais je pensais que l'enfant le changerait. Certains hommes deviennent adultes lorsqu'ils ont un enfant, d'autres pas. Il m'appelle, me dit qu'il m'aime encore, promet de venir et ne vient jamais. J'ai fait une fois l'erreur de dire à Martin que son père allait passer le voir, il me l'avait juré. Et depuis, son fils passe son temps à regarder par la fenêtre pendant que je travaille de nuit pour pouvoir étudier de jour…

La femme s'est détournée. S'il ne pouvait voir son visage, Martin Ladouceur a bien compris, au mouvement discret de sa main, qu'elle venait d'essuyer une larme. Il y a quelques heures à peine, l'existence désolante de cet enfant et de sa mère aurait suscité chez lui une simple réplique de circonstance, bien loin du cœur : « Oh, ma pauvre… courage! Bon, faut que je file, là. »

Parce qu'en cette nuit de Noël les portes les plus intimes de son être avaient été ouvertes, ou plutôt forcées par effraction, et qu'aucune d'elles pour l'instant ne s'était refermée, Martin Ladouceur a senti un immense courant d'air chaud en lui.

– Qu'est-ce que je peux faire pour vous aider?

Surprise, la femme de ménage a essuyé une dernière larme. À l'écran, le gnou mâle, maintenant seul, venait de sortir de sa cachette. Il a inspecté l'horizon, espérant retrouver sa femelle et son petit. Puis il a pensé à faire le chemin inverse, sans comprendre qu'il filait à grands pas vers la rivière boueuse, infestée de crocodiles cachés sous les eaux.

Martin Ladouceur ne quittait pas la femme des yeux, attendant réponse à sa proposition. Le talkie-walkie, accroché au chariot qu'elle avait laissé dans l'entrée, a sonné, et une voix a brisé le silence.

– Un-deux-un-deux, ici la réception. *I repeat, one-two-one-two, the reception calling!* Me recevez-vous, Louise?

En douceur, elle s'est levée, et Martin n'a pas quitté des yeux l'écran. Le gnou avait finalement rebroussé chemin à la vue de l'eau trouble, mais surtout parce qu'il avait aperçu une femelle solitaire, lasse de ne paître que pour elle.

– Je répète ! Un-deux-un-deux, ici la réception. *The reception calling !* Me recevez-vous ? À vous !

Louise a marché sur la pointe des pieds jusqu'à son chariot sur lequel étaient empilés des draps en satin jaune et une grande corbeille pleine d'orchidées. Elle a saisi son récepteur-émetteur, posé au-dessus de la pile.

– Oui, je vous reçois !

– Pourriez-vous vous identifier ? À vous !

La femme a levé les yeux au ciel. C'est clair, des cons, dans sa vie, elle en avait vu, mais des comme ça, rarement.

– Ici la femme de ménage ! Je vous reçois cinq sur cinq. À vous la réception !

– Vous êtes où là ? Je viens de téléphoner de la 812 à la 827 pour vous localiser et personne ne répond ! À vous.

– Je suis aux toilettes. À vous.

Le concierge a semblé perdre la fréquence – on a même entendu un léger grésillement –, mais il est vite revenu, cinq sur cinq.

– Dès que vous quittez votre position, vous finissez de faire les lits au huitième. Je vous rappelle qu'on a quarante-huit Japonais en rut qui débarquent au petit matin. Alors si vous pouviez remplir votre mission et rentrer à la base, je penserai peut-être à retirer l'avertissement que vous avez reçu à cause de la balle oubliée devant la porte de ce crétin. Suis-je clair ? À vous !

– Bien reçu… Je sors des toilettes.

Louise a coupé le son du talkie-walkie afin de ne plus subir Maxime qui avait abandonné la carrière de détective pour épouser celle de caporal dans l'armée, brigade des télécommunications sol-sol.

– Pourquoi il dit que t'es crottin?

Les deux adultes se sont tournés en même temps vers le petit Martin, qui n'avait plus l'écran comme seul centre d'intérêt. Tant mieux, parce que le gnou, en chaleur, montait sa nouvelle compagne, toujours à brouter.

– T'es crottin!

L'enfant s'est mis à rire en pointant Martin Ladouceur, étrangement calme et serein, et même plutôt amusé.

– Il a pas dit que j'étais crottin, il a dit crétin.

L'enfant, déçu, a cessé de rire. Mais il a voulu savoir pourquoi.

– Ça veut dire quoi, crétin?

Martin Ladouceur a d'abord tenté de se remémorer ceux qui avaient survécu à ses poings après une telle insulte. Il n'a retrouvé personne. Aucun survivant. Mais curieusement, il n'avait pas envie d'enfoncer la tête de Maxime dans le casier à clefs. Alors il a cherché les mots pour répondre à l'enfant.

– Euh… ben… euh… c'est… que… euh…

– Un crétin, c'est un gentil monsieur qui a demandé comment faire pour aider maman et à qui tu réponds que ce qui sauverait maman c'est qu'il te garde pendant qu'elle va aller préparer les chambres des tourtereaux japonais au huitième étage!

– Euh… ben… euh… c'est… que… euh…

Quelques instants plus tard, tout en guettant l'ascenseur et la porte de l'escalier de secours – au cas où le concierge tenterait une opération d'infiltration sol-air –, Louise, un petit sac à dos en main, énonçait ses dernières instructions à Martin Ladouceur, qui prenait des notes sur une feuille plaquée contre la porte de la chambre.

– En cas d'urgence, dites à Maxime que vous avez brisé quelque chose dans la chambre. Il m'appellera tout de suite avec son nouveau jouet et je ferai au plus vite. Sinon, j'essaierai de passer de temps en temps voir si tout va bien.

– Vous pouvez me redonner la liste des activités qu'il aime bien ? J'ai pas eu le temps de tout noter.

– Il est curieux, tout l'intéresse. Il aime parler, donc essayez d'avoir des discussions. C'est important de toujours maintenir le contact. Il aime aussi dessiner, qu'on lui raconte des histoires, qu'on lui lise des livres. Il aime aussi jouer… Mais surtout, stimulez-le. Si vous le laissez trop à lui-même, il peut soudain se renfermer.

– Essé… yé… d'a… voir… des… dis… cu… ssion…

À l'évidence, Martin Ladouceur maniait bien mieux la crosse de hockey sur glace que le feutre sur papier. Louise observait, attendrie, cet homme fort et redouté, qui exposait sans armure sa faiblesse en s'appliquant à tracer des lettres avec de belles boucles. Il transpirait de lui une évidente volonté de bien faire, mais surtout une soif d'apprendre, toujours plus, sur cet enfant.

– Quand il se renferme, c'est plutôt dans une chambre, un placard… la salle de bains ?

Louise a dévisagé son interlocuteur. Il ne plaisantait pas. Elle a eu la politesse de ne pas sourire.

– Sur lui-même.

– Sur… lui… mê… me ! Je le note pour pas l'oublier.

Louise a tendu le petit sac à dos au scribe qui venait enfin de terminer sa longue page d'écriture.

– Voilà, je pense qu'avec ça vous en savez déjà pas mal. Là-dedans, il y a ses affaires, des jouets, son nounours blanc, son préféré… Bon, là, je dois filer, sinon Maxime va finir par nous découvrir.

Martin Ladouceur a saisi le petit sac à dos tout en jetant un coup d'œil triste à sa liste d'activités.

– Quelque chose qui va pas, Martin ?

– Non, ça va, c'est juste dommage qu'il aime pas le hockey. Parce que là y a que des activités intellectuelles…

– Mais il adore le hockey !

– Il m'a dit le contraire.

– N'oubliez pas que Martin est un enfant… Il peut vous dire une chose, mais ça n'est forcément ce qu'il pense. Il peut vouloir vous contredire juste parce qu'il est de mauvaise humeur ou simplement pour s'amuser.

Martin Ladouceur a fixé Louise comme si elle venait de lui apprendre que la terre était carrée, que les bébés naissaient effectivement dans les choux et que la frite ne descendait pas de la pomme de terre. Une véritable révélation !

La femme de ménage a fait rouler le chariot vers les portes de l'ascenseur, suivie par l'étudiant en baby-sitting d'enfants, qui avait une dernière question théorique à poser avant d'entamer les travaux pratiques.

– Pourquoi me faites-vous confiance ?

– Parce que je sens que je le peux. Mais ne vous trompez pas ou ne vous faites pas d'idées, je suis une mère. C'est uniquement à mon fils que je pense…

Dans le fauteuil, l'enfant regardait les premiers pas du petit gnou, fruit de l'accouplement, bien loin de la rivière, du mâle nouvellement célibataire et de cette femelle solitaire qui s'ennuyait tant à brouter. Martin Ladouceur a une dernière fois consulté la liste de Louise pour choisir la première activité. Il n'a pas hésité, il fallait maintenir le contact, et dans son cas, plutôt l'établir.

– Ta mère m'a dit que tu aimais beaucoup parler. Tu sais que moi c'est pareil, j'adore discuter. Alors, si tu as des questions et qu'il y a quelque chose dont tu veux parler, ben, nous pouvons… euh… en parler.

Avant de choisir cette activité, Martin Ladouceur aurait mieux fait de prendre le temps de regarder ce qui, à la télévision, exerçait une telle fascination sur l'enfant.

– Pourquoi il arrête pas de faire ça ?

Le gnou, incarnation de la résilience amorale en milieu naturel, avait déjà quitté sa dernière femelle et son petit pour en monter une autre, plus jeune, qui avait pour seul point commun avec l'ex de brouter avec frénésie malgré les coups de butoir de son vigoureux mâle. Quand la femelle a relevé la tête, lasse de mâcher et certainement repue, le mâle s'est immédiatement défait de son train pour aller honorer une de ses congénères qui, elle, venait à peine de plonger son museau dans l'herbe.

– Mais pourquoi il fait ça à tout le monde ?

– …

– Tu veux plus qu'on parle ?

– Oui, oui, je veux qu'on parle…

– Alors pourquoi tu dis rien ?

– C'est que je sais pas pourquoi il fait ça à tout le monde, j'essaye de réfléchir pour pas dire n'importe quoi.

Le gnou, increvable, se ruait maintenant sur celle qui ignorait encore être sa nouvelle conquête – elle avait eu le malheur d'assouvir sa fringale sans regarder derrière. Ce mâle, à l'appétit insatiable et au fétichisme évident, aurait dû faire pleurer de rire Martin Ladouceur. Mais il avait envie de hurler.

– J'en reviens pas qu'ils montrent ça une nuit de Noël! En plus, y a des enfants devant la télé.

Le petit s'est approché de l'oreille de son gardien averti pour y chuchoter.

– Moi je sais ce qu'il fait… Il leur fait des bébés!

Dans les yeux rieurs, Martin Ladouceur a vu un petit gnou qui ne connaissait pas son père. Il aurait voulu le prendre dans ses bras, non pour lui dire qu'il avait enfin un père, mais pour qu'il sache que quelqu'un l'aimait et penserait toujours à lui.

– Et toi, tu as un enfant?

Le gnou n'en menait plus large. Ce n'est plus derrière une femelle qu'il s'agitait mais devant un autre mâle, bien plus gros que lui, et très fâché de l'avoir découvert au train de sa belle qui broutait en l'attendant. Le combat n'a pas duré. Le plus faible, certainement épuisé d'avoir consacré ses forces les plus vives à honorer les femelles de tous et de chacun, s'est lâchement enfui pour disparaître dans les herbes hautes.

– Alors, t'as des enfants ou pas, toi?

– Euh… Peut-être.

L'enfant a levé les yeux vers Martin Ladouceur, mais n'a su trouver dans son regard la rassurante certitude des aînés qui savent ce que les plus jeunes ignorent.

– C'est rasoir de parler avec toi.

Martin Ladouceur a approuvé – il n'avait pas été à son meilleur dans cette discipline. Il en a attribué la responsabilité à des éléments indépendants de sa volonté, essentiellement à ce gnou venu d'Afrique qui par son comportement indéfendable l'avait laissé sans voix. Préférant vite se reprendre, il s'est saisi de la liste des activités qui était pliée dans sa poche. Il les a énumérées, sans se rendre compte qu'il lisait à haute voix. Et l'enfant, comme un client difficile au restaurant, a préféré choisir dans la carte plutôt que dans le menu.

– Mes cadeaux !

– Quoi ?

– Ben, je veux mes cadeaux.

Martin Ladouceur s'est senti comme s'il était tout en haut du plongeoir de la grande piscine du stade olympique, sans maillot de bain, en plein mois de juillet sous une température caniculaire.

– Tes cadeaux ?

L'enfant a vu l'effroi sur le visage de l'homme et lui a tendu la perche, pour qu'à défaut de se rhabiller, il puisse au moins s'y accrocher.

– Je sais que le Père Noël en a amené ici pour moi. Je les ai déjà vus.

À peine descendu du plongeoir, et rhabillé, l'homme sauvé des eaux s'en est d'abord pris à lui-même.

– Les cadeaux, mais comment n'y ai-je pas pensé ?

L'enfant, excité à l'idée de les ouvrir, en a remis une couche.

– Je suis sûr qu'ils sont pour moi, sinon je serais pas ici. Pas vrai ?

Dans cette petite tête, il y en avait beaucoup. Et cet enfant n'était pas là par hasard. C'était le destin qui l'avait fait venir. Martin Ladouceur n'a pu s'empêcher de remercier intérieurement l'homme saoul de la Maison des vins qui lui avait indiqué le seul magasin de jouets encore ouvert à Montréal, Eaton et l'ensemble de son personnel pour les judicieux conseils, Georges D'Amour de ne pas avoir laissé de message à l'hôtel, sa femme Julie de l'avoir rejeté de sa maison, une nouvelle fois Georges D'Amour de s'être aplati devant sa femme et, pour finir, Pierre-Léon d'avoir refusé de récupérer ces paquets. Le destin, dont on se pense souvent maître, n'est la plupart du temps que la conséquence des actions d'autrui. Il ne faut jamais croire que parce qu'on n'y est pour rien, il ne nous offre pas le meilleur de la vie.

– Bien entendu que les cadeaux sont pour toi.

– Je le savais !

– Bouge pas, je vais les chercher !

– Non !

– Comment ça, non ?

– Faut que ça soit le Père Noël qui les amène.

Martin Ladouceur s'est vu à nouveau sans maillot de bain sur le plongeoir de la piscine olympique, un jour férié, par temps de canicule. Mais cette fois, en plus, enfin plutôt en moins, il n'y avait pas d'eau dans le bassin.

– Il est déjà passé, je lui ai dit que tu n'étais pas là et que j'allais te les donner.

– Je veux que ce soit le Père Noël qui me les donne !

Perché tout là-haut, sur son plongeoir, il a attendu qu'on lui lance une bouée. L'enfant n'a pas bronché.

– T'es sûr ? Tu veux vraiment que ce soit le Père Noël… Le vrai ?

– Il est pas vrai ?

– Non, non, il est toujours vrai ! C'est pas ce que je voulais dire… Bon ben d'accord, c'est lui qui va t'amener tes cadeaux… Le Père Noël en personne.

JE VEUX PLUS TE VOIR, T'AS CO[illegible] ?

DANS LA CABINE DE L'ASCENSEUR, Martin se préparait à une âpre négociation avec le concierge. Coûte que coûte, il repartirait avec ce qu'il était descendu chercher. Afin de ne pas céder à ses habituelles sautes d'humeur et décisions à l'emporte-pièce, il avait rédigé une nouvelle liste – sans l'aide de qui que ce soit – qui indiquait pourquoi et comment agir.

– Y a pas à dire, un enfant, ça change un homme!

Pour le moment, c'était en Père Noël qu'il devait se changer. Pour le plaisir de faire plaisir. Et Martin visait la perfection.

Plus tôt, assis sur le canapé à regarder l'enfant jouer au pied du sapin avec des figurines de Tortues Ninja sorties de son sac à dos, il avait puisé dans une imagination qu'il ignorait posséder.

– Ma tunique et mon bonnet, ça va être les rideaux. Ma ceinture, celle de mon peignoir. La lisière blanche au bord de la capuche, les draps du lit. Ma hotte, mon sac de hockey. Et ma canne, une de mes crosses… Mais pour la barbe, aucune idée!

L'ascenseur allait atteindre le rez-de-chaussée. Ladouceur avait laissé son petit Martin seul dans la chambre, et cela ne figurait pas dans la liste que lui avait laissée Louise. Pour ne pas quiéter, ou risquer de se voir retirer cette garde, il avait fait escale au huitième.

– Louise, un imprévu !

Tout en déposant sur les draps de satin jaune deux kimonos, un rose et un bleu, saupoudrés d'orchidées, la femme de ménage avait écouté Martin Ladouceur avec attention. Elle s'était d'abord inquiétée de savoir son enfant seul, mais ce gardien tombé du ciel avait vraiment pensé à tout.

– J'ai éteint la télévision. Un, c'est pas bon pour les enfants de trop la regarder. Deux, comme le canal est bloqué sur celui des documentaires, j'ai vraiment eu peur qu'on nous remontre le gnou.

Avec une assurance remarquable, du haut de ses trente minutes d'expérience dans la garde d'enfant, l'homme pressé avait ensuite annoncé que le petit Martin était sagement en train de dessiner. Il avait avoué avoir eu recours à un produit pourtant proscrit, le chantage affectif. Ou plutôt, le dopage affectif.

– Ça me ferait tellement plaisir que tu me dessines une Tortue Ninja.

– Tu veux laquelle ?

– Euh…

– Bon, je vais toutes te les dessiner. Tu vas en avoir partout !

– Tu ferais ça pour moi, vraiment ?

Lorsque Martin Ladouceur avait expliqué à Louise le but de son judicieux stratagème, elle était au bord des larmes.

– Vous allez vous déguiser en Père Noël rien que pour lui ?

Comme nombre de parents célibataires, elle vivait dans la culpabilité, car elle aurait beau donner deux fois plus, son enfant ne recevrait jamais plus de la moitié de ce qu'avaient les autres. À imaginer le bonheur de son fils découvrant le Père Noël, elle avait plié un kimono de travers. Tandis qu'elle s'appliquait à le replier correctement, elle avait chuchoté, sans réelle conviction :

– Ne le gâtez pas de trop, tout de même…

Et lorsque Martin Ladouceur avait précisé comment il confectionnerait son déguisement de Père Noël, elle s'était toutefois un peu inquiétée.

– C'est peut-être pas une très bonne idée de vous en prendre aux rideaux?

– Louise, réfléchissez. Louer un déguisement à cette heure-ci, c'est mission impossible. Je rembourserai les rideaux demain matin, c'est ça ou pas de Père Noël pour Martin.

– Vous ne pensez pas qu'il va vous reconnaître?

– Pourquoi vous me dites ça?

Face à la mine déconfite de l'homme, Louise l'avait immédiatement rassuré, tout en se demandant si des deux Martin, ce n'était pas le plus grand qui voulait croire le plus fort au Père Noël ce soir.

L'ascenseur a ralenti. Le *ding* a signalé son atterrissage au rez-de-chaussée et les portes se sont ouvertes sur le grand hall où quelqu'un parlait beaucoup trop fort.

– Un deux un deux, ici la réception. *I repeat, one two one two, the reception calling!* Me recevez-vous cinq sur cinq? À vous!

À l'autre bout des ondes, au huitième étage, on captait, mais guère mieux que deux sur cinq.

– Ça suffit, là! J'ai pas le temps de déplier un drap ou d'étaler un kimono sans que vous me sonniez!

Martin Ladouceur s'était vite caché derrière l'une des grandes colonnes. Stratégiquement, il valait mieux éviter d'interrompre le concierge en pleine représentation. En se penchant pour voir la scène, il a remarqué Charles-David, mal à l'aise face au commandant en chef des clefs qui avait déplié une grande carte devant lui.

– Je viens de revoir ma stratégie. Vous avez attaqué les Japonais par l'est, mais en négligeant totalement l'aile ouest. Pour que vous puissiez mener votre mission à bien, je vais vous envoyer Charles-David en renfort. La convention collective ne l'autorisant pas à faire les lits, je l'ai chargé de pousser votre chariot et de surveiller la mise en bataille des kimonos et le bombardement d'orchidées. Il agira comme mon troisième œil, une sorte de caméra laser ou, mieux encore, une division de renseignements infiltrée. Afin qu'il puisse rejoindre immédiatement sa cible, merci de m'indiquer votre position. À vous.

La communication interpersonnelle entre travailleurs syndiqués est passée d'un coup à zéro sur cinq. Mais comme le soldat Louise a vraiment hurlé, le son de sa voix a résonné dans tout le hall.

– Là, mon vieux, si tu me rappelles encore une fois, je me tire, et demain matin, tu vas te démerder avec tes Japonais en chaleur!

Le concierge, qui tenait à avoir le dernier mot – question de prestige, mais surtout de grade –, s'est frotté le front pour chercher une réplique. Il a trouvé, mais ne l'a pas criée.

– Euh, Louise, vous avez pas dit « à vous ».

Le silence est revenu dans le grand hall. Martin Ladouceur a voulu en profiter pour sortir de sa planque, lorsqu'un son, reconnaissable entre mille – il avait bercé nombre de ses soirées dont seule l'aurore écrivait le mot fin –, l'a arrêté. Celui d'un bouchon de liège extirpé de son goulot. L'oreille experte n'a pas douté une seule goutte, le concierge remplissait un verre. Et la peur allait assurément changer de camp. Martin Ladouceur n'a pas hésité, il s'est dégagé de la colonne, pas la cinquième, la première, et a marché d'un pas décidé vers la réception. Cette attaque furtive a pris à revers le concierge qui buvait d'une traite un verre de vin rouge, tout en se regardant dans le miroir accroché près du casier à clefs. Au bruit des pas, il s'est retourné. Bouteille et verre vide en main, il a tenté de faire bonne figure face à son client, et s'est essayé à une ultime manœuvre de diversion.

– Oh, monsieur Ladouceur, quelle bonne surprise de vous voir ! Vous avez un morceau de scotch sur le coin de l'œil, voulez-vous que je demande à Charles-David de vous le retirer ?

– Fais-moi voir la bouteille !

– Où ça, une bouteille ?

Les preuves étaient accablantes, l'enquête a été rondement menée. Dans la corbeille gisait le cadavre d'une bouteille qui avait précédé celle entamée sur le comptoir. Le suspect a avoué et a plaidé coupable en se cherchant quelques circonstances atténuantes.

– Je suis désolé, monsieur Ladouceur, le stress… J'ai craqué, quoi. J'ai vu vos bouteilles dans le coffre-fort, l'une d'elles était ouverte, et je ne sais pas ce qui m'a pris. Une sorte d'engrenage, un verre, puis un autre… Une folie passagère. Nous côtoyons le luxe mais ne faisons que le regarder… Du Cheval Blanc, misère, j'en avais jamais bu… Un manque évident de discernement que je regrette maintenant. Je vous prie de m'en excuser et je vous supplie de garder cela pour vous… *Hips!*

Martin Ladouceur a laissé au concierge le droit de s'asseoir et de se verser un dernier verre, celui du condamné. Tout en se préparant à énoncer son verdict, il a savouré la chance de vivre son plus beau Noël, avec cadeaux et surprises, mais surtout, des vœux qui s'exaucent.

– Maxime, voilà ce que tu vas faire pour moi.

Dix minutes plus tard, Martin Ladouceur entrait dans la cabine de l'ascenseur, suivi de Charles-David poussant son chariot doré et s'efforçant de maintenir debout le grand sapin qui trônait, il y a peu encore, dans le hall.

– Franchement, t'as déjà vu un Noël avec un petit sapin de merde comme vous m'avez mis là-haut ?

Avant que les portes ne se ferment, le concierge a pris soin de plier une branche qui menaçait de se rompre dans l'étau de métal. Maxime a tenté d'entrer lui aussi dans la cabine, mais de peur de briser quelques boules, il a renoncé.

– Je vais y aller à pied… Je vous attends en haut ! *Hips !*

Charles-David a pressé sur le neuf, la cabine a commencé son ascension. À travers les branches du sapin, Martin Ladouceur regardait le jeune groom, tout rouge, qui prenait sur lui pour ne pas éclater de rire.

– Tu lui as bien fermé son caquet, là, quand tu lui as dit combien il te devait pour les deux bouteilles.

Lorsque Ladouceur avait exigé du concierge qu'il le rembourse dans l'instant, pas en chèque, mais en liquide, celui-ci s'était littéralement effondré. Il s'était épanché sur sa vie, avec trois chats, sous le même toit que sa vieille mère, sourde comme un pot.

– L'ennui, c'est qu'elle a toujours adoré l'opéra. Alors, quand je rentre à la maison le matin et ce jusqu'à ce que je reparte travailler à l'hôtel le soir, y a *Carmen* de Bizet qui tourne en boucle. Mes rêves sont pleins de taureaux qui ont la tête de Maria Callas, avec un seul mais énorme testicule, et qui chargent vers un grand trou noir dans lequel se baignent des toreros en maillot de bain à paillettes, alors que sur les bords, des danseuses de flamenco, avec un seul sein, mais un gros, disparaissent dès que je m'en approche !

Tout en décrivant ses rêves les plus intimes, le concierge avait mimé les danseuses de flamenco. Martin Ladouceur s'était pincé – non, il ne rêvait pas. Cette situation était pourtant surréaliste. À bien y penser, tout depuis son arrivée ici l'était. Alors il a continué d'écouter la complainte.

– Évidemment, ça joue sur mon caractère et mon comportement au travail. Et je l'avoue, j'ai tendance à me laisser aller quand une bouteille a mal été refermée. Si le directeur me congédie et que je dois vous rembourser ces trésors du vignoble français, il me faudra annuler la commande d'un cornet électronique ultra-perfectionné qui permettrait à ma mère de recouvrer quarante-cinq pour cent de son audition dans l'oreille droite. Des heures de sommeil pour moi. Je vous en supplie. Allez, s'iou plaît, m'sieur ?

Martin Ladouceur avait retenu comme circonstance atténuante la vie si noire du concierge le jour, qui expliquait son besoin de rechercher la lumière, la nuit. Un élément à décharge qu'il pouvait comprendre mieux que quiconque. Pour ce motif, il l'avait acquitté de sa dette.

– Tendez-moi votre main que je baise votre bague de la coupe Stanley, monseigneur ! Ah, ben ça alors, vous n'avez plus de bague !

Au neuvième, ce n'est pas Maxime qui a accueilli Charles-David et Martin Ladouceur, mais une sorte de taureau, dont les naseaux soufflaient bruyamment après qu'il eut grimpé les neuf étages, au pas de course.

– Y a pas à dire, ça dessaoule…

Alors que le groom sortait le chariot de l'ascenseur avec précaution, Maxime, toujours aussi fumant, s'est approché de Martin Ladouceur.

– Si jamais vous voulez faire la fête, inviter du monde, je ne sais quoi, je ne sais qui, n'hésitez pas. Oubliez ce qu'a dit le directeur ou moi-même. À partir de maintenant, je ferme les yeux, je n'entends plus rien. Je suis une tombe !

Martin Ladouceur s'est surpris à penser qu'il préférait cet homme lorsqu'il lui résistait, plutôt que lorsqu'il rampait ainsi à ses pieds. Maxime n'a rien vu, ou rien voulu voir, il s'est approché de lui en prenant l'intonation sifflante des plus vils conspirateurs.

– Alors voilà votre sac, tout y est ! Ciseau, colle Crazy glu, agrafeuse, épingles à nourrice, fil à coudre… Un jus d'orange et une barre de chocolat… Vous avez de la chance, je les ai volés dans le vestiaire de notre professeur de sport de combat et autodéfense. Ô mon Dieu, prions qu'il n'en sache rien ! Si vous avez besoin de quoi que ce soit, vous savez à qui vous adresser. Il y a également une télécommande neuve. Je vous présente d'ailleurs mes excuses au nom du directeur et de l'ensemble du personnel pour cette casse inexpliquée qui, je l'espère, n'a pas gâché votre séjour !

Martin Ladouceur n'a pas eu la force de remercier l'homme qui quémandait sa caresse. Il s'est détourné de lui et a marché vers sa chambre, suivi de Charles-David, du chariot et du sapin. Maxime, à ce moment, aurait mieux fait de disparaître et de la fermer, mais il n'en a pas été capable. Ce fameux naturel qui revient toujours au galop. Dans son cas, au quadruple.

– Juste comme ça, juste pour savoir, curiosité toute personnelle, ne vous inquiétez pas, ça restera entre nous. Mais pourquoi vous avez besoin de tout ça ? C'est vrai ça, c'est bizarre quand même…

Martin Ladouceur s'est arrêté et a marmonné entre ses dents.

– Mister casse-couilles…

– À votre service !

– Elles coûtaient combien déjà, les deux bouteilles de vin que tu m'as vidées ?

– *Gloups…*

Le client a inspiré jusqu'à en faire exploser ses poumons. Il les a vidés d'un coup, en mettant le volume au maximum.

– Je veux plus te voir, t'as compris ?

SURPRISE !

MARTIN LADOUCEUR s'est regardé dans le miroir en face de l'ascenseur. À ses côtés, Charles-David, un oreiller éventré à ses pieds, lui collait sur la joue une dernière plume d'oie.

– Franchement, je saurais pas que c'est moi, j'y croirais!

– Tu peux arrêter de parler, je viens de te coller une plume sur l'oreille! Attention, je l'enlève...

– Aïe!

Le groom a sursauté au cri poussé par le hockeyeur réputé si dur au mal. Il a placé la plume sur la joue, et les poils noirs de l'homme en rouge ont complètement disparu. En refermant le tube de Crazy glu, il a discrètement posé les yeux sur l'emballage pour y lire ce qui aurait pu lui échapper, avant usage. Le fabricant ne doutait pas de l'efficacité de son produit, qualifié d'Extra-Super-Fort – à tel point qu'il promettait un lot de dix nouveaux tubes, livrés gratuitement à domicile, à tout usager qui verrait un objet se décoller après une année.

– Charles-David, touche comme elle est douce ma barbe avec les plumes. On a bien fait de pas prendre le crin du matelas... Imagine s'il veut faire un bisou au Père Noël?

Charles-David s'est empressé de cacher le tube de colle dans sa poche. Il a retiré les quelques plumes des rideaux qui faisaient office de manteau. Il en a fait de même sur le bonnet, qu'il a nettoyé jusqu'au pompon blanc, fait de plumes d'oie également. Il a dû se rendre à l'évidence, le fabricant ne mentait pas. Il avait beau frotter énergiquement, aucune d'elles ne se décollait.

– Tu as bien mis le sapin où je t'ai dit ?

– Oui, à côté du fauteuil pour que tu puisses t'asseoir s'il veut s'installer sur tes genoux.

– Tu as bien mis tous les jouets dans le sac de hockey ?

– Oui, tous.

– Tu lui as bien répété qu'il fallait qu'il finisse tranquillement ses dessins de Tortues Ninja en attendant le Père Noël ?

– Euh, ben… c'est que… euh… il les avait déjà finis.

– T'as une voix bizarre. Il voulait plus dessiner ?

– Ah, non… Pour dessiner, ça, il arrêtait pas… euh… de dessiner… J'ai même dû lui dire qu'il pouvait peut-être arrêter de dessiner.

– Ah bon, pourquoi ?

Charles-David a été sauvé par le gong, ou plutôt sauvé par les coups frappés sur la porte de la suite 919, dans laquelle régnait une certaine agitation. Surtout qu'aux coups se sont ajoutés des cris.

– Père Noël ! Père Noël ! Père Noël !

Martin Ladouceur a immédiatement saisi les grandes anses de son sac de hockey, qui débordait de cadeaux. Il a soulevé sa hotte de fortune puis l'a tendue au groom afin que celui-ci l'aide à l'enfiler.

– Vite, dépêche-toi, passe mes bras dans les grandes poignées que je puisse me le mettre sur le dos !

L'opération de levage de ce qui ressemblait plus à une benne qu'à une hotte, a réussi du premier coup. L'homme en rouge s'est tourné vers le groom qui, même rehaussé de sa casquette, avait tout d'un lutin, face à un Père Noël si imposant.

– Dis-moi, tout est bon ?

Charles-David a étudié attentivement le déguisement. Le résultat était remarquable, même s'il était légitime de se demander si le Père Noël n'avait pas choisi de passer par le lave-linge, programme essorage maximal, plutôt que par la cheminée. Le groom, inspection terminée, a remonté les yeux jusqu'à ceux de Martin Ladouceur et ne les a plus quittés.

– Tu m'inquiètes, là, qu'est-ce qui va pas ?

– Je voulais juste te dire que je trouve ça vraiment bien ce que tu fais.

Martin Ladouceur a été sauvé par sa barbe en plume. Charles-David ne pouvait voir ses joues rosir suite à ce compliment. Face au silence du Père Noël, le groom a voulu passer une seconde couche.

– Je la connais pas depuis bien longtemps, mais elle est vraiment gentille, Louise.

L'homme en rouge n'a pas su comment interpréter ces propos. Dans le doute, il a préféré préciser ses motivations.

– Oui, oui, elle est gentille. Mais tu sais, c'est pour l'enfant que je fais ça… Bon, va la voir et dis-lui que tout est sous contrôle.

– Bonne chance, Ladouce.

Le groom a ouvert la porte de l'escalier de secours pour y dévaler les marches jusqu'aux lupanars en construction du huitième. Martin Ladouceur, enfin le Père Noël, a quant à lui marché vers la 919 en frappant bruyamment le sol, pour annoncer son arrivée. Derrière la porte, l'excitation était à son comble.

– C'est le Père Noël ! C'est le Père Noël ! C'est le Père Noël !

L'enfant a roulé des yeux et s'est statufié quand l'homme en rouge, portant sa lourde hotte, a pénétré dans la suite. La stupeur a progressivement fait place à l'interrogation, puis à l'inquiétude. Il a reculé de quelques pas et s'est placé derrière le fauteuil, prêt à s'y cacher.

– T'es bien le Père Noël, dis ?

Celui dont jamais personne ne doute, et surtout pas un enfant à côté d'un sapin, a lui-même douté un instant.

– Mais oui, mon enfant, je suis le Père Noël. Qui c'est que tu veux que je soââ ?

En entendant la voix grave et rocailleuse, la même que celle que l'on entend à la radio ou dans les grands magasins au mois de décembre, le petit Martin a été rassuré. Il s'est assis au pied du grand sapin dont la cime pliait sous le plafond, pourtant bien haut.

– Tu as mes jouets, Père Noël ?

– Oh, mais tu es bien pressé, mon enfant... Il faut d'abord que je te pose quelques questions pour savoir qui tu es et si tu as bien mérité tes cadeaux. Alors, dis-moââ...

Le Père Noël avait préparé son texte, mais il n'a pas eu le temps d'en réciter une seule ligne, car l'enfant, lui aussi, avait bien appris le sien. Sans attendre, il l'a déclamé sur un ton monocorde, comme une machine à débiter les mots.

– Je m'appelle Martin, j'ai sept ans, j'habite à Montréal, j'ai pas de frères et sœurs, je travaille très bien à l'école, je suis gentil avec tous mes amis, j'ai été un peu malade il y a un mois mais ça va mieux, je range bien ma chambre et je fais mon lit tout seul, je promène souvent le chien de ma vieille voisine car elle n'a qu'une jambe, je me brosse les dents tous les soirs, j'aide toujours ma maman à porter les courses! Et puis y a une semaine, j'ai donné les vingt-cinq sous de mon argent de poche à un monsieur qu'avait faim dans la rue!

Là, ça a coupé le sifflet à l'homme qui portait la hotte. Il y a eu comme un petit interlude. Un silence. Il a pensé chanter « Petit papa Noël », mais il ne se souvenait plus des paroles. Alors il a quitté des yeux l'enfant pour chercher l'inspiration ailleurs. La vue des feuilles blanches, sur la table basse, a permis le rétablissement du canal son.

– On m'a dit que tu dessinais très bien, mais je les vois pas tes dessins à toââ...?

– C'est parce qu'ils sont derrière.

– Aaahhh! J'ai bien hâte de voir comme tu dessines, toââ.

Le Père Noël, tout sourire, s'est retourné. Le souffle coupé, il s'est tassé de vingt bons centimètres. En urgence, il a eu besoin de s'écrouler dans le fauteuil, sans prendre le temps d'enlever sa hotte.

– Je les ai faits pour mon ami Martin!

Le Père Noël s'est frotté nerveusement la barbe, enfin les plumes. Aucune d'elles ne s'est décollée.

– C'est quoi... çoââ?

– Une fresque murale!

– Ah...

– Je l'ai faite tout seul!

– Waouh...

Il y avait de quoi être impressionné. Sur le grand mur blanc du salon, entre les tableaux, quatre énormes Tortues Ninja recouvraient toute la surface. L'artiste en herbe a admiré un instant son travail et s'en est approché pour faire les présentations.

– Ça, c'est Donatello, lui c'est Léonardo, ici c'est Michelangelo, et au bout, c'est Raphaël!

– Waouh…

L'œuvre, savant mélange d'art abstrait et d'art naïf, était impressionnante par son ampleur, en particulier la dimension démesurée des personnages, qui tenaient pourtant, dans la vraie vie, debout dans un écran de télévision.

– Pourquoi Léonardo il tient un bâton avec son pied?

– C'est pas son pied, c'est sa main. Et c'est pas un bâton, c'est un Ninjatos, son arme magique!

On ne pouvait reprocher à l'enfant de ne pas s'être appliqué. Il avait pris soin de colorier, sans déborder, les bandeaux sur les yeux, les ceintures et les carapaces. Devant le Père Noël qui ne trouvait pas ses mots, l'enfant a éprouvé le besoin d'expliquer plus en détail sa démarche créative qui fleurait bon l'humanisme sur fond de collectivisme pour un grand idéal.

– On fait des fresques à l'école dans les activités dépagogiques de groupe pour qu'on soit bons camarades.

– C'est bien ça… euh… çoââ.

– Je l'ai fait pour mon ami Martin!

Le Père Noël s'est affalé plus encore dans le fauteuil, tant son cœur lui pesait à battre si fort de bonheur. Le bonheur n'ayant pas de prix et l'argent ne faisant pas le bonheur, il a décidé que, quel que soit le montant de la facture pour remettre la chambre à neuf, cela en valait la peine, tant le geste était beau, et surtout, désintéressé.

Les yeux humides, il contemplait la fresque, et a mis du temps à sentir la petite main qui lui tapotait l'épaule. Essuyant une larme, il s'est tourné vers l'enfant, et il a vu ses yeux rivés sur la hotte.

– Tu veux voir ce que j'ai amené pour toââ?

Fasciné, Martin Ladouceur savourait les cris de joie de l'enfant qui emplissaient la pièce chaque fois que sa petite main déchirait un papier cadeau et le jetait dans les airs, sans prendre le temps de le chiffonner.

– Encore une console Nintendo, ça m'en fait deux!

L'enfant offrait un spectacle justifiant toutes les sueurs, les désagréments, et même les petites douleurs. Le Père Noël, désormais cantonné au rôle de simple observateur, a passé la main dans sa barbe – la peau de sa joue le démangeait. Peut-être que la colle n'avait pas fini de sécher, peut-être aussi était-il allergique à la plume d'oie.

– Encore une console Nintendo, ça m'en fait trois!

L'innocence de l'enfance, c'est cette faculté de se persuader que rien n'est impossible, de croire à la magie sans qu'intervienne la raison.

– Ça doââ être ma secrétaire qu'a passé troââ fois la même commande dans la télécopieuse pour ma tournée de ce soââr...

L'innocence de l'enfance, c'est aussi la faculté de ne jamais s'engluer dans le concret sous peine de voir la magie s'envoler.

– Il a pas de secrétaire, le Père Noël, c'est des petits lutins qui font le travail!

Tout en essayant d'arracher discrètement une plume de son menton, l'homme a regardé l'enfant qui sortait d'autres paquets enrubannés du sac de hockey sans fond.

– Oh, un fusil !

– Oh, une mitraillette !

– Oh, encore un fusil, et une épée !

Martin Ladouceur n'a pu s'empêcher de remonter le temps. Il s'est souvenu de ses Noël sans surprise, quand l'unique paquet qu'il ouvrait contenait une paire de patins. Chaque réveillon, il feignait la surprise et la joie, pour ne pas décevoir son père, puis il se jetait sur la boîte de chocolats de sa mère.

– Oh, une panoplie de cow-boy !

– Oh, une mitraillette !

– Oh, un fusil !

Dans le brouhaha de la joie, le Père Noël a senti une présence. La porte de la suite était légèrement entrebâillée et laissait entrevoir le visage de Louise. À l'homme en rouge qui se demandait comment elle avait pu l'ouvrir, elle a brandi son passe-partout, avant de revenir au spectacle de son fils pataugeant dans le bonheur au milieu des papiers cadeaux déchirés.

– Un jeu vidéo !

– Encore un jeu vidéo !

– Encore un autre jeu vidéo !

– Waouh, tout ça de jeux vidéo !

Après avoir savouré la scène, la mère a posé ses yeux sur l'homme qui avait offert ce moment unique à la chair de sa chair. Elle l'a fixé avec une reconnaissance qui, sans nul doute, deviendrait éternelle. Quand elle a remarqué les plumes d'oie sur son visage et les doigts qui tentaient de décoller l'une d'elles, elle a pincé ses lèvres pour contenir un fou rire naissant. Elle a préféré s'éclipser, le saluant avec grâce de la main. Sous le sapin, la hotte venait de délivrer son dernier secret.

– Oh, une chaussette sale… Ben, c'est quoi ça, Père Noël?

Martin Ladouceur s'est rendu compte que, si son entrée et sa distribution de jouets avaient été réglées comme du papier à musique, il avait omis de penser à sa retraite.

– Bon, ben je vais y aller… moââ.

– Bon voyage au pôle Nord!

– Faut pas que je traîne, j'ai de la route, et puis de nuit.

– Fais attention dans le ciel!

Le Père Noël a répondu d'un clin d'œil et s'est dirigé vers la porte. L'enfant a couru derrière lui pour le rattraper et se jeter dans ses bras. Agrippé à ses épaules, il y a même posé la tête.

– C'était le plus beau Noël de ma vie!

– Moi aussi…

– Tu reviendras l'année prochaine?

– Si t'as envie, oh ben oui!

– Je t'adore, Père Noël!

Au mouvement d'ondulation des plumes d'oie sur les joues de Martin Ladouceur, on devinait que l'émotion l'avait gagné. La reconnaissance de l'enfant valait mille récompenses, presque une coupe Stanley. Non, elle valait bien plus. La coupe, on la partage, la reconnaissance, on la savoure au plus profond de soi. Ses bras musclés ont serré plus fort encore l'enfant.

– Tu me fais mal, Ladouce!

Le Père Noël a desserré son étreinte, mais il a tenté de retenir l'instant, de revenir à cette seconde magique où tout était si beau.

– Je ne suis pas Ladouce, je suis le Père Noël, moââ.

– Mais non, je sais que c'est toi.

Le Père Noël a laissé descendre le petit détective et s'est assis, les épaules basses, se demandant comment il avait bien pu être démasqué.

– T'as pas changé de chaussures.

Martin Ladouceur s'est donné une claque sur le front. Comment avait-il pu ne pas y penser ?

– Et puis ta voix je l'ai reconnue, quand même.

Les épaules de Martin Ladouceur se sont encore affaissées.

– Et puis t'étais pas là avec moi, alors c'était pas normal.

Martin Ladouceur a expiré, de dépit, tout l'air de ses poumons, en baissant ses épaules d'un étage encore.

– Et puis le Père Noël, il a pas une barbe en plume.

Martin Ladouceur a inspiré bruyamment le volume d'air qu'il venait d'expulser, ses épaules sont descendues jusqu'au rez-de-chaussée.

– Et puis j'avais vu les cadeaux en venant avec ma maman quand t'étais pas là.

À la vue du Père Noël désormais si triste, l'enfant a caressé, de sa petite main, le doux pelage blanc de sa barbe.

– Je vais t'aider à l'enlever !

Il a pris entre ses doigts une plume sur la joue droite et a d'abord tiré doucement. Elle ne s'est pas décollée. Il a donc tiré d'un coup, très fort.

– Aïe !

À l'instar de la chatouille, acte primaire qui plaira toujours aux enfants, la douleur infligée à plus grand, si elle n'est pas fatale, fera obligatoirement rire le plus petit. L'enfant s'est donc très vite amusé à tirer les plumes des joues, encore et encore.

– Aïe ! Aïe ! Aïe ! Aïe ! Aïe ! Aïe !

Chacun des petits cris de l'un provoquait le rire de l'autre, jusqu'à ce qu'il renonce, un instant.

– Attends, c'est pas pratique comme ça!

L'enfant est venu se placer derrière le dossier du fauteuil.

– On va faire comme chez le dentiste!

Le Père Noël déchu a tout de suite compris ce que l'on attendait de lui. Il s'est enfoncé plus loin dans le fauteuil, a tendu ses jambes, posé sa nuque sur le haut du dossier, et penché la tête en arrière pour que sa barbe blanche s'offre au regard du praticien ès plumes, mais surtout à ses petits doigts presque experts.

– Aïe! Aïe! Aïe! Aïe! Aïe! Aïe!

À ce rythme, le côté droit a vite été dégagé de ses tiges. Mais le blanc y dominait encore, avec des petites fibres de plume collées autant sur le poil noir que sur la peau rougeaude. Ça ressemblait à une sorte de vieux tapis oriental à dominante carmin, découvert dans une maison abandonnée à la poussière depuis un siècle et demi.

– Tourne ta tête, que je fasse l'autre côté.

– Aïe! Aïe! Aïe! Aïe! Aïe! Aïe!

Les joues de Martin Ladouceur le brûlaient, pas autant la droite que la gauche, seulement ça n'allait pas tarder. Mais l'enfant a dû trouver le jeu de moins en moins amusant, et la plumaison a perdu son rythme.

– Aïe… Aïe… Aïe…

– Arrête de crier, sinon t'as qu'à le faire tout seul!

L'adulte s'est laissé plumer en silence. L'enfant en a été surpris. À nouveau amusé, il a tenté de tirer les plumes plus vite et plus fort pour voir si les petits cris reprenaient. Mais son patient, trop habitué aux coups vicieux qui font mal et aux gros bobos, n'a pas bronché. À ce jeu, le petit Martin a compris qu'il ne gagnerait pas. Il a continué un moment en silence, puis s'est soudain arrêté de tirer les plumes. Martin Ladouceur a rouvert les yeux pour voir l'enfant ne plus sourire.

– Tu veux que je refasse « aïe » ?

– Non.

– Qu'est-ce qu'y a, tu veux qu'on joue à un autre jeu ?

L'enfant a marché jusqu'au tas de jouets déballés, en désordre, au pied du sapin. Il les a longuement regardés puis s'est tourné vers Martin Ladouceur.

– Il existe pas, le Père Noël, hein ?

– Moi je dirais plutôt que si.

– Je sais qu'il existe pas !

– Alors pourquoi tu criais « Père Noël ! Père Noël ! » ?

– Je faisais semblant.

Martin Ladouceur a baissé la tête et n'a plus su quoi dire. Il a regardé ses mocassins en attendant que l'enfant parle.

– C'est toi qu'as acheté les cadeaux ?

La réponse à donner était simple, seulement Martin Ladouceur n'avait pas envie de mentir. Oui, il avait bien acheté ces cadeaux, mais ils étaient destinés à d'autres. Si la hotte avait pu être si bien garnie, c'est qu'on les lui avait renvoyés à la figure. Il a relevé lentement la tête et il a répondu en choisissant ce qu'il pensait être la meilleure des vérités.

– Euh, non… C'est pas moi qui les ai achetés.

L'enfant a repris vie et à nouveau la lumière a jailli de ses yeux.

– Je suis sûr que c'est mon papa !

Les fibres de plumes ont tremblé sur les joues du Père Noël.

– Tu te rends compte, il m'a acheté trois Nintendo ! Il a peut-être eu peur que j'en perde une en route… ou même deux… Il est trop fort, mon papa !

L'enfant, plein d'espoir, a couru à la fenêtre, et a regardé la ville. Martin Ladouceur n'a rien fait. Il ne savait pas quoi faire. Le petit ne bougeait pas, les yeux perdus dans les rues enneigées.

Le Père Noël avachi s'est enfoncé dans le fauteuil, jusqu'à ne faire qu'un avec le meuble. Prostré, il a continué d'implorer, sans savoir très bien qui. Lorsqu'il a entendu une clef se glisser dans la serrure de la porte, il a su immédiatement qui venait le sauver. Ce devait être cela l'instinct maternel. L'homme seul, soulagé de ne plus l'être, s'est désolidarisé du fauteuil et s'est lentement tourné vers la porte, maintenant ouverte.

Quelques filaments de plumes se sont décollés d'eux-mêmes de la joue de Martin Ladouceur et ont voleté autour de lui.

– Je vous l'avais promis, cette nuit, tout est permis, *hips* !

Ça n'est pas de voir le concierge jovial apparaître dans la chambre qui a provoqué cette brutale distension des maxillaires inférieurs et supérieurs, gauches et droits, avec effets secondaires sur le plumage, mais c'était surtout de découvrir qui Maxime venait de faire entrer dans la suite.

– Surprise !

ÇA SERAIT QUOI LE RÊVE DE TA VIE ?

L'ENFANT A COURU vers le nouvel arrivant en écarquillant les yeux comme si, après tout, le Père Noël existait.

– Ça se peut pas, c'est Georges D'Amour, en vrai !

Martin Ladouceur s'est levé de son fauteuil, mais le redresseur de torts des Canadiens de Montréal le dépassait encore de sept bons centimètres. L'homme en rouge avait des épaules larges, mais elles étaient ridicules comparées à celles de Georges D'Amour, le vrai.

– Il a l'air encore plus fort qu'à la télé !

Vêtu d'un costume de ville gris clair, deux boutons, sous lequel une chemise bleue laissait découvrir une chaîne en or sur un écrin de poils, le nouveau venu a passé sa main dans les cheveux ébouriffés de l'enfant qui s'était arrêté pour l'admirer.

– Il m'a touché la tête !

Martin Ladouceur a dû se rendre à l'évidence. Dans son déguisement de Père Noël – ou ce qu'il en restait –, il n'était pas en mesure de soutenir la comparaison avec son ex-compagnon de vestiaire clairement décidé à renouer sur l'autel des amitiés éternelles.

– Canadiens un jour, Canadiens toujours !

Martin Ladouceur s'est laissé étreindre, sans exprimer le moindre enthousiasme. Même s'il avait l'impression d'avoir vécu une vie entière depuis sa retentissante débâcle de l'Île-des-Sœurs, il en gardait le souvenir d'une terrible humiliation. Elle lui avait, certes, permis de revenir avec les cadeaux qui avaient profité à son petit protégé, miracle de la vie, mais il avait tout de même été rejeté par celui qu'il croyait son ami de toujours.

– Quoi, tu connais Georges D'Amour ?

Pour la première fois depuis l'arrivée de l'intrus, l'enfant a manifesté de l'intérêt pour l'homme qui s'occupait de lui depuis des heures. Mais ça n'a pas duré. Pétri d'admiration, le jeune fan suivait du regard celui qui venait d'affaler ses cent vingt kilos de muscle dans le canapé.

Martin Ladouceur s'est rendu compte qu'il n'avait à aucun moment dit à l'enfant qui il était vraiment. Il aurait pu lui conter l'incroyable épopée de la coupe Stanley qui lui avait permis de remporter la bague reposant désormais quelque part dans la tuyauterie de l'hôtel. Il aurait pu évoquer ses deux saisons de quarante buts, les quatre saisons de plus de trente buts et les cinq de plus de vingt buts. Il ne se serait pas attardé sur les deux dernières durant lesquelles, péniblement, il n'avait atteint que dix buts. L'enfant aurait su qui se tenait devant lui et aurait arrêté de dévisager Georges D'Amour, dont le seul talent – puisqu'il n'avait jamais marqué plus de trois buts en une année – était d'écrabouiller la face de ses adversaires sur commande.

– À l'école y en a qui disent que c'est le plus fort du monde ! Même les CE1 ils ont peur de lui !

Martin Ladouceur aurait pu entamer un long monologue pour expliquer, chiffres à l'appui, que la vraie vedette ici, c'était lui. Mais ne sachant rien du programme de mathématiques statistiques en CP, et présageant que ces scores seraient un rien abstrait pour le jeune Martin, il a préféré, plutôt que de chercher des noises au plus rude combattant des Canadiens de Montréal, opter pour la détente et le désarmement.

– Si je connais Georges ? Tu penses, c'est mon meilleur ami.

L'enfant n'en revenait pas. Martin Ladouceur, pour ajouter du poids à ses mots, a tendu sa paume à l'idole du jeune qui a répondu à l'invitation en frappant très fort la sienne. Et d'une même voix, les deux gaillards ont hurlé :

– Canadiens un jour, Canadiens toujours !

Il y a eu un léger flottement, suivi d'un silence, comme lorsque tout a été dit. C'est le moment qu'a choisi le concierge, toujours à la porte de la chambre, pour faire son grand retour sur scène.

– Je le savais ! Quand j'ai vu arriver M. D'Amour, je me suis souvenu que vous étiez de grands amis et je n'ai pas hésité à le faire entrer. On s'en fout du directeur ! J'étais encore groom quand vous aviez organisé cette soirée mémorable, dans cette même chambre. Vraiment, quelle injustice, monsieur Ladouceur, qu'on vous ait fait porter le chapeau pour de si petits dégâts... Je peux vous dire que si j'avais été le chef cette nuit-là, personne n'en aurait jamais rien su.

Le plus petit des deux joueurs de la Ligue nationale de hockey a jeté un coup d'œil inquiet sur le plus petit de tous dans la chambre, l'enfant, puis il est revenu au plus con, le concierge, pour lui intimer, sans la bande son, mais juste avec la dureté du regard, de ne pas s'étendre sur le sujet. De la fermer, en fait. Maxime a reçu la consigne et, sans discuter, a fermé sa bouche, et la porte derrière laquelle il a disparu. Pas longtemps, mais là, au lieu de l'ouvrir, il l'a juste entrouverte, la porte. La bouche, en revanche…

– Ladouce, si vous avez besoin de quoi que ce soit, vous n'hésitez pas, vous savez où me trouver. Mais comme ça, juste comme ça, avant que je ne disparaisse, ça restera entre nous, il m'a semblé voir un enfant dans votre chambre, d'ailleurs il est juste en face de moi et il me regarde. C'est indiscret de vous demander ce qu'il fait là ?

– Cou-couche réception !

– Vous êtes trop drôle, tordant même, *ouarf! ouarf!* Je disparais. Y a plus de Maxime ! Hop, à la niche. Mais je suis toujours là si vous avez besoin de quoi que ce soit ! *Ouarf! ouarf!*

Le concierge a cette fois tout bien fermé, bouche et porte, et on ne l'a plus revu. Georges D'Amour a toisé l'enfant qui le dévorait des yeux avant de revenir à son vieux complice.

– C'est vrai ça, qu'est-ce qu'il fait là, lui ? Et puis c'est quoi ce déguisement de princesse passée au feu ?

L'enfant, tentant de s'en faire un ami, a forcé son rire, sans même récolter un regard de son idole. Martin Ladouceur a serré les mâchoires pour encaisser en silence la pique, choisissant de relancer à cœur.

– Je t'expliquerai plus tard. Mais toi, qu'est-ce que tu fais là ? Pourquoi est-ce que tu n'es pas chez toi, au chaud, avec ta famille ? Vous aviez l'air si heureux…

Georges D'Amour a baissé la tête pour ne pas revoir l'image de Martin Ladouceur, couvert de neige, l'implorant sur le pas de sa porte.

– Tu sais où on pourrait se parler tranquillement ?

Dix minutes plus tard, la toge du Père Noël gisait sur le carrelage blanc de la salle de bains alors que, à travers la porte, on entendait la musique métallique et lancinante d'un jeu vidéo, entrecoupée d'onomatopées guerrières. Les joues badigeonnées d'une épaisse couche de crème à raser, Martin Ladouceur semblait de son côté souffrir le martyre à tondre poils de barbe et brins de plumes, soudés à sa peau. Assis sur les toilettes, Georges D'Amour en avait long à raconter sur sa vie qui ne ressemblait pas tout à fait à ce que les journaux pouvaient en dire, ou plutôt, à ce qu'il en disait aux journalistes.

– J'en peux plus de Noël… Elles crient, elles hurlent… Je te jure, les enfants… Depuis ce matin, les quatre courent partout dans la maison pour savoir par où va arriver le Père Noël. Dans l'après-midi, elles se sont battues pour le sèche-cheveux, elles voulaient toutes être la plus belle pour le recevoir… Quand elles ont ouvert les cadeaux, après ton départ, Julie s'est rendu compte qu'elle avait oublié d'acheter des piles pour les faire fonctionner. Je suis allé en urgence à l'épicerie du coin et ça a pas raté, j'ai dû signer des autographes à tous les SDF qu'avaient froid et qu'avaient pas ailleurs où aller. Quand je suis revenu, une demi-heure plus tard, Julie était sur les nerfs à cause des filles qui pleuraient de pas avoir pu jouer. Et là, elle m'a dit que c'était l'heure d'aller les coucher pendant qu'elle attaquait son masque de concombre dans la salle de bains…

Sur le trottoir de l'Île-des-Sœurs, Martin Ladouceur avait ressenti un brin de jalousie à imaginer son compagnon savourer cette soirée de réveillon au chaud alors que lui-même était prêt à marcher jusqu'à nulle part dans la neige. Il savourait presque à présent la complainte de son ami, à qui il n'avait pas accordé son pardon.

– Mon pauvre… Et après, il s'est passé quoi ?

– Depuis qu'elle a lu dans un livre que ça rassurait les enfants qu'avaient peur des monstres que ce soit le papa qui les couche, ben je suis obligé de leur raconter des histoires… chaque soir, sauf quand je joue. Alors je leur mets une cassette qui raconte une histoire de princes charmants et de princesses, je reste cinq minutes, je me lève, là, elles veulent des bisous, ça en finit plus, mais bon, je finis toujours par m'en sortir… Et puis ce soir, comme c'était Noël, je me suis dit : « Et moi alors, mon petit cadeau ? » Je vais rejoindre Julie dans la chambre. Elle était en train d'avaler ses deux somnifères. J'ai compris que j'allais me l'accrocher derrière l'oreille. Alors je me suis dit, bon, tu vas encore t'endormir comme un con sur le canapé. J'allume la télé, je zappe… Et là, tu sais pas quoi ? Tu sais pas quoi ? Allô ? Je te parle, Ladouce ! Tu sais pas quoi ?

Martin Ladouceur a sursauté aux cris de l'homme qui se confessait sur les toilettes, et s'en est coupé avec le rasoir. Il a vite attrapé une serviette blanche, l'a imbibée de l'eau du robinet et l'a pressée fort sur ce qui n'était, au fond, qu'une égratignure.

– Ben non, je sais pas, comment tu veux que je sache ?

– Ben tu sais pas quoi ? Attends, tu vas pas me croire. Là, je tombe sur un documentaire avec des animaux. Moi, les animaux, c'est comme les mômes, je les supporte pas. Mais là, je vois un gnou qui saute tout ce qui bouge. En pleine savane, il s'en bat des crocodiles, des guépards, de ses enfants, de sa femme, des autres gnous qui le regardent. Lui, la seule chose qui veut, c'est toutes se les faire ! Et là, ça a fait bing dans ma tête ! Au fond, toi et moi, on est des gnous ! C'est peut-être pas bien malin un gnou, mais au moins ça sait ce qui est le plus amusant dans la vie, hein ?

Dans le reflet du miroir, Martin Ladouceur, aux prises avec des brins de plumes récalcitrants sur le menton, a observé Georges D'Amour, dans son costume gris si impeccablement taillé, qui cherchait ses mots en se grattant l'entrejambe.

– Ladouce, tu te souviens de Julie quand on l'a connue ?

– Ouais… un peu…

– Pas avec moi, Ladouce ! Je sais que tu t'en souviens, elle m'a tout raconté… T'es d'accord qu'elle, les galipettes, elle aimait ça ?

– J'm'en souviens plus trop.

La main tenant le rasoir qui taillait son chemin à travers poils et plumes a accéléré son rythme. Martin Ladouceur s'est approché du miroir pour mieux voir. Mais la mousse à raser recouvrait tout. Comme il s'en souvenait bien de Julie, enfin plutôt de Bambi, connue dans tout le *night life* montréalais pour sa beauté, ses formes et sa joie de vivre. Cette effeuilleuse au grand cœur, reine des pistes, lui en avait fait faire des tours, jusqu'à lui proposer le pas de deux. « Ladouce ? Ça ferait pas des beaux enfants, toi et moi ? Ton coup de patin et ma beauté. T'imagines ? »

Il n'avait jamais voulu l'imaginer. La fameuse pension alimentaire… Mais il l'avait eue dans la peau, Bambi, avec sa devise : « Un joueur des Canadiens, sinon rien. » Il en avait même parlé à son ami Georges.

– Si elle me demandait pas ça, j'te jure, j'en ferais mon officielle. J'suis trop triste… Allons boire un verre.

Mais c'est finalement Julie que D'Amour avait consolée. En retour, elle lui avait tout donné, et sans attendre, même.

– Ben je vais te dire, Julie, avant qu'on ait les enfants, c'était une femme qu'aimait son homme. Elle prenait soin de moi, préparait le repas, rangeait mon sac de hockey, me pliait mes maillots… me faisait des petites gâteries quand je voulais… Et maintenant, plus rien ! Y en a plus que pour les enfants !

La triste vie de l'icône sur papier glacé de la conciliation amour-hockey-famille, Martin Ladouceur n'en voulait pas. Décidément, il n'avait rien raté en déclinant l'offre de concevoir un enfant que lui avait faite Julie – enfin Bambi. Cette même Bambi que Julie avait définitivement enterrée pour se consacrer aux enfants. Et Georges, qui se grattait de nouveau l'entrejambe, cela l'avait-il changé d'être père ?

– Si on peut pas le faire le soir, on le fait la journée quand les enfants sont pas là, hein ? Ben chez moi, non ! L'autre fois, j'avais journée libre, congé d'entraînement. Ben elle m'a inscrit comme accompagnateur pour la sortie de classe au Jardin botanique, alors qu'on aurait pu rester tous les deux à la maison pour faire crac-crac. L'enfer que j'ai vécu, ce jour-là. Déjà quatre j'en peux plus, mais là, j'en avais vingt dans les pattes, que des petits bourges de l'Île-des-Sœurs qu'écoutent rien ! Heureusement, y avait une journaliste de *Famille Québec* et son photographe pour me suivre. Ils m'ont vraiment aidé, eux…

Martin Ladouceur avait terminé de plumer son menton et sa joue droite. Il s'attaquait maintenant à la gauche, mais le plus difficile serait de régler le cas des sourcils. Pour le premier, ressoudé avec du scotch, il suffirait de changer le pansement de fortune. Mais pour l'autre, tout blanc, ce serait moins évident.

– Je te jure, Ladouce, tu la connais pas ta chance de pas avoir d'enfant.

Martin n'a pas répondu. L'autre n'a plus parlé, semblant s'être vidé, assis sur le couvercle des toilettes.

Toc-toc-toc!

Georges D'Amour, d'un bond, a vite verrouillé le loquet.

– Occupé!

– Mais j'm'ennuie tout seul…

Connaissant par cœur le guide du parent qui ne veut pas se laisser emmerder par les gosses, il n'a pas eu à chercher son texte.

– Retourne jouer tout seul, on arrive.

– Oui, mais j'm'ennuie tout seul.

– Si tu vas pas jouer tout de suite, je te préviens, on jouera pas avec toi!

– Je finis de m'enlever les dernières plumes et j'arrive!

– Tu joueras avec moi, Georges?

Vexé, Martin Ladouceur a arrêté un instant sa plumaison. Georges D'Amour, sans prendre la peine de répondre à l'enfant, s'est levé pour détendre ses longs membres tout en distillant un cours de paternité appliquée en milieu hôtelier.

– Tu vois, là, t'as dit oui et, jusqu'à ce que tu cèdes, il va pas arrêter de demander.

– C'est un enfant…

– Je vais te prêter les miennes, si t'aimes ça.

Martin Ladouceur a faiblement souri à la proposition de son ex-coéquipier, avec ce petit rictus qui prétend tourner en dérision une offre qu'on feint de ne pas croire, même si on devine qu'elle est très sérieuse. Pour Martin Ladouceur, la paternité, la vraie – celle qui prolonge le géniteur en une extension de lui-même dans une nouvelle génération –, ne pouvait s'incarner dans une fille.

– T'aurais pas préféré avoir des gars? Enfin, au moins un?

– Ouais, à chaque fois, j'ai espéré que ce serait un gars. Mais avec le temps, je sais pas si ça aurait changé grand-chose. Moi, en fait, c'est les enfants le problème. T'as une femme, puis t'as les enfants et puis un jour t'as plus de femme parce qu'elle n'en a plus que pour les enfants.

À mi-joue, Martin Ladouceur s'est demandé pourquoi il subissait un tel réquisitoire de son ex-coturne contre les enfants, la famille et la paternité. Georges D'Amour a regardé le sol, comme si ce qu'il s'apprêtait à dire n'avait aucune importance.

– Au fait, tu m'as pas dit, c'est qui cet enfant ?

– C'est un enfant que je garde pour une amie.

– À d'autres, Ladouce ! Quand t'es reparti de chez moi t'avais pas trop la tête du gars qui va mettre une annonce dans le journal pour faire du gardiennage !

Dans le regard qui le fusillait, Georges D'Amour n'a eu aucun mal à lire la rancœur à l'évocation de ce douloureux abandon.

– Je suis désolé, je te jure, ça a pas été facile pour moi. Mais bon, t'as bien vu, je décide de rien dans cette maison. Et puis regarde, je suis venu te voir quand même. Allez, à moi, tu peux bien me dire ce qu'il fait là, ce petit ? Regarde, moi, je te dis tout.

Martin Ladouceur a hésité un instant. À quoi bon ne pas répondre ? En sortant de cette pièce, il se retrouverait devant l'enfant et la question se poserait de nouveau. Alors il a tout raconté. De la balle rouge à la casquette, en passant par chez Ginette. Face à l'hétérophile convaincu, prêt à se réincarner en gnou si l'univers était savane, il a juste évité d'évoquer les visions qu'il avait eues dans le sauna. Ému, il a narré dans le menu détail cette apparition magique de l'enfant dans le sac de hockey.

Puis il a décrit ce court espoir, abattu en plein vol, et cet atterrissage brutal lorsque Louise est apparue pour tout dévoiler.

– J'te jure, j'ai bien cru que c'était le mien.

– T'es aussi brun que lui est blond, t'aurais quand même pu t'en douter?

Il a avoué cette affection qui, au-delà de la raison, perdurait pour l'enfant. Comme si elle représentait quelque chose de vital. Ce n'est plus l'entrejambe mais le menton que Georges D'Amour se grattait cette fois, perplexe.

– T'es sûr que Michel Mercier t'a bien dit ça?

– T'entendre dire que t'es peut-être père par un type qui digère des beignets d'oignon cuits à l'huile de huit jours, tu t'en souviens.

– Et la fille, là... Louise! T'es sûr que tu l'as pas reconnue?

– Non, je l'ai pas reconnue et, de toute façon, comment voulais-tu que j'aie une chance de la reconnaître, je m'en souviens presque plus de cette soirée. Elles se ressemblaient toutes. Je me souviens juste du président quand je suis sorti de l'ascenseur.

Martin Ladouceur a entamé les derniers coups de lame sur sa joue avant de tondre son sourcil encore emplumé – il finirait bien par repousser. Derrière lui, Georges D'Amour ne se grattait plus le menton.

– Elle est comment?

– Qu'est-ce que tu veux dire?

– C'est juste pour savoir comment elle est. Simple curiosité.

Martin Ladouceur s'est retourné pour dévisager son ami avec une tristesse infinie, jusqu'à le déstabiliser, enfin suffisamment pour qu'il cesse de se gratter l'entrejambe.

– Quoi, qu'est-ce qu'il y a ? Entre gars on a plus le droit de discuter ?

Martin Ladouceur avait le sentiment d'avoir peut-être une part de responsabilité dans ce qu'était devenu Georges D'Amour, qui voyait chez le gnou un modèle de savoir-vivre. Lorsque cette force de la nature, âgée de vingt ans à peine, avait été confiée par ses parents au Grand Club en provenance de Rouyn-Noranda, il était un jeune homme sage et discipliné. Son père, fier de serrer la main de Martin Ladouceur, lui avait donné les clefs de sa vie.

– C'est un bon petit gars, prenez-en soin. Je compte sur vous.

Le soir même, Martin Ladouceur avait amené son nouveau disciple au Sex Paradisio, il s'était amusé à voir le jeune homme rouler des yeux à chaque nouvelle fille s'exposant sur la scène.

– Mesdames et messieurs, veuillez accueillir pour la deuxième partie de son spectacle… Bambiiiii !

Il les lui avait toutes présentées, même Bambi. Contrevenir à la promesse faite au père l'avait amusé, et comme il est beaucoup plus facile de tirer quelqu'un vers le bas que de le hisser vers le haut, le résultat ne s'était pas fait attendre, Georges D'Amour était devenu le complice de son mentor. Mais cette fameuse nuit, le jeune disciple avait invité Julie à souper en tête à tête pour la première fois et n'avait pas suivi Martin Ladouceur dans sa fatidique virée à l'hôtel.

– Bon, tu me le dis ou pas ? Je vais pas rester le cul sur les toilettes à t'attendre pendant des heures.

Si l'on écrit de haut en bas, les hommes qui aiment les femmes décrivent toujours, eux, de bas en haut.

– Elle est bien foutue, je crois.

Si Martin Ladouceur ne faisait pas preuve d'une soudaine pudeur, c'est qu'il n'en avait eu que pour l'enfant. Oui, il avait regardé Louise, mais certainement pas de haut en bas. La couleur de ses yeux, il ne s'en souvenait pas. La présence du petit Martin avait brouillé ses capteurs.

– Mais elle est vraiment gentille, ça c'est sûr.

Georges D'Amour n'a pas insisté. Son attente n'a pas duré. Alors que Martin Ladouceur finissait de raser sa joue, quelqu'un a toqué à la porte.

– Occupé!

– Martin, c'est Louise, que faites-vous enfermé dans la salle de bains?

Georges D'Amour a bondi devant le miroir pour rajuster son costume, sa chemise et ses cheveux, alors que Martin Ladouceur s'aspergeait le visage d'eau pour retirer la mousse à raser de ses joues. Il n'a pas eu le temps de saisir la serviette qu'il a entendu le souffle d'un gnou vérifiant son haleine, suivi du couinement d'un loquet qu'on déverrouillait.

– Excusez-moi, monsieur.

– Appelle-moi pas monsieur, appelle-moi Labarre, comme tout le monde.

Louise a soufflé, non de dépit mais de dégoût, et levé les yeux au plafond avant de les redescendre sur Martin Ladouceur qui sortait de la salle de bains en finissant d'essuyer son visage.

– Quand je suis entrée, il était à la fenêtre…

Un frisson a parcouru l'homme aux joues roses. Il s'en est même mis la main devant la bouche. Puis il l'a enlevée, pour parler.

– Georges avait besoin de discuter et ces plumes me grattaient tellement que ça en devenait insupportable.

– Excusez-moi, je comprends.

– En parlant de plumes, vous saviez qu'il ne croyait plus au Père Noël, vous ?

La femme n'a pu masquer un petit sourire, gêné. Elle l'a vite perdu en sentant que quelqu'un, derrière elle, la déshabillait du regard. Elle s'est retournée et ça a fait pan ! pan ! pan ! Touché, mais pas abattu, Georges D'Amour a renoncé à la stratégie directe, optant pour l'indirecte, si possible affective. Il a ouvert les bras vers l'enfant qui jouait à un jeu vidéo, assis devant la télévision.

– Hey, mon petit Martin, j't'aime bien, toi. Tu veux qu'on joue ensemble ? Je suis imbattable !

– Maman, regarde, c'est Georges D'Amour, le vrai ! Et en plus, il va jouer avec moi à la Nintendo !

Louise n'était pas dupe et avait deviné le stratagème du dragueur qui venait de s'asseoir par terre aux côtés de son enfant et de se saisir d'une des manettes. Martin Ladouceur, admirant sa lucidité, s'est surpris à la regarder, pour la première fois, autrement. Ses cheveux châtain clair étaient relevés, quelques mèches s'échappant sur son cou. Les traits de son visage étaient fins. En fait, elle était très jolie. Il y a sept ans, la vie n'avait certainement pas encore eu le temps de creuser les cernes sous ses yeux et les ridules devaient être moins profondes. Si ce soir-là elle avait frappé à la fenêtre de sa voiture à la sortie du parking des joueurs du Forum, il lui aurait ouvert la portière. Les femmes ont le don de sentir un regard posé sur elles, et le pouvoir d'en maîtriser la durée. Louise s'est lentement tournée vers Martin Ladouceur. Elle n'a pas levé les yeux au ciel. Elle l'a regardé avec une certaine tristesse.

– S'il vous plaît, Martin, ne me regardez pas comme ça.

L'avait-il feint, ou manquait-il d'entraînement – après tout, il avait quatre filles ? Toujours est-il que la terreur sur glace venait de se faire laminer, une fois encore, dans cette bataille de monstres virtuels.

– T'es vraiment trop fort à la Nintendo ! En plus, t'as les yeux aussi beaux que ceux de ta mère !

– T'as entendu, m'man ? Il a dit que je suis trop fort !

– Et il a les yeux aussi beaux que ceux de sa mère !

La grande carcasse, en costume griffé, s'est relevée pour s'étirer. Il a machinalement balayé la pièce des yeux. Quand ils se sont arrêtés sur le mur, derrière le fauteuil, il les a écarquillés. Mais là, il n'a pas feint la surprise extatique, c'était du cent pour cent naturel.

– C'est toi qu'as dessiné ça ?

– Oui, tout seul !

– Tabarnouche ! Là, tu m'épates !

Martin Ladouceur a attendu que l'enfant mentionne que cette œuvre lui était dédiée, en vain. Louise a cru bon de jeter un coup d'œil sur ce qui rendait son fils si fier. Elle a marché dans le couloir jusqu'au centre du salon et s'est retournée. Elle non plus n'a pas eu à feindre la surprise. Elle a vacillé un instant, puis s'est appuyée au dossier du fauteuil pour mieux contempler.

– Mon Dieu…

Tout en écoutant les explications exaltées de son fils à Georges D'Amour, pris d'une subite passion pour les Tortues Ninja, Louise a observé Martin Ladouceur, penaud. Il a marché jusqu'à elle avec l'intention, très claire, de se confesser et, si possible, de se faire pardonner.

– Je vais le faire mettre sur ma note, vous inquiétez pas. C'est juste un petit moment d'inattention quand je suis descendu faire mon costu…

– Chut… J'apprécie beaucoup ce que vous avez fait pour mon fils.

Les mots sont allés droit au cœur de l'homme, mais ils n'ont pu apaiser la contrariété, ou plutôt la jalousie, de voir le petit Martin ne plus s'intéresser à lui. Il avait jeté son dévolu sur son ami, qui avait une bonne longueur d'avance dans la manière de s'y prendre avec les enfants.

– Alors, qu'est-ce qu'on pourrait bien faire maintenant tous les deux ?

À cet instant, Martin Ladouceur aurait accepté de ne pas être aimé autant qu'il imaginait aimer l'enfant. Mais il aurait au moins voulu être le préféré. Georges D'Amour a d'abord regardé Louise – pas que dans les yeux –, puis il s'est tourné vers son jeune admirateur qui pensait être devenu son meilleur ami.

– Dis-moi, mon petit bonhomme… ça serait quoi le rêve de ta vie ?

Mets les mains devant toi et tends les bras !

Les essuie-glaces balayaient la neige qui tombait toujours sur Montréal. Si tard dans la nuit, les rues dans lesquelles plus personne ne roulait étaient aussi blanches que les trottoirs sur lesquels personne ne marchait. Au volant du taxi, Pierre-Léon roulait prudemment. La lumière au loin est passée à l'orange, Pierre-Léon a immédiatement pressé la pédale de frein. En douceur, sans que les roues se bloquent et dérapent, le taxi s'est arrêté plusieurs mètres avant le feu, quelques bonnes secondes avant qu'il devienne rouge.

– Hey, on avait largement le temps de passer, là!

Dans son rétroviseur, Pierre-Léon a vu, sur la banquette arrière, du côté droit, Georges D'Amour lui exhiber sa montre tout en frappant des doigts sur le cadran.

– À la vitesse où tu vas, on y sera dans deux heures!

– Quand je transporte un enfant, je roule toujours beaucoup plus lentement. Et votre ami m'a dit avoir promis à la maman d'être prudent, donc je roule encore plus lentement.

– C'est que j'ai une famille moi, j'peux pas rentrer à n'importe quelle heure!

Les deux Martin, le plus petit étant assis sur les genoux du grand, se sont tournés simultanément vers l'homme qui regardait maintenant par la vitre pour y ruminer son impatience.

– Quoi, qu'est-ce que vous avez à me regarder comme ça, les deux, là?

On pense souvent que les enfants ne comprennent rien, alors qu'ils saisissent bien des choses. Et si on prétend que la vérité sort de leur bouche, c'est qu'à défaut de la connaître, ils posent souvent la bonne question.

– Pourquoi t'es venu si tu voulais pas?

– C'est des affaires de grands. Ta mère, elle t'a jamais appris que ça se faisait pas de poser des questions?

Le feu est passé au vert. Lentement, la grosse voiture blanche a démarré pour reprendre son chemin dans la nuit. Elle n'a pas fait trois tours de roue qu'au carrefour suivant le feu est passé à l'orange. Immédiatement, la Chevrolet Caprice a ralenti.

– Hey, le chauffeur, tu vas pas nous faire ça à tous les blocs?

– Georges, tais-toi, j'ai pas été assez clair à l'hôtel?

– C'est bon, Ladouce, calme-toi.

Lorsqu'on est en mauvaise posture, on ne peut souvent s'en prendre qu'à soi-même. Si le colosse des Canadiens se retrouvait contre son gré dans ce taxi au milieu de la nuit, ce n'est ni parce qu'il en avait eu l'idée ni parce qu'il l'avait décidé, mais c'était bien sa faute.

Plus tôt, dans la suite, quand Georges D'Amour avait demandé à Martin quel serait le plus grand rêve de sa vie, celui-ci avait chuchoté la réponse à son oreille.

– Ça te ferait vraiment plaisir?

– Oh, oui!

– Tu veux vraiment jouer au hockey avec moi ?

Martin Ladouceur gardait fraîchement en mémoire le refus du petit de s'adonner à cette même activité avec lui. Au lieu de laisser son ancien coéquipier – véritable adversaire dans cette triste compétition affective – seul dans la lumière, il avait décidé d'entrer dans la partie. Parce que l'important, c'est de participer.

– J'ai une douzaine de crosses, y a tes balles rouges. On a de quoi s'amuser, dis ? Tous les trois…

– Oui !

Sous le sourire bienveillant de Louise, l'enfant s'était levé d'un bond pour courir dans l'entrée où traînaient les crosses maintenues par le scotch, celui-là même qui couvrait l'arcade sourcilière de Martin Ladouceur. Persuadé qu'en séduisant l'enfant, la mère tomberait dans son lit, Georges D'Amour avait relancé la mise.

– Moi, je pensais t'amener jouer sur de la vraie glace !

– Oui, je veux jouer sur de la vraie glace !

– Allez, on y va, y a une patinoire en plein air à deux blocs d'ici !

Était-il motivé par le comportement méprisable de Georges D'Amour ou guidé par la connerie masculine qui consiste à vouloir à tout prix être le coq qui chantera victoire ? En tout cas, Martin Ladouceur n'avait pas voulu se coucher et il avait joué *all in*.

– Et qu'est-ce que tu dirais que je t'amène jouer au Forum ?

Déjà, Martin Ladouceur était redevenu le préféré. Georges D'Amour s'était alors avancé pour relancer la mise, mais son rival ne lui en avait pas laissé le temps. Sans pitié, il avait abattu la *flush*, royale.

– Là où j'ai marqué plus de deux cents buts !

– …

– Deux cents buts ? T'as vu ça, maman, Martin il a marqué deux cents buts !

On n'avait plus entendu Georges D'Amour qui, du bas de ses sept buts sur cette glace mythique, dont trois contre son propre camp, n'avait plus de jetons pour jouer au poker menteur. Louise avait alors mis un terme à la partie en déclarant le grand vainqueur, sans pouvoir masquer qu'il était aussi son favori.

– Bonne idée que d'aller au Forum. C'est couvert. C'est bien plus raisonnable que de jouer dehors avec le froid qu'il fait.

– Maman, j'en reviens pas que je vais jouer au Forum !

La mère n'en revenait pas non plus, de ce qu'elle venait d'autoriser. Mais comment s'opposer à cette proposition – une expérience unique pour son fils qui, mine de rien, savait aussi abattre les quintes *flush* royales au meilleur moment.

– Maman, même si c'est la nuit, c'est le plus beau jour de ma vie !

Les peurs et inquiétudes des adultes privent souvent les enfants de nombreuses sources de joie, tandis que la confiance ouvre la clef de champs où ils gambaderont, joyeux. Louise s'était approchée de Martin Ladouceur, presque à le toucher. Il en avait été surpris, jusqu'à se raidir.

– C'est à vous, Martin, que je le confie. À vous.

– Vous pouvez compter sur moi.

– Ne traînez pas trop, il va tout de même finir par être fatigué.

– On va faire quelques tours de glace, des tirs, puis on rentre. Je vais emporter la bouteille de jus d'orange et le chocolat que j'avais fait monter pour lui, s'il a une petite fringale.

– Vous pensez vraiment à tout. Martin a bien de la chance de vous connaître.

On lui en avait fait des compliments dans sa vie, mais celui-ci s'était tout de suite classé numéro un. Il n'avait pas eu le temps de savourer sa position de tête au hit-parade de la joie intérieure, catégorie petites phrases qui n'ont l'air de rien mais font du bien, qu'il était redescendu de vingt places en regardant Louise, soudain inquiète.

– Y a un problème, Louise ?

– Je suis ennuyée de vous demander cela, mais j'ai pas fini mes lits et Martin, va falloir qu'il dorme, c'est possible de le faire dormir ici à votre retour ?

– Mais bien sûr ! Il ira dans la chambre et moi je vais dormir sur le canapé… J'adore ça, dormir sur les canapés !

Louise avait souri. Pas de doute, plus elle le connaissait et plus elle appréciait cet homme. En s'occupant de son fils comme personne ne l'avait jamais fait, il dévoilait le meilleur de lui, sans calcul ni intentions masquées.

– Vous voudrez bien le coucher dès votre retour ? Je n'aurai certainement pas le temps de redescendre l'embrasser avec tous les lits que j'ai en retard.

– Vous pouvez compter sur moi !

– Alors, voilà. Vous devez lui faire faire pipi avant de le mettre au lit, sinon il va se réveiller rapidement. Si vous pouvez lui raconter une histoire, c'est mieux. Et surtout, n'oubliez pas de lui donner le nounours blanc, sinon il fera des cauchemars.

– C'est comme s'il était au lit !

Georges D'Amour avait peut-être perdu une bataille, mais pas la guerre. Il s'était approché à grands pas de la femme et l'avait joué comme si l'heure était grave.

– Peut-être qu'eux deux, ils peuvent aller au Forum, et moi pendant ce temps-là je vous aide à faire les lits ?

Si une image vaut mille mots, le regard que Louise avait lancé au gnou en valait dix mille. Une sorte d'anthologie sur le mépris, en dix volumes.

– Georges, mon fils serait très déçu que vous ne teniez pas votre promesse. Comme je ne crois pas que nous aurons la chance de nous recroiser, je vous dis au revoir et merci.

Louise n'avait même pas tendu la main. L'espoir de Georges D'Amour de quitter les lieux pour mieux y revenir, si possible sur un lit de satin, s'était effrité, presque effondré.

– Bon, ben, *bye*… et de rien.

Martin Ladouceur n'avait pas voulu prendre le risque d'offrir à la bête l'occasion d'élaborer une nouvelle stratégie, et, sans perdre de temps, il lui avait collé dans la main les crosses de hockey. Il s'était ensuite empressé de ramasser tout son équipement et avait invité l'enfant à le suivre.

– Mais moi, Ladouce, je vais patiner avec quoi ?

– T'inquiète, mon petit Martin, j'ai mon idée. Tu vas avoir les plus beaux patins du monde.

Le Forum n'était plus qu'à trois feux. Si le regard de Georges D'Amour trahissait la lassitude des ouvriers qui retournent tête basse à l'usine pour un *shift* de nuit en heures supplémentaires, les yeux de Martin Ladouceur brillaient à contempler l'enfant qui découvrait, subjugué, la Mecque du hockey où les Canadiens de Montréal avaient écrit leur propre légende, celle de meilleur club de tous les temps, fort de ses vingt-quatre coupes Stanley.

– J'en reviens pas que je vais aller au Forum !

Mettre les pieds dans ce temple, ne serait-ce que pour voir un match debout du haut des gradins, n'était pas une chance, mais un privilège. Les places se réservaient à l'année, à la décade, à la vie. Les abonnements de saison s'offraient en héritage. Obtenir un siège pour l'espace d'un soir tenait du miracle. Le Forum de Montréal n'était pas le poumon de tout un peuple, ni le cœur, il en était l'âme.

– *Go, Habs, go!*

L'enfant ne cillait plus pour s'assurer de ne rater aucun détail du monument qui apparaissait devant lui. Martin Ladouceur se revoyait, au même âge, quand son père l'avait emmené ici.

– Mon p'tit Martin, écoute bien ce que je vais te dire. Dans la vie, il y a ceux qui sont allés au Forum, et ceux qui n'y sont jamais allés.

Et au-dessus de ceux qui ont eu le privilège de voir les héros dans leur temple plane l'ombre de ceux qui y ont joué. En revêtant le maillot tricolore, véritable habit de lumière, ils deviennent des dieux, sanctifiés de leur vivant. Enterrés six pieds sous glace, certains s'élèvent plus haut encore, parce que, en marquant des buts, ils ont marqué les esprits.

– C'est vrai, Ladouce, qu'il y a des fantômes?

Pour ces dieux parmi les dieux, l'intronisation suprême est d'être sacralisé « fantômes du Forum ». La légende prétend que ces ancêtres, rendus éternels par le triomphe, hantent les lieux pour faire tourner la chance, toujours à l'avantage des Glorieux. Car la croyance, surtout quand elle nous rend plus heureux, permet toujours d'expliquer ce qui ne se peut pas.

– Des fantômes avec des super-pouvoirs comme dans *Les Tortues Ninja*?

– Oui, c'est à peu près ça.

– Toi aussi, tu vas devenir fantôme quand tu seras mort ?

Martin Ladouceur avait été un temps idole de la foule, mais jamais il ne serait fantôme. Pour que la mort te donne cette chance, il faut, de ton vivant, être sorti par la grande porte, non par la plus petite et la plus honteuse, la fuite. Que pouvait-il répondre à l'enfant, sans lui mentir ? Georges D'Amour, qui soufflait de dépit en voyant Pierre-Léon s'arrêter au dernier feu avant le Forum, pourtant à l'orange, a répondu pour lui.

– Les fantômes, c'est sur la glace qu'ils te protègent, pas dans les bars !

L'enfant n'a pas compris. Martin Ladouceur n'a pas voulu lui expliquer, il a juste jeté un regard noir à son ancien ami, exaspéré par ce taxi qui ne roulait pas assez vite à son goût.

– Hey, l'escargot, on se dépêche, là ! J'ai du monde qui m'attend, moi !

Lorsque le duo de Martin était sorti de la suite sous les yeux de Louise, toujours aussi émue de voir son fils excité comme une puce à l'idée de patiner là où aucun de ses intimidateurs de CE2 n'irait jamais, Charles-David les attendait avec son rutilant chariot.

– M. D'Amour nous a dit que vous alliez le rejoindre rapidement avec des bagages, Maxime a tenu à ce que je vienne.

– Je peux monter ?

Tout en déposant le sac de hockey sur le velours rouge de son carrosse, le jeune groom avait laissé le petit Martin y sauter, à l'avant. Il avait poussé la gentillesse jusqu'à faire rouler l'engin le plus vite qu'il le pouvait jusqu'aux portes de l'ascenseur.

– C'est moi qu'appuie sur le bouton !

Au rez-de-chaussée, les portes s'étaient ouvertes devant le concierge qui, face à un Georges D'Amour ne tenant plus en place, venait de raccrocher le combiné du téléphone.

– Bonne nouvelle, monsieur D'Amour ! Votre commande ne devrait pas tarder à vous être livrée. Nous avons demain une arrivée massive de Japonais qui vont largement profiter de notre literie haut de gamme, et comme nous prévoyons toujours large, nous avons quelques paires de draps de satin supplémentaires. Je suis heureux de vous en mettre une à disposition, cadeau de l'hôtel !

Au son des pas et du chariot portant sac et enfant, Georges D'Amour s'était immédiatement tourné vers le convoi qui filait vers la grande porte, au bout du hall, direction dehors.

– Ladouce, faut que je te parle !

– Tu me parleras dans le taxi.

– Non, viens, faut que je te parle *maintenant*, changement de plan !

Martin Ladouceur avait compris, mais pour avoir confirmation, il s'était caché de la vue de l'enfant, derrière l'une des grandes colonnes de marbre. Le colosse, soufflant vraiment très fort des naseaux, l'avait immédiatement rejoint.

– Il est trop fort, ton concierge. Je lui ai demandé une petite livraison, une blonde, une brune, il a réglé ça en deux minutes. Il va faire passer ça en « soins du corps » sur ta note. Julie n'y verra rien. Je te rembourserai lundi à l'entraînement, en liquide. Elles sont en route, je suis en feu ! En plus, tu sais pas quoi ? Il offre les draps en satin !

L'art de l'attaque, fulgurante et définitive, si possible par surprise, Martin Ladouceur n'avait peut-être pas su l'enseigner à l'enfant, mais il la pratiquait encore à merveille. Quand Georges D'Amour s'était retrouvé la nuque collée à la colonne de marbre, il n'avait pas fait *gloups*. Il connaissait sa propre réputation bâtie à coups de nez brisés, mais n'ignorait pas non plus celle de son assaillant, cruel et jusqu'au-boutiste.

– Ladouce, j'arrive plus à respirer, là.

Se battre aurait laissé des traces. Comment expliquer à Julie un œil au beurre noir ou une lèvre fendue ? Alors Georges D'Amour n'avait pas cherché à se défaire de l'emprise, préférant revenir à l'origine des choses.

– Quand t'es passé chez moi, tu m'as dit que tu allais ramener des filles à l'hôtel. Tu crois vraiment que je suis là pour faire du baby-sitting ?

– Tu as promis, alors tu vas annuler les filles.

– Je vais rien annuler du tout ! Toi, tu vas aller faire *Holiday on Ice* avec le petit, et moi je vais prendre les draps en satin et préparer le lit. Tu vois, je suis sympa, je vais même pas demander à la mère de faire le boulot.

Alors que la nuque de Georges D'Amour était déjà bien collée à la colonne de marbre, il avait suffi à Martin Ladouceur de presser plus fort le cou pour constater qu'il restait encore de l'espace. Cette fois, la proie avait entonné le premier couplet d'une chanson très à la mode dans l'hôtel ce soir-là.

– *Gloups !*

– T'as promis à sa mère d'aller avec lui, mais surtout, tu lui as promis à lui. Alors tu feras comme tu veux après, mais là tu vas me suivre, fermer ta gueule et gentiment patiner avec moi et le petit.

Georges D'Amour avait laissé son corps se détendre comme s'il l'abandonnait, pour se rendre. Puis il avait tenté l'art de la défense, fulgurante et définitive, si possible par surprise. Mais Martin Ladouceur s'y attendait. Il avait immédiatement descendu sa main entre les jambes du molosse pour presser les attributs que tout gnou rêvant de gambader dans la savane ne voudrait pour rien au monde voir rendus à l'état de purée.

– *Gloups! Gloups!*

Martin Ladouceur n'a pas desserré la prise. Il a juste attendu que le traitement fasse effet.

– D'accord, Ladouce… D'accord… Je viens avec toi et après tu m'emmerdes plus avec tes histoires.

Martin Ladouceur avait relâché la bête. Immédiatement, un sifflement identique à un matelas pneumatique perdant son air avait résonné dans le grand hall. Georges D'Amour s'était dégagé de la colonne, avait rajusté son costume et, sans remercier son tortionnaire, était allé rejoindre le concierge qui faisait mine de n'avoir rien entendu.

– Bonsoir monsieur D'Amour, quel bon vent vous ramène?

Le colosse aux testicules d'argile s'était penché par-dessus le comptoir pour chuchoter ses dernières instructions. L'enfant, qui avait tout vu, s'était approché de Martin Ladouceur pour lui prendre la main et l'entraîner vers le hall et la grande porte menant à l'extérieur, celle que Charles-David venait de pousser pour eux.

– Votre taxi vous attend.

– Charge le sac et va lui dire qu'on arrive.

Martin Ladouceur avait retenu l'enfant pressé pour se tourner vers la réception et s'assurer que Georges D'Amour tiendrait promesse.

– Comprenez-moi, je ne juge pas, monsieur D'Amour, je vous ai même aidé à répondre à ce besoin si urgent pour vous, mais si d'aventure un client rencontrait vos amies ici, il pourrait très mal juger notre établissement. Il m'est impossible de les laisser seules dans une chambre, je ne sais pas d'où elles viennent et je les préfère accompagnées...

En sentant la petite main de l'enfant dans la sienne, Martin Ladouceur avait l'impression qu'elle était une extension de lui-même, qu'ils étaient soudés. Martin et Martin égalaient un. Mais pour en faire un, il avait fallu être deux. Malheureusement, non seulement il ne reconnaissait pas Louise, mais rien ne lui permettait de croire que cette mère si préoccupée du bonheur de son fils lui mentait. Il aurait pourtant tellement aimé que ce petit Martin soit le sien.

– On fait une belle équipe tous les deux !

En glissant quelques billets sur le comptoir, Georges D'Amour avait enfin trouvé les arguments pour convaincre Maxime. Le concierge s'en était discrètement saisi avant de les cacher dans sa poche.

– Partez tranquille, monsieur D'Amour, je m'occupe de tout ! Je vais leur faire la conversation. Enfin, si elles en ont... Pour les faire patienter, je pourrais peut-être leur servir un petit verre ?

Georges D'Amour n'avait pas eu le temps de faire quelques pas dans le hall qu'une bouteille de vin était débouchée. Avaient suivi la douce mélopée du nectar coulant à flots et le bruit de gouttes sur le plancher – la main, plus cupide qu'experte, avait laissé déborder le grand cru du verre. Martin Ladouceur n'avait même pas bronché alors que Maxime s'était, sans gêne, encore servi dans sa réserve de Cheval Blanc. Il s'était juste poussé pour laisser passer Georges D'Amour.

– Bon, allez, on se dépêche !

Quand le feu de la rue Atwater, au coin de Sainte-Catherine, est passé au vert, la Chevrolet Caprice a lentement démarré. Les yeux de l'enfant se sont écarquillés à la vue du Forum de Montréal.

– Continue tout droit, jusqu'au coin de De Maisonneuve.

La voiture a longé l'immense édifice de verre, ses vitrines dévoilant les entrailles du temple décorées de vieux maillots, de vieux patins et de photos de légendes. Pierre-Léon a appuyé une dernière fois sur le frein et l'auto s'est arrêtée pile devant une porte de service au bout du bâtiment. À l'arrière du véhicule, on a entendu un rugissement de soulagement.

– On risque pas d'avoir battu un record !

Georges D'Amour s'est extirpé du véhicule pour vite sortir le gros sac de hockey du coffre, tandis que Pierre-Léon arrêtait le compteur.

– Cinq dollars cinquante.

– Laisse tourner le compteur, gare la voiture, et viens avec nous, on a besoin d'un gardien de but.

– À mon âge, mais ça va pas ?

– J'ai jamais joué avec un vrai gardien de but, moi... À l'école y a pas l'équipement.

Le chauffeur a d'abord fait non de la tête, mais en voyant l'enfant croiser ses doigts pour que la chance s'en mêle, il n'a pas pu résister. Il a bondi hors de son auto, perdant d'un coup calme et retenue.

– J'y crois pas, je vais jouer au Forum !

Sans hésiter, Martin Ladouceur a tambouriné de la paume sur la surface en acier de la porte de service.

– Mais t'es fou, Ladouce ! Tu vas réveiller tout le quartier !

– La ferme, Labarre !

Personne ne répondait. Cette promesse n'aurait-elle été qu'un rêve ? L'enfant s'est tourné vers l'initiateur de l'activité, dont les yeux inquiets ne l'ont pas rassuré. Quant à Georges D'Amour, il avait retrouvé sa bonne humeur.

– Bon, y a personne. On reviendra. Allez, Machin-Léon, tu m'ouvres le coffre que je range le bordel ?

Martin Ladouceur frappait tellement fort qu'il a dû se pencher pour ramasser un peu de neige et l'appliquer sur sa paume

– Bon, tu me l'ouvres ou pas, ce satané coffre ?

Déçu, mais pas autant que l'enfant, Pierre-Léon a plongé la main dans sa poche pour en sortir les clefs de son taxi. Georges D'Amour les lui a arrachées et a couru ouvrir la porte arrière de la Chevrolet pour y jeter le sac.

– Bon, je vais prendre le volant, on mettra moins de temps pour rentrer, papy, faut qu'il se repose.

Martin Ladouceur ne pouvait se résoudre à abandonner. Le klaxon du taxi a retenti. Au volant, Georges D'Amour a démarré le moteur. Le petit Martin avait déjà renoncé à son rêve, tout comme Pierre-Léon qui venait de lui ouvrir la portière. Soudain, une voix d'homme endormi et clairement agacé d'avoir été réveillé a hurlé derrière la porte en fer.

– T'as deux minutes pour déguerpir, sinon j'appelle la police!

– C'est moi, Ladouce!

– Oui, et moi je suis Wayne Gretzky!

Martin Ladouceur s'est tourné vers le taxi. Aucun des occupants n'a osé le regarder. Il a approché ses lèvres de la fente de la porte pour être certain de bien se faire entendre.

– Gaëtan? Qui d'autre qu'un gars de Sainte-Claire peut savoir que Chez Romuald, c'est bingo de 5 à 7 le lundi?

Immédiatement, la lourde porte de métal a été déverrouillée. Un homme, petite soixantaine, portant une veste d'uniforme bleu marine sur un pyjama chiffonné, a ouvert ses bras pour y accueillir celui qui venait de retrouver sa splendeur aux yeux de deux de ses compagnons.

– Fallait me le dire que c'était toi. Comment tu voulais que je te reconnaisse avec un sourcil rasé et des plumes blanches sur l'autre?

Quant au troisième, il a abandonné le volant du taxi pour ressortir le sac de hockey du coffre de la voiture, qu'il a fait claquer très fort.

– V'là-ti pas que l'autre con, il ouvre!

Dans le hall de l'entrée réservée aux joueurs, aux membres de l'organisation, aux VIP et aux journalistes, l'effusion des retrouvailles entre le gardien de nuit du Forum de Montréal et l'ancienne gloire des lieux était de celles qui ne se nourrissent que du sang ou de la terre.

– Pierre-Léon, tu sais pas quoi? On vient du même village avec Gaëtan!

Martin Ladouceur a serré plus fort le vieil homme contre lui. Outre l'origine commune, à bien y regarder, c'était aussi la première personne depuis son retour en ville qui manifestait une joie, sincère, à le revoir.

– Ça va les pédés ?

Les deux hommes se sont aussitôt décollés. Georges D'Amour a ricané sans saluer le gardien de nuit qui lui a rendu la politesse en posant affectueusement la main sur l'épaule de Martin Ladouceur.

– Tu vois, toi, t'as fait les quatre cents coups ici. Mais tous les gars du Forum, ils t'aiment bien parce que t'as toujours pris le temps de leur dire bonjour. Pas comme maintenant où y en a qui se prennent pour des vedettes !

Le propos n'a pas atteint Georges D'Amour, peu enclin à entamer une discussion avec le petit peuple, trop préoccupé par sa montre, surtout la petite aiguille.

– T'as vu l'heure qu'il est, là ? Il tourne le compteur à l'hôtel pour moi, et en plus y en a deux !

Gaëtan a montré aussi peu d'intérêt à écouter D'Amour que celui-ci en avait eu à son égard. Il a préféré poser ses yeux sur l'enfant, caché derrière Pierre-Léon.

– C'est bien ce que j'avais entendu dire, t'as donc bien un fils…

Martin Ladouceur a senti soudain ses mâchoires se crisper et son pied battre nerveusement le sol. Le gardien s'est approché de l'enfant.

– Tu t'appelles comment ?

– Martin.

– Comme ton papa ?

– Ben non ! Mon papa il s'appelle pas Martin.

Même réveillé en plein milieu d'une nuit de Noël, donc pas vraiment alerte, le gardien de nuit a compris qu'il venait de poser le pied dans un marécage boueux.

– Bon, qu'est-ce que vous êtes venu faire de beau ici ?

Le vestiaire réservé aux joueurs qui ont l'insigne honneur de revêtir le maillot tricolore des Canadiens constitue un coffre-fort qui abrite, sous clef et à double tour, les trésors du Forum. Seuls ceux qui suent et saignent dans la patinoire sont autorisés à y pénétrer. C'est là que les légendes vivantes cultivent l'esprit d'équipe qui les unit et les soude.

– Va t'asseoir là-bas, c'était ma place dans l'temps !

– Non, Ladouce, toi et D'Amour, vous pouvez y aller, le petit et ton ami, ils peuvent juste regarder, mais pas toucher et pas s'asseoir. Ils vont aller se changer dans les toilettes.

Martin Ladouceur s'est immédiatement tourné vers l'enfant qui marchait tête baissée, tel un paria, vers le couloir, suivi de Pierre-Léon. L'esprit d'équipe, c'est aussi une fidélité dont la solidarité est la pierre angulaire. Le sang de Martin, qu'il avait chaud, n'a fait qu'un tour.

– S'ils vont s'habiller dans les toilettes, eh ben moi aussi !

Gaëtan s'est raidi. En près de quatre-vingts ans d'histoire, jamais un joueur des Canadiens ne s'était changé dans les toilettes. Ses frêles épaules ne pourraient porter la responsabilité de ce blasphème. Sans hésiter plus longtemps, il a montré les bancs de bois rouge sur lesquels s'étaient posés les culs pleins de sueur des légendes du hockey.

– Je cède parce que je t'aime bien, Ladouce… T'es de mon village, et j'ai été à l'école avec ton père. Et c'est vrai que ton fi… euh… enfin le p'tit, là… il a l'air bien gentil.

Le hurlement de joie poussé simultanément par l'enfant et Pierre-Léon a empli le vestiaire. Martin Ladouceur n'a pas souri, trop occupé à observer le gardien des lieux, qui avait du mal à imaginer que le petit n'était pas le fils du grand.

– Bon, ben moi je vais allumer la lumière sur la glace et installer un but !

Sitôt dit, sitôt fait. Il a disparu.

– Hey, Gaëtan ! Attends !

Le vieux cerbère en veste d'uniforme sur pyjama ne s'est même pas retourné. Du couloir, on a entendu une voix, déjà lointaine.

– Oui…

– Le petit n'a pas de patins. Rends-moi un service s'il te plaît…

Quelques minutes plus tard, un casque sur la tête, un maillot des Canadiens sur le dos et ses patins aux pieds, Martin Ladouceur finissait la boucle des lacets de l'enfant, désormais habillé comme lui. Enfin, presque.

– Tu te rends compte, tout ce que tu as sur toi, c'est Dickie Moore qui jouait avec !

À la tête de l'enfant, il s'est demandé dans quel dessin animé le petit Martin avait bien pu entendre ce nom. Gaëtan est venu à la rescousse de son collègue de village.

– Je suis allé le chercher spécialement pour toi dans une vitrine des légendes, au premier étage.

– Moi, quand j'avais ton âge, je rêvais de devenir lui !

L'effet sur le petit Martin a été inversement proportionnel à l'intensité qu'avait mis le grand à dévoiler son rêve d'enfance.

– Ils sont tout vieux, mes patins…

– Mais tu vas voir, ils sont magiques !

– Et puis il sentait mauvais des pieds, Dickie Moore.

– Si tu savais combien de buts je l'ai vu marquer à la *Soirée du hockey*, tu dirais pas ça !

Les souvenirs de notre propre enfance ne sont faits que d'instants sublimés qui constituent un véritable patrimoine personnel et intime, bien difficile à transmettre aux plus jeunes.

– Vous avez vu le temps que vous mettez pour vous changer ? Si dans deux minutes on n'est pas sur la glace, moi je me tire.

Georges D'Amour avait opté pour le minimalisme. Il portait son costume gris parfaitement coupé et n'avait enfilé que ses patins. Pierre-Léon, désigné gardien de but, n'avait pas fini de lacer ses jambières.

– Mine de rien, je vais être le premier joueur noir à enfiler le maillot des Canadiens !

Lorsque Martin Ladouceur s'est levé, l'enfant n'a pu se retenir de l'admirer, des lames de ses patins jusqu'au sommet du casque.

– Waouh…

Surélevé de quelques centimètres grâce aux lames des patins, les épaules plus larges encore à cause des protections – jamais il ne passerait par la porte –, le hockeyeur avait une carrure impressionnante.

– Waouh…

– Tu trouves que je ressemble à une Tortue Ninja, hein ?

– Oh non, pas du tout !

– Ah bon…

– On dirait plutôt Superman !

Martin Ladouceur n'a pas allumé ses turboréacteurs pour décoller de joie dans les airs, de peur de se heurter au plafond. Les longs silences laissent aux regards le soin d'écrire les plus belles pages d'un journal intime qu'on offre à lire aux autres. Mais quand on n'aime pas la lecture, on se lasse bien vite.

– Là, moi, je retourne à l'hôtel, j'ai l'impression d'être dans une garderie d'imbéciles heureux !

Georges D'Amour n'a mis que quelques secondes à délacer ses patins puis les a jetés au beau milieu du vestiaire sacré. Il a remis ses chaussures de ville et attrapé son manteau. Au pas de la porte, tout en se grattant l'entrejambe, il a pointé du doigt Gaëtan.

– Tu diras au gars de l'équipement de me changer mes lacets. Je sens qu'ils vont me porter malheur, ceux-là. T'as compris ?

Martin Ladouceur n'a pas tenté de retenir le gnou pour qui l'appel de la savane était le plus fort. Il a saisi une des crosses de hockey posées sur son sac et l'a placée face à l'enfant. De l'ongle de son pouce, il a gravé une ligne à la hauteur du menton. Il s'est redressé, a relevé un genou, puis de ses bras a brisé le bâton en l'abattant à l'endroit désigné. Il a rendu à l'enfant son bâton, maintenant taillé sur mesure.

– Waouh… Même Superman y sait pas l'faire…

Le temps accordé à l'échauffement sur glace a été un peu plus long que prévu. Si Pierre-Léon avait le cœur à jouer, il n'avait plus les jambes pour vivre sa passion.

– Vous savez, en Haïti, on ne fait pas de patin à glace, et maintenant que ça me revient, je n'ai jamais patiné de ma vie.

Excusez-moi de ne pas vous l'avoir dit, mais pour rien au monde je n'aurais voulu rater ça.

Martin Ladouceur glissait lentement, dessinant de grandes arabesques sur la glace, suivi de près par l'enfant, qui patinait du plus vite qu'il le pouvait. Il a jeté un regard amusé au chauffeur de taxi qui, à quatre pattes sur ses gants et ses jambières, venait d'atteindre son but et se relevait grâce aux épais poteaux rouges. Mais le cerbère, à peine debout, a failli retomber lorsqu'une voix grave en provenance des haut-parleurs a résonné dans la patinoire.

– Mesdames et messieurs... Veuillez vous lever pour l'exécution des hymnes nationaux.

Gaëtan, motivé par la promotion soudaine – de gardien de nuit à homme orchestre –, s'était installé derrière l'immense console dans les hauteurs du Forum. Pour l'occasion, il avait fait tomber la veste d'uniforme et n'avait gardé que celle de pyjama. Sans voir que l'enfant s'était mis au garde-à-vous, immédiatement imité par Pierre-Léon, Martin Ladouceur a hurlé à DJ-Gaëtan :

– Laisse tomber les hymnes, on va passer tout de suite à la mise en jeu. Balance l'orgue !

En patinant vers le centre de la glace pour donner le coup d'envoi, Martin Ladouceur s'est retourné et a constaté du coin de l'œil que le petit le suivait, le coup de patin maussade. Il a freiné, provoquant l'envolée d'un nuage de glace, puis s'est mis au garde-à-vous.

– C'est bon, Gaëtan, envoie les hymnes nationaux !

L'enfant a patiné les bras au ciel après avoir marqué un but. À l'orgue, Gaëtan a interprété le *jingle* de circonstance et a repris le micro qu'il semblait adorer.

– But de Martin, son vingtième de la soirée… sur une passe de… Martin !

Le petit marqueur de buts s'est jeté dans les bras du grand passeur qui l'a levé au ciel, en cherchant à se rappeler jusqu'à quel âge le hockey avait été pour lui un plaisir. Il devait être trop jeune, il ne s'en souvenait plus.

– C'est trop génial de jouer avec toi parce que les CE1 ils font jamais de passes !

– Faut rentrer maintenant.

– Oh, non…

Dans les haut-parleurs, la voix de Gaëtan a fait l'effet perroquet.

– Oh non…

Seul Pierre-Léon, agrippé à son poteau rouge, n'avait rien dit. À son langage corporel, on sentait qu'il avait accompli son rêve, mais rien n'indiquait qu'il en reprendrait volontiers une tournée. Le regard de l'enfant en revanche était suppliant. Comment Martin Ladouceur pouvait-il refuser de lui offrir un dernier instant de plaisir ? Il s'est redressé et tourné vers l'homme qui n'avait plus qu'une envie, retrouver son taxi.

– Pierre-Léon, rentre au vestiaire, on va faire quelques tirs frappés le temps que tu arrives au bout de la glace.

Tel Jésus portant sa Croix, à genoux, Pierre-Léon a commencé à ramper vers la balustrade alors que l'enfant bondissait de joie.

– Youpi !

Et dans les haut-parleurs du Forum, le perroquet a dit :

– Youpi !

Le grand Martin a placé l'enfant à cinq mètres du but. Il s'est rangé sur le côté et a doucement fait glisser le palet vers le petit joueur. L'enfant a levé sa crosse, en se déhanchant naturellement pour obtenir une meilleure rotation du bassin. Lorsque le rond de caoutchouc s'est retrouvé à quelques centimètres de la zone d'impact, le petit a fait usage d'un élixir très personnel pour se donner plus de force encore.

– À moi le super-pouvoir de Superman !

Dans un parfait synchronisme, il a redescendu la crosse et, sous l'effet de rotation, la palette a fendu l'air. Le contact avec le palet avait été sec, rapide et surtout précis. Au son, Martin Ladouceur a compris. La perfection d'un tir ne se voit pas, elle s'entend. Le palet a décollé dans les airs et a frappé le poteau rouge avec une telle force que le *bing* a résonné dans l'amphithéâtre vide. Pierre-Léon, toujours pas arrivé à la barrière, s'en est même étalé une nouvelle fois sur la glace. Seule la voix dans les haut-parleurs a pu recouvrir le son strident.

– Waouh…

Ce « waouh », Martin Ladouceur l'avait déjà entendu. Il se souvenait de chacune des secondes qui s'étaient ensuite écoulées. Son père s'était agenouillé devant lui, sur la patinoire modèle réduit montée dans le jardin de sa maison de Sainte-Claire.

– Tu as de l'or dans les mains, mon petit Martin. Tu comprends ce que papa te dit, de l'or !

Ce soir-là, son père avait découvert ce bras un peu plus court que l'autre, cette particularité qui ne se transmet que de père en fils, et qui offrait une rotation idéale.

– Tu te rends compte, on a les bras pareils parce qu'ils sont pas pareils !

Martin Ladouceur a patiné vers l'enfant. Il avait un pressentiment. Non, il savait. Sa tête bourdonnait, sa vision se troublait. Il s'est arrêté devant l'enfant et lui a enlevé ses gants.

– Mets les mains devant toi et tends les bras!

Si c'est pas moi le père, c'est qui ?

Dès que le taxi a ralenti devant l'hôtel, Charles-David a dévalé les marches en brandissant un parapluie. Dans la voiture, Pierre-Léon a devancé Martin Ladouceur.

– Je vous dois combien ?

Le chauffeur, qui portait un bonnet bleu et blanc aux couleurs des Nordiques de Québec, l'ennemi juré des Canadiens de Montréal, a mis ses lunettes de presbyte pour regarder son compteur.

– Six dollars et vingt cents.

– Pas question que tu payes, Pierre-Léon ! Attends, je vais prendre l'argent qu'est resté dans le pantalon qu'est dans mon sac qu'est dans le coffre.

Pierre-Léon ne l'a pas écouté et a tendu un billet de dix dollars à son confrère.

– J'aurais dû récupérer les clefs de mon taxi immédiatement après que votre ami a ouvert le coffre devant le Forum. C'est une faute professionnelle de ma part, je dois la payer.

Le conducteur s'est tourné pour rendre la monnaie à Pierre-Léon et a tendu un reçu vierge à Martin Ladouceur.

– Je peux vous demander une petite dédicace ? C'est vrai que je suis pour les Nordiques, mais avoir un joueur des Canadiens avec tout son équipement dans mon auto, ça ne se présentera pas deux fois dans ma vie !

En tenue complète, à l'exception de ses patins qu'il avait troqués pour ses mocassins, l'ennemi juré a gribouillé « Amitiés sportives », y a ajouté « 69 », puis a signé. Charles-David a choisi ce moment pour ouvrir la portière et laisser descendre les trois passagers. Mais l'un d'eux a manqué à l'appel.

– J'ai mal aux jambes, je suis fatigué, là.

Martin Ladouceur a pris dans ses bras l'enfant qui, tout naturellement, a posé sa petite tête sur la grosse épaulette. Tout en les protégeant de son parapluie, Charles-David a remis un trousseau de clefs à Pierre-Léon.

– Je me suis permis de garer votre voiture plus loin, au coin de la rue, en sécurité. Vous m'excuserez si votre siège est encore humide mais M. D'Amour avait laissé la portière ouverte et avec la neige qui est tombée…

– Tu n'y es pour rien, mon p'tit, c'est le ciel qui me punit. Et tu sais, ce que je viens de vivre vaut bien de finir la nuit le cul mouillé. *Se bon dye ki konnen !*

Pierre-Léon s'est approché de l'homme qui lui avait offert ce moment unique. Il l'a un instant dévisagé avant de laisser glisser ses yeux sur le petit Martin, agrippé à lui.

– Faites attention. Souvent, l'homme voit ce qu'il veut voir, plus qu'il ne voit ce qui est vraiment.

Le chauffeur a embrassé tendrement l'enfant sur le front, avant de s'éloigner vers son taxi retrouvé. Martin Ladouceur, qui cherchait encore à comprendre le sens de ses mots, l'a regardé disparaître, pensif. Il a attendu que Charles-David sorte le sac de hockey et les crosses du coffre pour marcher lentement vers l'hôtel.

– Ladouce, je pense qu'il serait plus prudent de passer par l'entrée du personnel. Il y a du monde à la réception et je ne suis pas certain que vous aimeriez les voir ni… euh… les entendre.

– Ah bon, qui ça?

Dans l'étroit escalier réservé au petit personnel que les clients ne devaient pas remarquer, des cris se sont fait entendre depuis le hall.

– Tu vas me le payer!

– Pitié, non!

Charles-David a fait signe à Martin Ladouceur, avec l'enfant sommeillant dans ses bras, de le suivre dans un couloir de service aux murs austères, loin du luxe de l'établissement. Le groom a ouvert une porte qui donnait dans le bureau du concierge. Le client a aperçu deux bouteilles de Cheval Blanc dans la poubelle. Il n'a pas essayé de repérer la troisième, trop intrigué par l'autre porte, devant lui, qui donnait accès au comptoir de la réception. Pour mieux entendre, il y a collé l'oreille. Charles-David a posé le sac de hockey au sol et s'est approché pour vite décrocher un cadre. Il a fait signe à Martin Ladouceur de le rejoindre. Au son se joignait maintenant l'image. Le miroir de la réception, entre le casier et la porte du bureau de Maxime, était sans tain. À travers, la première chose qu'on voyait, c'était la nuque du concierge qui suait à grosses gouttes. Sur le fauteuil Empire, Georges D'Amour, avachi, avait perdu toute sa superbe.

– C'était pour Ladouce, les filles, je discutais avec elles en attendant et après je rentrais à la maison. Je te jure!

– Ah oui, en caleçon dans une cape en drap de satin, à pousser des cris d'animaux devant des nanas à poil qui courent dans tous les sens en lançant des orchidées sur le lit ?

Acculé, le gnou ne gambadait plus tranquillement dans la savane. Il affrontait le lion. Non, bien pire que le lion. Il avait devant lui une lionne défendant ses petits.

– Avec les filles, je garde la maison, le camion, le chalet et on partage le condo à Miami. Je te laisse la cabane de tes parents à Rouyn-Noranda et la R5. Tu pourras passer lundi chercher tes affaires, je te mettrai ça dans des sacs-poubelle. Et t'oublie pas de me prévenir quand tu arrives, je ferai venir mon avocat, il aura fait les calculs pour la pension alimentaire et le partage des comptes.

– Mais Julie, tu te rends compte de ce que tu me dis ?

– Si le deal ne te paraît pas juste, on ira devant la justice. Mais je te préviens, les photos que l'huissier a faites ce soir, je les ferai publier au *Journal de Montréal* et je te saignerai jusqu'au dernier centime !

Martin Ladouceur a regardé derrière Julie. Un homme, vêtu d'un manteau gris, petite moustache et lunettes fines, sortait la pellicule d'un appareil photo. Georges D'Amour s'est levé pour marcher vers celle qui s'est alors reculée.

– Si tu me touches, je porte plainte !

Le colosse s'est écroulé à genoux et son visage s'est ainsi presque trouvé à la même hauteur que celui de sa femme, petite mais grandie par la colère.

– Julie, je te jure, j'y suis pour rien ! T'as bien vu comme je l'ai viré de la maison ? Mais il m'a supplié… Euh, non, il m'a forcé… Je voulais pas, moi. Il m'a envoyé dans cette chambre sous la menace. Je te jure, Julie, il faut me croire ! Tu peux même demander au concierge si tu veux !

Tous deux se sont tournés vers le comptoir de la réception, pour n'y trouver personne. Mais d'où il était, Martin Ladouceur avait tout vu. Maxime, accroupi, avait saisi la bouteille de Cheval Blanc pour se resservir un verre qu'il a vidé cul sec. Il a fait un rapide signe de croix avant de se relever.

– Ici l'hôtel Saint-Régis, que puis-je pour vous servir ? *How may I help you ?*

Georges D'Amour a rampé jusqu'au comptoir. Il y a posé ses gros avant-bras et a lancé des clins d'œil à répétition au concierge, que Julie ne pouvait voir.

– Hein, moi j'ai rien à voir avec les filles, c'est Ladouceur qu'a tout monté ?

– Hum… Hum… Excusez-moi, monsieur D'Amour, mais notre établissement a une réputation. Ce n'est pas dans nos habitudes, ce genre de visite. Je n'ai aucune idée de la manière dont ces jeunes femmes ont pu se retrouver ici.

Julie D'Amour a refermé son manteau d'un coup de zip et a fait signe à l'huissier de la suivre. L'homme à genoux, encore légalement son mari, s'est relevé d'un bond pour se placer devant elle. Il n'a pas pris une seconde pour peser ses mots. Il aurait dû.

– Il ment, Julie, il m'a même dit qu'il allait me faire une facture « soins du corps » sur la note de Ladouceur !

La femme a toisé son mari, enfin son futur ancien, avec un regard empli respectivement d'un quart de pitié, d'un quart d'évidence, d'un quart d'amusement et d'un quart de fatalité. L'homme a rembobiné mentalement son texte pour le réécouter.

Il l'a réentendu et d'un coup a compris ce qu'il venait de dévoiler. Julie ne lui a pas laissé le temps de trafiquer l'enregistrement.

– Comment peux-tu être aussi con ?

– Euh… Attends, je vais t'expliquer Julie… Euh… Attends…

Derrière le miroir, Martin Ladouceur, avec l'enfant dormant sur ses épaules, n'a plus voulu regarder Georges D'Amour qui cherchait ses mots alors que Julie n'était déjà plus là. Il n'a pas pensé aller le soutenir. La détresse de l'époux qui venait de se faire anéantir par sa femme ne l'atteignait pas, pas plus que la satisfaction du concierge, soulagé d'avoir sauvé la réputation de l'établissement, et surtout sa peau.

– Je vous appelle un taxi, monsieur D'Amour ? À moins que vous ne préfériez prendre une chambre… simple ? Vu l'heure qu'il est et ce que j'ai entendu de votre conversation, je me sens obligé de vous proposer un tarif préférentiel… Que diriez-vous d'une remise de cinquante pour cent ?

Martin Ladouceur a salué Charles-David et l'a invité d'un signe de la tête à le suivre avec le sac de hockey et les crosses. Il est sorti du bureau par le couloir de service pour monter aux étages sans que personne ne le voie. Il a bien pensé s'arrêter au huitième pour parler à Louise de sa découverte après l'incroyable tir de son fils. Mais dans ses bras, l'enfant dormait, il n'allait pas répéter l'erreur de le confier à Charles-David, et il savait que la jeune femme devait terminer de préparer les lits des Japonais attendus au soleil levant. Et surtout, à repenser au formidable hara-kiri que le sumo D'Amour s'était infligé sous ses yeux, il a préféré prendre le temps de la réflexion. Si la révélation qu'il réservait à Louise devait changer sa vie pour toujours, il n'était pas à cinq minutes près.

Martin Ladouceur a refermé la porte de la chambre en douceur après avoir déposé l'enfant sur le grand lit. Dans sa tenue de hockeyeur, il a traversé le salon pour rejoindre Charles-David qui l'attendait dans l'entrée avec le sac de hockey et les crosses.

– C'est bon, tu peux tout poser par terre !

Il a ramassé son pantalon et a retiré de sa poche un billet de vingt dollars qu'il a tendu au jeune homme.

– Non, merci Ladouce, c'est pas la peine.

– Allez, prends-le, t'as toujours été cool avec moi.

– Non, vraiment, j'en veux pas, je le fais pas pour l'argent.

Martin Ladouceur, presque gêné de ce qui ressemblait à une déclaration, a vite remis le billet dans sa poche.

– Bon, là, faut que je réfléchisse à des choses importantes.

À la grande surprise du client, le jeune groom n'a pas bougé. Il a seulement baissé la tête.

– Ladouce, je peux te demander quelque chose ?

– Ben oui, si c'est pas trop long.

– Quand t'es arrivé ici, je t'ai dit non, mais maintenant, je veux bien.

Martin Ladouceur a immédiatement repensé au quiproquo gênant, surtout entre hommes, au sujet de sa défunte bague de la coupe Stanley. Il n'a rien dit, se contentant de regarder, sans malice, le jeune homme.

– Tu te rappelles, Ladouce, quand tu m'avais proposé de me dédicacer une crosse ?

– Oui. Je me rappelle.

– J'avais refusé…

– Oui…

– Ben maintenant, j'aimerais bien en avoir une.

– Tu t'es mis à aimer le hockey?

– Non, c'est pas le hockey que j'aime bien maintenant…

Martin Ladouceur n'a pas su comment interpréter les mots de Charles-David. Il a ramassé une de ses crosses, a été chercher le feutre noir sur la table passe, puis s'est assis et a posé le manche sur ses genoux.

– Qu'est-ce que tu veux que je mette?

– Ce que tu veux…

Le champion n'a pas voulu écrire « À mon ami Charles-David, amitiés sportives », car même s'il ne savait pas trop à quoi attribuer le soudain élan du groom à son égard, il voulait lui signifier qu'il l'appréciait plus que les autres. Ça lui a pris un peu de temps, mais il a fini par trouver.

– À… mon… vrai… ami… Charles… David… amitiés… sportives!

Après avoir renoncé à ajouter « 69 », il a dédicacé la crosse et l'a tendue au jeune groom qui n'a pu s'empêcher de rougir. Martin Ladouceur s'est vite relevé.

– Bon, là faut vraiment que tu me laisses seul, je dois me concentrer…

– Oui, Ladouce, excuse-moi de t'avoir dérangé. À plus tard.

– Oui, c'est ça, à plus tard.

Quand Charles-David a refermé la porte, Martin Ladouceur était déjà assis sur le fauteuil. Il s'est penché en avant et a posé la tête entre ses mains. Il lui fallait réfléchir à tout ce qui lui était arrivé cette nuit, se souvenir des événements, des indices, des mots de chacun, des preuves accumulées, pour démasquer Louise en douceur et ainsi préserver la relation.

– À nous deux, ma belle…

Qui avait pu amener l'enfant et sa balle rouge à la porte de l'unique chambre occupée ce soir-là dans l'hôtel en étant certaine qu'il y serait ?

– Louise !

Qui avait un passe-partout et pouvait entrer à sa guise dans sa chambre et y cacher une casquette ?

– Louise !

Qui avait inventé une histoire abracadabrante de voyageur qui ne revenait jamais pour faire croire à son fils qu'il avait bien un père sans qu'elle ait jamais à le lui présenter ?

– Louise !

Qui lui avait demandé de garder l'enfant dans sa chambre, sans même le connaître ?

– Louise, toujours Louise et encore Louise !

Qui avait fait en sorte qu'il se retrouve en face de Michel Mercier, son ancien coach des Canadiens de Montréal, pour qu'il lui lance au visage : « Les filles d'un soir, c'est comme une saison au hockey, faut attendre neuf mois pour connaître le résultat final » ?

– Ginette…

Ginette était-elle la complice de Louise ?

– Ça, ça serait la cerise sur le *sundae* !

Martin Ladouceur s'est levé pour marcher de long en large. Le scénario d'un coup monté entre la femme de ménage et la restauratrice paraissait à première vue totalement improbable puisque aucune des deux ne pouvait prévoir où il allait dîner en pleine nuit. Sa destination finale, il ne l'avait connue qu'au moment de la dévoiler à…

– Pierre-Léon !

Pierre-Léon qui l'avait attendu devant la maison de Georges D'Amour alors qu'il lui avait demandé de ne pas rester. Pierre-Léon, comme par hasard, toujours en bas avec son taxi à le guetter. Pierre-Léon qui avait passé un appel de chez Ginette. Pierre-Léon qui avait conduit l'enfant à l'hôtel. Pierre-Léon qui avait même accepté de patiner au Forum histoire de ne pas le perdre de vue.

– Un Haïtien qui veut jouer au hockey ? Mais comment j'ai pu avaler ça ?

Martin Ladouceur a ensuite voulu percer le sens de ce que Pierre-Léon lui avait dit avant d'aller retrouver son taxi perdu.

– Faites attention. Souvent, l'homme voit ce qu'il veut voir, plus qu'il ne voit ce qui est vraiment…

Martin Ladouceur a eu besoin de se rasseoir. Cette phrase était codée, pas de doute. Ou alors le chauffeur-menteur avait cherché à l'orienter vers une fausse piste en se pensant bientôt démasqué ? Le plus important était de repenser à sa conversation avec Gaëtan, celle qui lui avait permis de comprendre une partie du secret de cette folle nuit, sept ans plus tôt.

Soutenu par le petit Martin, Pierre-Léon venait péniblement de rejoindre la porte de la balustrade permettant d'échapper à la glace, trop glissante pour lui, quand le grand Martin, encore sous le choc de sa découverte, avait cueilli Gaëtan au pied des immenses gradins du Forum.

– Merci Ladouce, ça fait longtemps que je ne me suis pas autant amusé. J'ai l'impression d'être dans un rêve.

– Quand on est arrivés, t'as dit que t'avais entendu dire que j'avais un fils, c'est Michel Mercier qui t'a soufflé ça ?

Le gardien s'était vite ressaisi et le sourire avait disparu.

– Je sais plus, Ladouce, je m'en souviens plus… Des rumeurs y en a tout le temps ici… J'ai dit ça comme ça, j'ai pas fait attention… S'cuse-moi, c'est pas tous les jours qu'un joueur arrive en pleine nuit avec un enfant qu'est pas le sien quand t'es en train de dormir… Bon, faut que j'aille éteindre les lumières, là. Et merci encore pour le bon moment… Dis, tu m'as trouvé comment au micro ?

Gaëtan avait tenté de s'échapper vers les boîtiers électriques, mais quand on a de petites jambes, ceux qui en ont de grandes vous rattrapent vite. Et s'ils se mettent devant vous, ils vous arrêtent net, telle une muraille.

– Te moque pas de moi, Gaëtan. T'as pas dit ça pour rien !

– J'ai rien à ajouter, je te dis.

– On est du même village, quand même !

– Ladouce, dans trois ans je serai à la retraite et je sais même pas ce que je vais faire après. Le Forum, c'est toute ma vie.

– T'es un p'tit gars du village, Gaëtan.

– Arrête avec le village ! C'est loin le village. C'est fini tout ça !

Martin Ladouceur, qui dominait pourtant Gaëtan de deux têtes et d'une lame de patin, n'avait pas pensé une seconde à user de l'attaque fulgurante et définitive, si possible par surprise. À défaut de revenir à l'esprit villageois, il a opté pour le bon vieux temps qui, paraît-il, unit les êtres, à jamais.

– Je t'en supplie, tu m'as connu petit comme ça… C'est toi qui m'as fait monter pour la première fois sur la déneigeuse du village… Qu'est-ce que Mercier a voulu me dire ?

– Tu crois que le coach, il vient me parler, à moi ? Tu le sais, personne me parle… Ils me voient mais j'existe pas… T'as vu comment il me traite, D'Amour ? J'entends juste des bouts de phrases quand ils passent devant la guérite… Je fais que les recoller… Et des fois les phrases elles ont rien à voir les unes avec les autres. Alors quand je les mets bout à bout, ça veut plus rien dire… Et tu sais, Martin, dans la vie, quand on n'a rien à dire, vaut mieux se taire.

Le vieux gardien avait opiné sèchement du menton pour mettre un terme à la discussion. Après avoir contourné Martin Ladouceur, il avait disparu dans l'allée, entre la balustrade donnant sur la glace et les gradins. Puis un clic s'était fait entendre et l'obscurité avait de nouveau envahi les lieux. À son retour, il avait retrouvé le joueur prostré dans les gradins.

– Faut partir maintenant. On se revoit lundi à l'entraînement.

– Tu as vu le tir qu'il a fait ? Il tient ça de qui d'après toi ?

Martin Ladouceur s'était alors redressé sur le siège et avait croisé les bras, signifiant ainsi qu'il ne partirait pas. Gaëtan en avait souri, tant la posture ressemblait à un enfant boudeur. Il ne l'avait pas fait attendre longtemps et s'était assis à côté de lui.

– Une histoire de fête dans un hôtel… puis un enfant à naître… Une fille s'est plainte au club… Le club n'a rien voulu savoir. C'est tout ce que j'ai entendu, tu vois que ça veut rien dire. Tu sais tout, maintenant. Mais va jamais raconter que c'est moi qui t'ai dit ça, je t'en supplie, Martin.

Les deux hommes avaient descendu sans un mot les quelques marches qui les séparaient de la glace qu'ils traversèrent ensemble, l'immense joueur prenant soin de patiner lentement pour que le petit gardien de nuit s'accroche à lui et ne chute pas.

– T'as jamais pensé à le revoir, ton père ?

– Non.

Sans en dire plus, les deux hommes avaient atteint l'autre côté de la glace. Tandis qu'il posait un patin sur la terre ferme, Martin Ladouceur, l'air de rien, en regardant ailleurs, c'est-à-dire dans le noir, avait lâché :

– Et toi, tu le vois ?

– Non… Je reste en ville toute l'année et lui l'été il va à Old Orchard depuis qu'il est à la retraite. Je l'ai croisé des fois au 5 à 7 bingo, Chez Romuald. Bonjour-bonsoir. Mais on s'est pas vraiment reparlé depuis je dirais… cinq bonnes années ! Depuis que t'es parti des Canadiens, quoi.

– Ça fait sept ans.

– Tout passe tellement vite…

– C'est la vie.

– Tu devrais essayer de lui reparler un jour, tu sais.

Martin Ladouceur a refermé la porte de la chambre après s'être assuré que l'enfant dormait profondément. Il est allé dans la salle de bains du couloir retirer son équipement de hockeyeur, l'a laissé tomber sur le carrelage et s'est aspergé le visage d'eau froide. Il a vite enfilé un survêtement avant de retourner s'asseoir dans le fauteuil puis a fermé les yeux pour se concentrer sur cette enquête qu'il se surprenait à mener si rondement.

– C'est tellement clair dans ma tête.

Martin Ladouceur a tout de même eu besoin de prendre celle-ci à deux mains, tant elle semblait lourde. Soudain, à sa grande frayeur, il a senti qu'on lui tapait doucement sur l'épaule.

– Aaaaahhhh !

Derrière lui se tenait l'enfant, une main sur son entrejambe.

– J'ai fait un cauchemar parce que j'avais pas mon nounours et en me réveillant j'ai vu que j'avais pas fait mon pipi avant le dodo. Et puis tu m'as pas lu d'histoire…

Comment avait-il pu oublier le pipi, l'histoire et le nounours? Pourtant, Louise avait bien insisté. Il aurait dû le noter sur sa liste.

– Bon, va faire pipi et après on verra pour l'histoire parce que je pense qu'il est beaucoup trop tard. Ça n'est pas raisonnable, il faut que tu dormes, maintenant.

Cinq minutes plus tard, l'enfant était dans le lit, son nounours dans son bras, à regarder son gardien qui tentait de s'expliquer.

– C'est que j'en connais pas, moi, d'histoires. Et j'ai pas de livres, tu sais je lis pas beaucoup, mais demain on ira en acheter, autant que tu veux, et je te les lirai. Allez, c'est l'heure de se coucher.

– Moi, je sais où il y en a un. Et tu vas voir, je vais même pas sortir du lit pour le trouver!

Trente secondes plus tard, Martin Ladouceur était adossé à la tête de lit, les jambes étendues, la lampe de chevet éclairant le bel ouvrage qu'il venait d'ouvrir. L'enfant s'était installé sous la couverture, la tête posée sur l'oreiller, légèrement inclinée, pour bien voir la première page qui venait de se tourner.

– C'est quoi comme livre?

– Euh… l'histoire de… la planète… euh… Ninja!

Frémissant de plaisir, l'enfant s'est recroquevillé dans le lit. Martin Ladouceur s'est raclé la gorge et, laissant son doigt filer lentement le long des mots, il a commencé à lire la belle histoire.

– Au commencement… Splinter créa les cieux et la terre. La terre était informe et vide : il y avait des ténèbres à la surface de l'abîme et l'esprit des Tortues Ninja… se mouvait au-dessus des eaux… Donatello dit : Que la lumière soit !

L'enfant n'a pu s'empêcher de remonter les draps jusqu'au milieu de son visage, sans cesser de dévorer le livre des yeux.

– Et après ?

– La lumière fut !

– Waouh…

– Michelangelo vit que la lumière était bonne et Raphaël sépara la lumière d'avec les ténèbres. Splinter appela la lumière jour et il appela les ténèbres nuit.

– Il est trop fort Splinter avec ses pouvoirs magiques !

Martin Ladouceur y a vu comme un encouragement et s'est lancé dans les lignes suivantes en y ajoutant l'intonation que méritait ce grand texte.

– Ainsi, il y eut un soir, et il y eut un matin : ce fut le premier jour. Léonardo dit : Qu'il y ait une étendue entre les eaux, et qu'elle sépare les eaux d'avec les eaux. Et Splinter fit l'étendue, et il sépara les eaux qui sont au-dessous et il appela l'étendue ciel.

L'enfant a rabaissé le drap qui couvrait la moitié de son visage et a réfléchi en se repassant la scène au ralenti. Incrédule, il a levé les yeux vers son conteur.

– Mais ça se peut pas, ça. C'est n'importe quoi !

Discrètement, Ladouceur a sauté quelques paragraphes et a cherché des mots auxquels il pouvait se raccrocher pour mettre un terme au scepticisme soudain de l'enfant qui, las d'attendre, commençait à somnoler.

– Tu vas pas me croire, je m'étais trompé de page !

– Je me disais bien…

– Michelangelo dit : Que les eaux produisent en abondance des animaux vivants, et que des oiseaux volent sur la terre vers l'étendue du ciel. Splinter créa alors les tortues et tous les animaux vivants qui se meuvent, et que les eaux produisirent en abondance selon leur espèce…

– C'est long, là… quand… qu'ils arrivent… les rats… mutants ?

La tête de l'enfant venait de tomber lourdement sur l'oreiller. Ses yeux s'ouvraient et se refermaient. Martin Ladouceur en a profité pour porter l'estocade finale.

– Splinter créa les Tortues Ninja à son image, il créa Donatello, Raphaël, Michelangelo et… Léonardo.

Un instant, le lecteur n'a plus bougé, n'osant respirer. Quand seul le souffle apaisé de l'enfant s'est fait entendre dans la chambre, il a délicatement refermé le livre. Il a observé un moment le petit Martin qui dormait à poings fermés – un tableau d'une telle beauté. Sur la pointe des pieds, il est sorti de la chambre en refermant tout doucement la porte. Quand il s'est retourné, Louise se tenait devant lui, le regardant avec une infinie tendresse.

– Vous lui avez pas lu la Bible, quand même ?

– J'avais que ça, mais j'ai improvisé. Vous inquiétez pas.

– Je ne me suis pas inquiétée. De toute façon, je vous ai entendu, mais je n'ai pas voulu vous déranger…

Pour Martin Ladouceur, c'était clair. Si la jeune femme n'avait pas voulu le déranger, c'est qu'elle voulait laisser l'enfant avec son père. Le moment était venu d'abattre sa preuve. Mais les mots n'ont pas suivi la pensée. La peur, peut-être ?

– Et vous, vos Japonais ?

– Presque fini, mais il en reste encore.

– Je vous aurais bien aidée, mais je veux pas le laisser seul. On sait jamais… hein ?

C'était ça. En fait, il avait peur. Pas peur de dire la vérité, mais peur de la réaction de Louise. Si elle ne lui avait rien dit, il y avait peut-être une raison. Pourtant, il fallait savoir. Elle s'est approchée, si douce.

– Vous savez y faire avec les enfants…

Et là, c'est venu tout seul. Martin Ladouceur n'a pas pensé à ce qu'il devait dire, il a juste dit ce qu'il pensait.

– Non, je ne sais pas y faire avec les enfants, mais avec lui, oui…

Tout y était. La phrase était parfaite, le ton suffisamment sibyllin pour déflorer le sous-entendu.

– Pourquoi me regardez-vous comme ça, Martin ?

Il s'est fendu d'un mystérieux sourire en plaçant lentement ses bras tendus devant la femme, stupéfaite.

– Qu'est-ce qui vous prend ?

Martin Ladouceur n'a pas répondu. Son visage s'est défait de son sourire.

– C'est bon, j'ai vu, vous avez deux mains. À quoi vous jouez ?

– Je ne joue pas, Louise, c'est vous qui jouez avec moi… Dites-moi… si c'est pas moi le père, c'est qui ?

PAPA !

DES HURLEMENTS EN PROVENANCE du couloir ont fait sursauter Martin Ladouceur, accroupi dans l'entrée de la suite alors qu'il refermait le dernier de ses trois gros sacs. Son sourcil blessé était recouvert d'un pansement brun, l'autre n'avait plus de plumes, juste quelques fibres blanches parsemées dans le poil. Charles-David s'est penché pour saisir les poignées d'un des gros sacs et le déposer sur le velours de son chariot doré, en prenant soin de ne pas abîmer les cadeaux de Noël de l'enfant, empilés sur le côté. Derrière la porte, des cris se sont à nouveau fait entendre, en même temps que les pas d'une folle poursuite.

– Iie! Iie! Iie!

– Haï! Haï! Haï!

Depuis une heure déjà avait commencé le ballet des vierges japonaises qui, après un vol interminable, rechignaient à s'envoyer une nouvelle fois en l'air.

Charles-David a poussé le chariot jusqu'à la porte et s'est tourné vers le salon dans lequel Martin Ladouceur venait de rejoindre Louise. La jeune femme avait abandonné le chignon pour révéler de longs cheveux châtains et avait troqué sa tenue de femme de chambre pour un jeans et un pull-over ample rayé de couleurs chatoyantes.

– Bon, on est prêts, tu crois que je peux aller le chercher ?

– Je vais venir avec toi, Martin, pour qu'il s'habitue.

Quelques instants plus tard, sans la moindre protestation, le petit Martin est réapparu dans les bras du grand, Louise les suivant avec le petit sac à dos et la casquette des Canadiens.

– Charles-David, tu n'as qu'à poser nos manteaux sur les sacs, on les enfilera en bas.

Le jeune groom s'est exécuté. Il a ouvert la porte en cherchant à reculer pour s'effacer et leur laisser le passage.

– C'est bon, passe devant, là. Pas de chichis entre nous.

Charles-David ouvrait donc le cortège, l'homme et l'enfant suivaient. Louise, pensive, fermait la marche. Aux portes de l'ascenseur, le groom a pressé le bouton d'appel et s'est tourné vers la jeune femme.

– Alors, tu nous quittes ?

– Oui, c'est trop dur de travailler la nuit.

– Mais t'inquiète, Charles-David, on repassera te voir avec Louise et le petit.

Le jeune homme a souri à Martin Ladouceur. L'ascenseur était bloqué au huitième étage. De la porte de secours, une Japonaise en chemise de nuit a surgi, suivie d'un Japonais en kimono. Les deux ont disparu au bout du couloir.

– C'était peut-être pas la peine de prendre tant de temps à faire les lits, ils s'en servent même pas !

Louise a souri à Martin Ladouceur. Se rendant compte qu'il n'y avait aucune issue au fond du couloir, le couple est repassé en courant pour retourner dans l'escalier de secours.

– Iie! Iie! Iie!

– Haï! Haï! Haï!

– Mais qu'est-ce qu'ils disent?

– Elle, elle dit non, lui, il dit oui.

– Tu parles japonais, toi?

– J'ai appris quelques mots à l'école d'hôtellerie.

– C'est bien, c'est important de bien travailler à l'école. Et le p'tit, il travaille bien, lui?

– Il est entré en primaire cette année. C'est un peu tôt pour dire.

– Je vais surveiller ça, moi. Je vais peut-être même l'aider à faire ses devoirs.

– C'est qu'il n'en a pas encore beaucoup…

Le *ding* a retenti, les portes de l'ascenseur se sont enfin ouvertes.

Lorsque la cabine a entamé sa descente, Martin Ladouceur a regardé, au-dessus de la porte, le numéro neuf s'éteindre. Dans un flash, il a revu cette même cage dorée, sept ans plus tôt, le faire dégringoler en enfer, avec aux portes l'ancien président des Canadiens. Mais aujourd'hui, l'enfant dans les bras, sa vie, la vraie, débutait enfin. L'ascenseur s'est arrêté au huitième étage. Les portes ont coulissé pour laisser apparaître un Japonais d'un mètre cinquante, pas si gros que ça, seulement vêtu d'un mawashi. Aux abois, dans son déguisement de sumo, il cherchait visiblement quelqu'une.

– Azouka! Azouka? Azou… ka… Azou!... Azou?

L'esseulé est entré dans la cabine, espérant l'y trouver.

– Azoukaaaaaaa!

– La ferme, Tarzan, tu vas le réveiller!

Trop tard. Dans les bras de Martin Ladouceur, l'enfant a ouvert les yeux. Les portes de l'ascenseur, en se refermant, ont laissé derrière elles le Japonais hululant sa vierge perdue. Louise a souri à son fils. Sommeillant encore, il regardait autour de lui pour comprendre où il était.

– Qu'est-ce que tu fais là ?

Le grand Martin s'est fendu de son plus beau sourire.

– Ben je te porte parce que tu dormais et je ne voulais pas te réveiller.

Le petit Martin n'a pas été attendri.

– Je dors plus, je suis grand et je peux marcher tout seul !

Martin Ladouceur, amusé, a regardé Louise d'un air entendu et a laissé glisser l'enfant au sol.

– Martin, fais attention à ce qu'il ne bascule pas sur le côté si jamais il a une jambe plus longue que l'autre.

Martin Ladouceur s'est tourné vers les portes, pour fixer le ballet des chiffres égrenant les étages dévalés. Il boudait.

– Qu'est-ce qu'elles ont, mes jambes, maman ?

– Rien, c'est une plaisanterie entre nous.

Louise s'en est un peu voulu d'avoir osé ce bon mot qui replongeait Martin Ladouceur dans une scène vécue plus tôt dans la soirée. Peut-être pas sa préférée.

– Dites-moi, Louise… si c'est pas moi le père, c'est qui ?

– Ben son père !

– Mais j'ai la preuve scientifique que c'est mon fils !

– Vous dites n'importe quoi.

– Ah bon, je dis n'importe quoi ?

Il avait énoncé sa théorie scientifique, de son origine à ses bienfaits sur le hockeyeur, en ajoutant le geste aux mots.

– Le bras le plus court tient le haut du bâton alors que le plus long est placé au milieu. Ça permet une rotation bien meilleure.

Dans son exposé, il avait détaillé la découverte de son père sur la patinoire du jardin et cette même révélation qu'il avait eue six heures plus tôt, sur la glace du Forum.

– Vous voyez, c'est génétique !

La démonstration n'avait même pas obtenu un succès d'estime.

– Mais ça va pas ! Mon fils n'a pas un bras plus court que l'autre de cinq centimètres !

– Si c'est pas cinq, c'est au moins trois.

– N'importe quoi…

– Puisque je vous le dis.

– Mon fils a les bras de la même longueur !

– Vous voulez qu'on vérifie ?

Sans perdre une minute, comme deux internes aux urgences, les deux intervenants avaient pris soin de chuchoter pour ne pas déranger l'enfant qui dormait dans la chambre.

– Regardez, Louise, c'est évident.

– Il a un bras plié qui tient son nounours et un bras droit. C'est normal que l'un soit plus long que l'autre !

Ce premier examen scientifico-morphologique n'ayant pas été concluant, Martin Ladouceur était ressorti de la pièce pour s'emparer d'une crosse. Le temps qu'il revienne, Louise s'était mise en travers de son chemin, lui barrant l'accès au lit.

– Je vous préviens, pas question de le réveiller pour le faire jouer au hockey !

– Mais non, c'est pour mesurer ! Détendez-lui le bras plié.

– Je vous jure, vous… Si ça le réveille, je vous laisse le rendormir et croyez-moi, vous allez en avoir besoin, de la Bible. Pas pour la lire, mais pour prier !

– Détendez-lui le bras, j'ai dit, et arrêtez de parler si fort, vous allez le réveiller.

Louise avait réussi à tendre les deux bras de son fils dont le sommeil, heureusement, était lourd. Martin Ladouceur s'était penché au-dessus de l'enfant pour placer le haut de la crosse au ras de l'épaule, avant de la poser le long du bras. Il avait gravé avec l'ongle de son pouce la longueur exacte du petit membre avant de répéter l'opération sur l'autre bras. Le résultat avait laissé le praticien sceptique.

– Attendez, j'ai dû faire un faux mouvement.

Sous le regard de Louise, d'abord circonspecte puis incrédule, l'urgentiste avait refait six fois le test, avec à chaque tentative le même résultat.

– Bon, je vais aller chercher une autre crosse !

– Vous allez finir par le réveiller…

Louise s'était assise sur le bord du lit pour suivre les trois dernières tentatives de l'examinateur qui avaient confirmé, à sa grande déception, le résultat des six précédentes. L'enfant avait bien les bras de la même longueur.

– Ben là…

Tête basse, traînant sa crosse, Martin Ladouceur avait quitté la chambre. Louise s'était levée pour embrasser son fils avant de sortir, elle aussi. Après avoir délicatement refermé la porte, elle s'était approchée de l'homme, avachi sur le canapé, qui aurait tant voulu être le père, examen génétique à l'appui.

– Vous avez peut-être fait cela un peu vite au Forum ?

Ce n'était pas un peu vite que Martin Ladouceur avait effectué l'examen sur glace, mais plutôt aveuglé par le désir de voir son rêve se vérifier.

– Et vous avez fini par voir quelque chose qui n'existait pas.

Martin Ladouceur venait enfin de comprendre ce qu'avait voulu lui dire Pierre-Léon en le quittant devant l'hôtel. Louise avait contemplé le tas de cadeaux au pied du sapin, la fresque des Tortues Ninja au mur, puis l'homme dont l'arcade exhibait encore quelques plumes d'oie.

– Puis vous savez, Martin, vous avez oublié une chose importante... Comment vous dire ? Les bébés ne naissent pas à sept ans seuls dans les chambres d'hôtel... Il faut d'abord les avoir... euh... conçus... en général, à deux.

Une dernière fois, Martin avait cherché à se rappeler s'il ne l'avait pas connue, ne serait-ce que le temps d'une furtive étreinte.

– J'étais saoul ce soir-là, je me souviens plus de rien.

La beauté du moment avait quelque peu été ébranlée par cette triste et crue réalité d'une nuit oubliée. La femme en avait même détourné son regard.

– Excusez-moi, Louise, j'aurais pas dû dire ça comme ça.

Martin Ladouceur avait alors tout raconté, pour en finir. De cette nuit d'ivresse, à son renvoi comme un chien, en passant par sa rencontre avec Michel Mercier et les confidences arrachées à Gaëtan. Louise avait écouté attentivement et enfin compris ce qui avait relié, au-delà de la raison, cet homme à son enfant.

– Je ne vivais pas à Montréal. Aucune chance que ça ait pu être moi. Et puis ça n'a jamais été mon genre de draguer les hockeyeurs.

– Ça, j'avais vu.

Louise s'était levée et avait rajusté sa tenue noire et son tablier blanc.

– Bon, faut que j'aille finir les chambres de ces foutus Japonais... Je peux encore vous le laisser ?

– Ben oui ! Pourquoi il pourrait pas rester ?

Louise s'en était voulu de sa question, tant la réaction de l'homme avait été spontanée. Il l'avait raccompagnée à la porte de la suite. Avant qu'elle ne sorte, il l'avait délicatement retenue par le bras.

– Vous savez, je l'aime pareil, Martin...

Lorsque la cabine de l'ascenseur a atteint le rez-de-chaussée, Louise et Martin Ladouceur ont échangé un sourire en voyant l'enfant coller son œil dans l'entrebâillement des battants pour entrevoir ce qu'il se passait derrière.

– Oh, là, là, y a plein de monde !

Les portes ont coulissé, laissant un brouhaha venu d'Asie s'engouffrer dans la cabine. Dans le hall, autour du petit salon jouxtant la réception, une quinzaine de Japonais, certains en pyjama, d'autres en kimono, aucun en mawashi, mais tous munis d'un appareil photo dernier cri, hurlaient.

– Dju-Lii ! Dju-Lii ! Dju-Lii ! Dju-Lii !

– Mais qu'est-ce qu'ils font, maman ?

– Je suis trop petite, je ne vois pas.

Martin Ladouceur n'a eu qu'à regarder pour découvrir ce qui attirait les flashs des Nikon et des Canon. Toujours sur le canapé, Georges D'Amour, en transe, la tête basculant d'avant en arrière, le regard posé sur un point que lui seul voyait, ne cessait de rabâcher le nom de sa belle perdue.

– Julie… Julie… Julie… Julie…

Martin Ladouceur a bien pensé un instant voler au secours de son ami, mais un homme se tenait près de lui, tentant de l'extraire aux flashs et aux cris. À un moment, celui-ci s'est tourné vers les paparazzi en pyjama pour les faire taire.

– Un peu de respect, s'il vous plaît !

– Dju-Lii ! Dju-Lii ! Dju-Lii ! Dju-Lii !

Il a défié les objectifs jusqu'à poser son regard sur Martin Ladouceur dont la tête dépassait nettement de celles des importuns. L'homme dans la soixantaine, vêtu d'un chic costume noir, les cheveux blancs soigneusement rabattus en arrière, s'est levé, fou de rage.

– C'est quoi ce bordel que t'as foutu, Ladouce ?

– J'y suis pour rien, président !

– T'as vu Labarre dans quel état tu l'as mis ?

– J'y suis pour rien.

– Sa femme nous a appelés pour tout nous raconter. T'as brisé une famille et dans l'état où tu l'as mis, mardi contre Boston, il va pleurer au premier coup de sifflet et mes gars, ils vont se faire défoncer. Tu t'en fous, Ladouce, t'as toujours pensé qu'à toi et à ta queue. T'aurais pas pu faire tes cochonneries tout seul dans ta chambre au lieu de le tenter ? Je pensais que t'avais changé, mais les gars comme toi ça change jamais. T'es qu'un gros tas de merde et tu veux savoir ce que je fais des gros tas de merde comme toi ?

N'eût été la présence de l'enfant qui peut-être le regardait, Martin Ladouceur aurait fait goûter au président des Canadiens de Montréal les effets apaisants de l'attaque fulgurante et définitive, si possible par surprise. En y repensant, ce n'était pas la présence de l'enfant qui le retenait. C'était le Martin d'avant qui ne savait répondre que par l'agression. Alors, il n'a même pas eu à serrer les dents pour écouter ce qu'il avait toujours redouté d'entendre, mais qui, en cet instant, allait le délivrer.

– Pas la peine de venir lundi à l'entraînement. C'est fini pour toi les Canadiens ! Et c'est fini aussi le hockey ! Avec les recommandations que je vais donner à toutes les équipes, y en a pas une qui va vouloir te prendre. Alors, tu règles vite ta note, moi je paye rien, et tu déguerpis !

Joignant le geste à la parole, il a pointé du doigt la réception. Un flash a crépité. Le nouveau chômeur, pas si triste de perdre son emploi, a fait demi-tour sans saluer le président déjà au chevet de son homme fort, pour le moment si faible.

– Julie… Julie… Julie… Julie…

À la réception, le directeur venait de sortir du bureau de Maxime, avec à la main la poubelle contenant trois bouteilles de vin vides.

– Je comprends pas, monsieur le directeur. Laissez-moi une petite heure que je puisse enquêter et vous trouver le coupable. On est une équipe, nous deux, non ?

– Souffle !

– Pfff…

– Ça c'est pas souffler, c'est renifler.

– J'avoue tout, monsieur le directeur. Mais vous savez, la nuit a été terrible. La femme de chambre n'en a fait qu'à sa tête, d'ailleurs elle a préféré démissionner que de subir vos foudres et la honte. Charles-David est bien gentil, mais il est si jeune… On peut jamais compter sur les jeunes, vous le savez. Même s'il est gentil, faut toujours être derrière lui. J'ai vraiment tout fait seul pour sauver la réputation de l'établissement, mais ce Ladouceur est un coriace. Je vous en prie, punissez-moi, fouettez-moi, mais gardez-moi !

– C'est bon, c'est bon, mais dégage de la réception, j'ai l'impression de parler à un verre de bordeaux qu'a passé dix jours au soleil !

– Je savais que vous aviez un cœur, donnez-moi votre main que je la baise.

Le directeur a enfermé Maxime dans le bureau puis a contemplé les Japonais qui mitraillaient le pauvre gnou, trop lourd pour le président des Canadiens, incapable de soulever un tel poids afin de le soustraire à ce safari-photo.

– Bon, à nous deux, monsieur Ladouceur... Excusez-moi pour ce que vous venez d'entendre, mais au point où on en est, je pense que nous n'avons plus de secrets. Je présume que le président vous a passé le message, il refuse de payer votre séjour parmi nous.

La carte American Express posée sur le comptoir n'y est pas restée longtemps. Le directeur a cliqué sur la souris de l'ordinateur et l'imprimante a commencé à imprimer la facture. Abattu, il a regardé son hall qui n'était plus qu'un immense cirque.

– Entre nous, comment vous avez pu faire ça ? Je vous laisse seul une nuit dans mon hôtel et voilà le résultat. Vous avez fait venir des putes, vous repartez avec ma femme de ménage, la presse est là, je retrouve mon concierge bituré, votre chambre est saccagée, le président des Canadiens m'annonce que plus jamais il ne mettra un joueur ici... Vous savez à quel point ça va nuire à ma réputation ?

Le client n'a pas répondu, occupé à fixer l'imprimante qui n'en finissait plus d'immortaliser à l'encre noire le prix de ses grands adieux.

– Vous vous en foutez, hein ?

Le directeur, le regard creux, la voix monocorde, semblait manifester les premiers symptômes de la dépression.

– Tiens, vous avez plus votre bague ?

– Non.

– Bon, ça y est, c'est imprimé… Une suite, un téléphone brisé, un fauteuil taché de sang, des rideaux découpés, un oreiller éventré, un salon à repeindre au complet, des draps de satin déchiquetés et quatre cents balles de soins du corps… Vous nous aviez laissé cinq mille d'acompte, et pourtant j'avais vu large, mais il manque mille six cent cinquante-neuf et vingt cents. Je les prends sur la carte ?

Martin Ladouceur a opiné. Tel un zombie, le directeur a glissé la carte dans la machine, puis il a levé ses yeux vides sur son client.

– Vous allez faire quoi, vous, maintenant dans la vie ?

– Élever un enfant.

Pour répondre au sourire radieux de Martin Ladouceur, le directeur a d'abord esquissé un triste sourire avant de se mordre les lèvres. Une larme a coulé de son œil, puis une autre. Pas de doute, la dépression était bien là.

Une heure plus tôt, lorsque Louise était sortie de la salle de bains de la suite où elle venait de troquer son uniforme de femme de chambre contre un pull et un jeans, elle avait fixé Martin Ladouceur qui guettait sa réponse.

– Êtes-vous certain de ce que vous venez de me dire ?

– Plus que certain, même.

– Je crois que vous ne vous rendez pas compte de ce que vous venez de me proposer. C'est une sacrée responsabilité, vous savez ?

– Faut bien que quelqu'un la prenne ! Vous pensez que c'est une vie pour un enfant d'avoir une mère qui travaille de nuit et pas de… euh… et… personne pour l'aider ?

– Je ne suis pas la seule, vous savez ? Et Martin est un enfant très heureux.

Martin Ladouceur s'était contenté de fixer la jeune femme aux traits tirés. Elle s'était détournée, seule façon de concéder qu'elle ne croyait pas non plus à ce qu'elle venait de dire.

– Je sais que la présence d'un homme lui manque et qu'avec le temps, cela sera de plus en plus difficile pour lui. Mais c'est de son père qu'il a besoin. Ça ne s'improvise pas, on ne le remplace pas comme ça, d'un coup de baguette magique.

– Oui, enfin s'il le voit jamais, son père, c'est comme s'il en avait pas. Je sais que vous faites tout pour lui, mais pour un enfant, quand c'est possible, c'est toujours mieux d'avoir deux personnes qui s'en occupent. Ça doit pas toujours être facile toute seule, hein ?

– Non, c'est pas toujours facile.

– Et puis, moi je vous le dis, il passera pas son temps à m'attendre à la fenêtre en pleurant. Parce que je serai là.

– Je sais.

– J'arriverai même en avance. Une bonne quinzaine de minutes. Trente même, si vous préférez.

Louise s'était laissée aller à un tout petit sourire, mais elle l'avait très vite perdu.

– Souvent, je me demande s'il ne passe pas tant de temps à attendre son père parce que moi aussi, je l'attends encore.

Persuadé que le silence aurait le dernier mot et le priverait du désir insensé mais profond de prendre la destinée de l'enfant en main, il avait insisté.

– Je vous le redis, vous ne m'attendrez jamais, moi.

La femme ne pouvait le nier, cette volonté d'être à tout prix le père de son enfant l'avait ébranlée, elle qui devait se contenter d'un procréateur faisant tout pour éviter de l'être.

– Alors, vous êtes d'accord ?

– Allez-y doucement, Martin. Laissez-moi respirer un peu. Ça fait beaucoup en une nuit pour moi, là. Il faut que je réfléchisse.

Martin Ladouceur avait marché jusqu'à la fenêtre de la chambre tout en s'assurant de faire le moins de bruit possible. Il s'était tenu debout, sans rien dire, sans même la regarder pour ne pas la déranger. Dehors, le jour s'était levé, mais en ce matin de Noël, les rues étaient encore vides et la ville tarderait à s'éveiller.

– Vous voyez ça comment, vous ?

Martin Ladouceur n'avait pas couru, mais bondi jusqu'à Louise.

– Ben je pensais acheter une maison à Laval, par exemple. Avec un jardin où je ferai une patinoire l'hiver pour qu'il patine avec moi et une piscine pour l'été. Comme ça, je pourrai même lui apprendre à nager.

– Il sait déjà nager.

– Ben il apprendra à plonger.

– Et moi ?

– Vous savez pas plonger ?

– Mais non Martin, je parlais de moi, de Louise, de la femme. Je fais quoi moi, dans cette maison de Laval ?

– Euh… ben vous venez avec nous.

– C'est gentil, ça… Ça me touche beaucoup.

Lorsqu'on rencontre une femme déjà mère, il faut d'abord aimer la femme pour découvrir et pouvoir apprécier l'enfant. Dans certains cas, peut-être s'attache-t-on aux deux en même temps ? Louise regardait un phénomène qui aimait déjà l'enfant et qui, peut-être, l'aimerait, elle, un jour. Mais à bien y penser, pour le moment, elle ne cherchait pas l'amour, elle attendait qu'il revienne. Et si elle aussi appréciait tant Martin Ladouceur, c'était surtout parce qu'il aimait son fils.

– On va peut-être un peu attendre pour la maison à Laval.

– Vous n'aimez pas Laval ?

– Non, Martin, j'ai rien contre Laval. C'est juste que je ne pense pas que ce soit judicieux d'emménager ensemble même si je sais que votre présence aiderait beaucoup mon fils. On peut pas décider en cinq minutes de choses qui prennent souvent des années à se bâtir. Vous vous rendez compte, vivre avec quelqu'un du matin au soir, c'est pas rien. Surtout si on ne le connaît que depuis quelques heures…

Martin Ladouceur avait acquiescé. Oui, il était peut-être allé un peu vite en besogne. Il ne pouvait le nier. Il avait donc immédiatement fait une offre à la baisse en la coupant équitablement en deux.

– Et si on faisait une garde partagée ?

Même si cette proposition signe en général la fin d'une relation avec enfant plutôt que son éventuel début, Louise acceptait de l'envisager.

– Et puis, j'irai le chercher à l'école. Vous me conseillez quoi comme voiture pour un enfant ?

– Je ne sais pas, je n'ai pas le permis.

– Y a un gars dans l'équipe à Los Angeles, je crois qu'il en a quatre, je vais lui demander ce qu'il faut. Et tant qu'à aller à l'école, j'irai toucher deux mots aux CE1 qui l'embêtent. Il vous a raconté que y en a qui disent qu'il est un âne parce qu'il s'appelle Martin ?

– Vaguement.

– Vous pouvez pas comprendre, c'est une affaire de gars. S'ils insultent Martin, c'est un peu comme s'ils m'insultaient.

Partager, c'est ne pas tout garder pour soi, mais ce qui nous semblait trop lourd à porter peut finir par nous manquer. Pour Louise, accepter cette proposition de garde partagée, c'était abandonner son enfant, pas à moitié mais complètement, au nom de son propre confort – et elle en culpabiliserait vite.

– Écoutez, Martin, je pense que tout va beaucoup trop vite. Et si l'on commençait tout doucement ? Qu'il s'habitue à vous, qu'éventuellement vous le preniez quelques heures pour aller au cinéma, au parc… Puis dans quelques mois on verrait ce que tout ça donne ?

– D'accord ! Mais si vous êtes trop prise ou qu'il est malade, vous n'hésitez pas à m'appeler. Un coup de fil et j'accours. Si c'est un soir de match, je fais semblant d'être blessé et hop, je suis là. Si je suis sur la route, je fais au plus vite en fonction des vols.

Louise avait simplement souri, en opinant, sans pouvoir masquer une admiration pour cet homme qui ne lâchait jamais, jamais.

– Louise, y a aussi autre chose que je veux vous demander, mais promettez-moi de pas dire non, cette fois.

– Je préfère quand même vous entendre d'abord.

– Moi, je pense que c'est pas bien de travailler la nuit pour étudier le jour. Je voudrais vous aider pour que vous puissiez juste étudier et vous occuper de lui. Alors, voilà…

Martin Ladouceur avait pris une grande inspiration et fixé Louise avec intensité, la suppliant de ne pas refuser.

– Je voudrais vous payer une pension alimentaire !

– Martin…

– Dites oui, je vous en supplie, parce que vous savez, comme j'ai décidé d'arrêter de sortir et de boire, il va m'en rester en masse de l'argent, puis ça va rien changer pour moi.

– Dit comme ça, évidemment, ça peut pas se refuser.

Martin Ladouceur était peut-être l'un des premiers hommes au monde à devoir contenir ses larmes pour ne pas pleurer de joie à la simple idée d'avoir une nouvelle pension alimentaire à payer.

– Louise, je peux vous prendre dans mes bras ?

– Euh, oui, bien sûr.

Martin Ladouceur, aux anges, s'était collé à la jeune femme. D'abord gênée, elle avait fini par apprécier cette étreinte, sans arrière-pensée, la sensation d'un corps contre le sien. Il n'y avait pas d'amour, pas de passion, pas de soupirs, juste l'espoir d'un mieux, venu de nulle part.

– Et si on se tutoyait, Martin ?

– J'y avais pas pensé, Louise, mais c'est une excellente idée !

Martin Ladouceur a serré la femme dans ses bras, encore plus fort. Les yeux grands ouverts, un large sourire sur son visage, il voulait de la lumière, car ce que la vie lui proposait était maintenant clair. Il allait, dès aujourd'hui, dans cette chambre, signer le premier chèque de cette miraculeuse pension alimentaire. Pour la fêter, il ajouterait même un bonus pour Noël. Plus tard, il se battrait pour la garde partagée et la maison à Laval !

– Je sais pas ce que tu en penses, mais faudrait peut-être plier bagage ?

– Tu as raison, Martin, on n'a plus rien à faire là.

– Je vais vous raccompagner chez vous, juste pour qu'il commence à s'habituer à moi. Hein ?

– Oui, bien entendu, Martin… Mais avant de partir, tu me permets d'enlever les plumes de ton sourcil, histoire de pas faire peur aux voisins ?

Dans le hall de l'hôtel, une Japonaise en robe de chambre est sortie de l'ascenseur, en furie, pour fendre la grappe de paparazzi nippons afin d'en extraire par le col du kimono son jeune époux.

– Hiro !

– Hito ?

Impériale, elle l'a traîné jusqu'à l'ascenseur, pour le monter jusqu'au huitième, direction le lit nuptial. Georges D'Amour n'a rien vu, toujours à pleurer sa belle perdue dans les bras du président.

– Julie… Julie… Julie… Julie…

– Labarre, pense à autre chose. Tiens, on joue contre Boston, mardi. Tu pourras te défouler ! Et je double la prime pour chaque nez cassé !

Martin Ladouceur a quitté la réception sans saluer le directeur qui fuyait les flashs immortalisant Georges D'Amour, à genoux pour embrasser le marbre du sol sur lequel les chaussures de Julie s'étaient posées une dernière fois.

– Dju-Lii ! Dju-Lii ! Dju-Lii ! Dju-Lii !

Alors que le crépitement des flashs redoublait, Martin Ladouceur a rejoint Louise et l'enfant, toujours juché sur le chariot de Charles-David, près de la grande porte qui donnait sur la rue.

– Le taxi est là ?

– Oui.

Dehors, le soleil avait décidé d'éclairer ce jour de Noël de sa blanche lumière matinale. La neige immaculée brillait sous les rayons. À la vue de la femme, de l'homme et de l'enfant, le chauffeur est sorti de son auto pour laisser Charles-David charger les bagages dans le coffre. Martin Ladouceur a ouvert la portière arrière afin que Louise et son fils s'engouffrent dans la voiture. Il s'est ensuite tourné, radieux, vers Pierre-Léon.

– En fait, t'avais raison, t'es bien le berger qui ramène les brebis égarées.

– Tant que le pêcheur n'a pas regagné le port, il n'est pas à l'abri de la tempête.

Martin Ladouceur a souri à Pierre-Léon. Non pour cette réponse à laquelle il n'avait pas tout compris, mais parce qu'il les appréciait, maintenant, les grandes phrases de son ami haïtien. Et il était heureux, certainement comme il ne l'avait jamais été. Charles-David a fermé le coffre pour retourner timidement à son chariot, tête basse.

– Ben tu viens pas me dire au revoir ?

Le jeune groom a rougi en tendant la main.

– Ben alors, c'est pas comme ça qu'on va se dire au revoir ! Allez, viens !

Regardant à droite et à gauche, de peur d'être pris en faute, ou simplement d'être vu, le jeune groom a marché vers Martin Ladouceur qui l'attendait les bras grands ouverts.

– Ça m'a vraiment fait plaisir de te connaître.

– Moi aussi, Ladouce.

Martin Ladouceur s'est écarté de Charles-David, tout en gardant ses mains sur ses épaules.

– Tu sais, la crosse que j'ai dédicacée pour toi ?

– Oui.

– Ben je te promets que j'en dédicacerai plus jamais. Comme ça je me souviendrai toute ma vie que la dernière a été pour toi.

– C'est trop.

– T'es un bon petit gars. Alors, écoute-moi bien. Arrête de rien vouloir, sinon, il va finir par jamais rien t'arriver. Tu comprends ce que je te dis, Charles-David ?

– Oui, Ladouce.

– Sois toi-même.

– Oui, Ladouce.

L'homme en manteau de cachemire a ramené le groom en uniforme contre lui. Et à son oreille, il a chuchoté :

– Ton truc c'est les hommes, hein ?

– Je sais pas.

– Sois toi-même, Charles-David, toujours toi-même.

Martin Ladouceur a gardé le jeune groom un instant dans ses bras puis s'est lentement décollé.

– On passera te voir avec le petit. Promis.

– Quand ?

L'impatience du jeune homme a fait sourire Martin qui marchait vers le taxi.

– Attends, faut que je m'organise. Je peux pas te raconter là, mais faut que j'y aille lentement avec le petit.

– D'accord, j'attendrai.

Charles-David, cramoisi d'émotion, est retourné à son chariot. Il a fait un dernier signe de la main à Martin Ladouceur qui le lui a rendu, avant d'ouvrir la portière arrière de la grosse Chevrolet.

– Vous me faites un peu de place ?

– Non, va devant !

– Tu veux pas être entre moi et ta maman ?

– Je vais être trop serré et je verrai rien par la fenêtre.

Martin Ladouceur, un peu déçu, a pris cet air entendu des parents qui, pour se justifier de ne pas savoir résister aux desiderata de leur progéniture, se persuadent qu'elle a fort caractère. Il a fait le tour du taxi et s'est installé sur le siège passager.

– On va où ?

– Droit devant !

La grosse auto a démarré lentement, sous le soleil. Loin devant, le feu est passé à l'orange. Pierre-Léon a immédiatement pesé sur le frein.

– Je sais que t'aimes être prudent avec des enfants à bord mais ne me fais pas croire qu'on n'irait pas plus vite à pied.

– Arrêtez de dire ça, vous me rappelez votre ami D'Amour !

Martin Ladouceur a éclaté d'un rire bruyant, certainement forcé par la joie qui l'habitait, ne demandant qu'à exulter. La voiture a roulé au pas jusqu'au feu. Soudain, une ombre a recouvert la vitre arrière, du côté où était assis l'enfant. On a entendu cogner contre la vitre. Martin Ladouceur s'est retourné pour voir qui frappait. Il a tout de suite compris. Le siège s'est dérobé sous lui. Il a juste eu le temps de voir le visage de Louise passer de la stupeur à l'émerveillement et celui de l'enfant sous le choc de la surprise.

– Papa!

Pierre-Léon n'a pas eu à attendre qu'on le lui demande pour immobiliser son taxi. L'homme qui tenait dans sa main un petit paquet enveloppé dans du papier cadeau a lui-même ouvert la portière arrière.

– Joyeux Noël, fiston!

L'enfant, sans se retourner, a sauté du taxi pour courir dans les bras de son père qui l'a soulevé dans les airs. Louise a suivi son fils. Avant de sortir de la voiture, elle s'est arrêtée pour se retourner vers le passager avant.

– Je suis désolée. Vraiment désolée…

Elle s'est jetée dans les bras de ses hommes. Martin Ladouceur s'est détourné pour ne plus voir. Mais parce que la femme avait oublié de refermer la portière, il n'a cessé d'entendre l'enfant crier, en boucle.

– Papa!

Épilogue

Les enfants commencent par aimer leurs parents ;
devenus grands ils les jugent ;
quelquefois ils leur pardonnent.

Oscar Wilde

Cher Martin,

Tout est allé très vite, je suis désolé de la manière dont nous t'avons abandonné dans le taxi. Mais tu peux le comprendre, ce fut pour nous une surprise, et excuse-moi de te le dire si franchement, un immense bonheur.

J'imagine la déception et la peine qui t'habitent mais si la vie doit toujours t'offrir une autre chance, pour Martin, mais aussi pour moi, je vais la jouer. Depuis deux jours que son père est revenu vers lui, mon fils est métamorphosé. Il l'a tellement attendu.

J'ai de la peine à te le dire, mais je pense qu'il est mieux de ne pas nous revoir, ni que tu revoies Martin. Il n'a pas eu de père pendant si longtemps, en avoir soudain deux le troublerait plus que ça ne l'aiderait.

Tu sais, j'ai repensé à cette nuit. Elle fut une suite de curieux hasards et tout est allé beaucoup trop vite pour considérer les choses coulées dans le béton. Nous attendions tous les deux quelque chose qui a fini par nous aveugler mais ne pouvait nous arriver.

Je te remercie pour tout ce que tu as fait. Martin a eu le plus beau Noël de sa vie. J'espère qu'il en aura d'autres dans des circonstances plus normales.

Je t'embrasse, Louise

P-S : Je te prie de trouver ci-joint ton chèque. Merci encore pour ta générosité. Je ne l'oublierai jamais.

Que sa vie soit belle ainsi

La voiture roulait à bonne allure. Un paysage de campagne, enneigé, défilait devant lui. Martin Ladouceur a déchiré le chèque en petits morceaux, qu'il a jetés par la fenêtre. Il a vite refermé la vitre pour se protéger de l'air glacé qui s'engouffrait. Il a replié la lettre et l'a remise dans l'enveloppe qui ne précisait pas l'adresse de son expéditrice. Martin Ladouceur ne chercherait pas à la retrouver. Non qu'il n'aurait rien eu à dire à Louise, ou à l'enfant, mais simplement pour les laisser en paix, ne pas risquer de les troubler plus encore. La seule chose qu'il aurait souhaité dire à la jeune femme, pour l'apaiser et lui éviter d'éventuels remords, c'est qu'elle ne devait pas l'imaginer déçu ou en peine. Il n'en voulait ni à elle, ni à l'enfant, ni au père ressuscité. Elle avait raison. Tout était allé beaucoup trop vite cette nuit-là. Il n'avait jamais laissé à la vie le soin d'écrire l'avenir, cherchant désespérément à le forcer, sans s'assurer que les fondations étaient réelles. Seule l'envie, ce besoin vital d'exister aux yeux de quelqu'un qu'il pensait aimer depuis toujours, avait créé l'illusion de toucher le bonheur. Il l'avait compris en entendant l'enfant hurler de joie à la vue de son père, le vrai. Ces cris provenaient du cœur, de l'intérieur, nourris par ces sentiments innés qui ne s'inventent pas, qu'on ne peut bâtir ni détruire. Il garderait une grande affection pour Louise et son enfant. Quelque chose d'unique s'était passé, et si un jour ils avaient besoin de lui, il serait toujours là.

Le paysage immaculé qui défilait sous les yeux de Martin Ladouceur était beau, pur, comme lui-même se sentait à l'instant. Pour rien au monde, il ne retournerait quarante-huit heures plus tôt, à son arrivée à l'hôtel. Cette rencontre lui avait révélé qui il était et ce à quoi il aspirait. Peut-être depuis toujours. Il ne voulait plus vivre comme avant, jamais plus il ne porterait le masque d'un autre et, plus que tout, il voulait aimer et être aimé en retour. Qu'on l'aime pour lui, Martin, et non pour ce qu'il incarnait, ou plutôt avait incarné dans son ancienne vie, qui n'avait jamais été la sienne.

Ce matin, avant de prendre la route, il était allé acheter le journal. Comme la veille, jour de Noël, aucun titre n'avait paru, la file était longue chez l'épicier. À mesure que les clients achetaient leur exemplaire, ils découvraient la une et s'exclamaient, à peu près tous dans les mêmes termes.

– Oh, le con, ça lui a pas pris long pour remettre ça!

C'est donc sans surprise, en arrivant à la caisse, qu'il s'est reconnu en première page. Sur la photo, il était mal rasé, l'arcade sourcilière couverte de la bande de scotch, le regard absent. Face à lui, le président des Canadiens de Montréal pointait du doigt ce qu'on pouvait imaginer être la porte, au loin. En grosses lettres rouges, « DEHORS LADOUCEUR! » barrait la une. Dans la double page suivante, à côté d'un portrait le présentant avec l'air d'un chien battu, le concierge s'épanchait sur sa nuit d'enfer, confiant des menaces de mort, de fausses accusations de vol de bouteilles de vin, l'insoutenable présence de femmes de mauvaise vie dans la chambre totalement saccagée au passage par des dessins de monstres, informes, certainement les effets secondaires, voire tertiaires, d'un horrible *delirium tremens*.

– Ça c'est chien de parler de cette façon des dessins que Martin avait faits pour moi!

Bien entendu, selon Maxime, Martin Ladouceur était l'unique responsable des déboires conjugaux de Georges D'Amour, un gars bien, tenait-il à préciser. Pour ne pas dévoiler que l'hôtel avait laissé entrer l'enfant d'un membre du personnel toute la nuit dans ses murs, il n'était fait nulle mention de sa présence ni de sa mère.

– Ouf!

La page suivante montrait une Japonaise du nom de Hito, tout sourire, exhibant sa bague de la coupe Stanley. C'est en pleurant sa virginité perdue, alors que son mari Hiro ronflait après l'effort dans les draps de satin jaune, qu'assise sur le bol des toilettes de la chambre 819, juste en dessous de celle qu'occupait le démon de la nuit, Hito avait trouvé dans l'eau de la cuve le précieux bijou. Elle y avait, bien entendu, vu un signe de prospérité, mais aussi de fertilité. Elle avait couru réveiller Hiro pour ne pas laisser passer ce clin d'œil, doré, du destin. En fin d'article, le journal souhaitait à Hiro et Hito d'avoir beaucoup d'enfants.

Martin Ladouceur s'est enfoncé dans le siège pour regarder sans émotion son annulaire, désormais nu. Il s'est tourné vers le conducteur et a posé la main sur son épaule.

– Ça te tente pas de t'arrêter manger quelque chose? Je commence à avoir vraiment faim, là.

Lorsque le père de l'enfant avait surgi de nulle part, Pierre-Léon était sorti du taxi pour les aider à récupérer les jouets du coffre. En rentrant dans la voiture, il s'était inquiété pour son client, silencieux, qui fixait droit devant, la rue vide. Il avait démarré sans demander où aller.

– Pas question que je vous laisse seul le jour de Noël.

Une heure plus tard, la Chevrolet blanche reposait dans le garage d'une petite maison de Rosemont, sur la rue Saint-Denis, alors que Martin Ladouceur dormait, lui, dans la chambre d'amis.

– Quand on a acheté, ça devait être la chambre de notre enfant, mais comme on n'en a pas eu, c'est devenu celle de nos amis, et maintenant on les aime comme s'ils étaient nos enfants.

– Vous êtes sûrs ? Je peux dormir sur le canapé.

– Tu es notre ami, alors tu dors dans la chambre d'amis. *Se bon dye ki konnen !*

Martin Ladouceur avait tout de suite compris que Rosi-Anne, la femme de Pierre-Léon, malgré son sourire d'ange et son air doux noyé dans ses belles rondeurs, commandait dans cette maison décorée exclusivement de toiles naïves reproduisant des paysages ensoleillés de leur île natale entourées de portraits de la Vierge Marie. Dans la chambre d'amis, un imposant crucifix sur lequel était collé un Christ de plâtre avait un instant empêché le nouvel ami de la famille de s'endormir. Il s'était inquiété qu'il ne se décroche et lui tombe dessus. Quand il s'était réveillé quatre heures plus tard, en vie, il avait senti des effluves inconnus. Il était allé retrouver Rosi-Anne au milieu de plats fumants, dans la cuisine. Elle l'avait immédiatement éconduit pour le mener à la petite salle de bains, au carrelage mauve et bleu. D'un placard, elle avait sorti une grande serviette et un gant.

– Tu te fais propre et tu t'habilles bien, y a la famille qui vient ce soir, mais avant on va sortir. Tu traînes pas sous la douche, car Pierre-Léon finit de nettoyer le taxi, mais il doit aussi se préparer. Et après y a moi.

Deux heures plus tard, les yeux maquillés, du rouge aux lèvres, vêtue d'un tailleur rose sur un chemisier blanc boutonné au col, le tout complété d'un chapeau assorti piqué d'une fleur, Rosi-Anne avait une dernière fois rajusté les costumes de Pierre-Léon et de Martin Ladouceur, au garde-à-vous devant le taxi. Elle s'était installée à l'avant de la Chevrolet blanche dont la carrosserie luisait sous l'étonnant soleil en ce jour de Noël.

– *Se bon dye ki konnen…*

Sur le parvis de l'église haïtienne, il n'y avait que des taxis stationnés, tous plus brillants les uns que les autres. De chacun d'eux sortaient des familles entières, souvent nombreuses, toutes habillées élégamment pour se retrouver dans la joie. Mais se réunir pour partager une foi intérieure n'oblige pas à délaisser ce qui se passe à l'extérieur.

– T'as vu ça, Pierre-Léon ? Fredeline a un nouveau tailleur ?

Le mari avait regardé avec amour son épouse à la soudaine mine renfrognée, puis avait lancé un discret clin d'œil à Martin Ladouceur avant de revenir sur celle qui remettait du rouge sur ses lèvres.

– Je me disais justement ce matin que jeudi on aurait pu aller voir chez Yveline Mode si elle a reçu sa nouvelle collection… Qu'en dis-tu, Rosi-Anne ?

– On ira lundi !

Si Martin Ladouceur avait bien été baptisé, il n'avait pas un an et ne se souvenait plus du protocole. Durant la messe, il s'était donc contenté d'imiter les gestes de Pierre-Léon et de son épouse, fervents pratiquants. À l'apparition d'un orgue électrique dans l'autel, le couple s'était levé pour s'en approcher. Leur voisin de banc, seul Blanc dans l'église, les avait suivis. Mais Rosi-Anne lui avait fermement pointé du doigt sa place.

– Toi, tu restes là et tu fais comme les autres.

Alors, comme les autres, il avait frappé des mains, en entamant même quelques petits pas de danse à la mesure du chant de la chorale gospel interprétant sur un rythme endiablé « Seigneur fais-moi voir Ta gloire ». À la fin de l'office, toute l'assemblée s'était donné l'accolade, Rosi-Anne et Pierre-Léon en profitant pour lancer des invitations, épaulés par leur nouveau fils spirituel.

– Viens à la maison, on a fait le *kabrit* avec *diri* et *bannan pèze*!

La musique créole, saupoudrée de rires, de harangues au pays d'origine et de gloire au village natal, avait battu son plein dans la petite demeure. Martin Ladouceur avait été embauché par Rosi-Anne pour faire le service. Affublé d'un tablier aux couleurs d'Haïti, il s'était exécuté de bonne grâce jusqu'à exiger, afin que la maîtresse de maison se repose, de laver les casseroles et les marmites vides.

– T'es un bon ti Blanc, toi. Pierre-Léon m'a dit que dès qu'il t'a vu il a su.

Repus, les convives avaient investi toutes les pièces de la maison pour danser. Martin Ladouceur s'était assis à l'écart pour observer le ballet de ce couple qui avait ouvert leur maison à tous. Il avait été ému de les voir s'intéresser tant aux enfants qui couraient partout et sautaient sur tout, sans jamais intervenir. Dès qu'il le pouvait, Pierre-Léon en attrapait un pour l'asseoir sur ses genoux et le faire rire de bons mots ou de chatouilles. Rosi-Anne, elle, se promenait en portant une énorme boîte pleine de bonbons autour de laquelle s'agglutinaient les plus petits. À chaque friandise qu'elle offrait, la femme tendait la joue pour recevoir un bisou de l'enfant. Pour pallier les manques et amoindrir les douleurs, l'être humain se panse du mieux qu'il le peut. Ainsi, il continue d'avancer.

– *Se bon dye ki konnen!*

Entre deux bisous, Rosi-Anne avait remarqué Martin Ladouceur, maussade. Malgré les protestations des enfants, la femme avait immédiatement posé la boîte de bonbons sur un meuble pour l'inviter à biguiner avec elle et, surtout, à chanter.

– *C'est bon pour le moral, c'est bon pour le moral. C'est bon, bon! C'est bon, bon! C'est bon, bon! C'est bon, bon...*

La grosse voiture blanche a ralenti puis viré sur le parking déneigé du Dunkin Donuts, pour s'arrêter face à la grande vitre qui donnait sur les tables, à l'intérieur. Pierre-Léon a tourné la clef et le moteur s'est tu. Il n'a pas eu à éteindre le compteur, il n'était pas allumé. Il a ramassé les deux manteaux pliés sur la banquette arrière. Il a gardé le sien, de laine, et a tendu celui en cachemire à son passager. Devant le restaurant, Martin Ladouceur s'est empressé d'ouvrir la porte pour laisser entrer Pierre-Léon le premier.

– Tu sais que c'est là que je venais après les matchs, quand j'étais petit?

Dans la salle, personne ne s'est retourné, elle était vide de tout client. Derrière le comptoir, deux jeunes employées lisaient tranquillement le journal en mâchant du chewing-gum et sirotant un café. Elles n'ont pas daigné lever la tête en entendant les clients entrer.

– C'est un *bad boy*, mais qu'est-ce qu'il est mignon !

– Bah… ça va pas bien, non ? Il est vieux !

– Mate comme il est sexy avec son pansement. J'trouve que les gars, ça leur donne l'air de durs quand ils sont blessés.

– On dirait du scotch son pansement… Et t'as vu un peu, il a déjà des poils blancs sur l'autre sourcil !

– Moi, comme *sugar daddy*, je le prendrais illico !

Les deux jeunes filles ont gloussé, plus qu'elles n'ont vraiment ri.

– Tu sais que c'est Lucie, qu'est maintenant directrice d'école à l'Ancienne-Lorette, qui lui a roulé une pelle la première ?

– Ben ouais, tout le monde le sait, ça.

– Il paraît qu'il savait pas comment faire… Elle a dû tout lui faire voir…

Martin Ladouceur, amusé, s'est raclé la gorge pour discrètement signaler sa présence.

– Je vais lui donner des cours de rattrapage, moi.

À nouveau, les deux jeunes filles ont gloussé en chœur, mais Pierre-Léon qui savait tousser fort a su attirer leur attention. Enfin, de l'une des deux.

– *Shit!*

Quand elle a reconnu l'homme qui faisait la une du journal dans lequel son amie avait toujours le nez plongé, sous le choc, elle a d'abord avalé son chewing-gum et lâché son café. Si le chewing-gum a atterri directement dans son estomac, le café, lui, a rebondi sur le rebord du comptoir pour se vider sur la blouse de sa collègue. Qui s'est enfin redressée. Elle a immédiatement ouvert la bouche pour hurler, mais à la vue de Martin Ladouceur, l'a vite refermée.

– Vous ne vous êtes pas brûlée, mademoiselle ?

– Non, ça faisait une heure que je me l'étais servi, puis on parlait, là… Il était froid.

– On est désolées pour ce qu'on a dit… On a fait que répéter… On sait rien, nous.

– Dis-moi, Martin, qu'est-ce que tu me conseilles comme beignet ?

Martin Ladouceur n'a pas hésité.

– Mets-nous deux beignets à l'érable et deux cafés.

– Sur place ou à emporter ?

– À emporter, on va manger dans la voiture, ce sera plus discret.

– Euh, c'est que y a personne ici, Martin.

– T'es plus à la ville, Pierre-Léon…

Le bouche-à-oreille est un procédé de diffusion de l'information ancestral, mais son efficacité dans les campagnes demeure toujours aussi redoutable. Trente minutes plus tard, les deux jeunes employées suaient à servir beignets et café à une file de clients qui semblait ne jamais cesser de s'allonger. La salle était maintenant pleine de villageois, la plupart agglutinés à la vitre qui donnait sur le parking. Sans gêne, ils regardaient les deux passagers de la Chevrolet blanche, garée juste en face.

– Qu'est-ce qu'il fait là avec un Noir ?

– C'est vrai, ça… Un Noir.

– C'est peut-être son esclave ?

– Avec tout l'argent qu'il fait, il peut bien en avoir un.

– Mais non, ça doit être son agent de Los Angeles !

– Waouh... Il est venu avec son agent !

– Avec ce qui lui arrive, heureusement qu'il a un bon agent.

– Rendus où ils en sont, eux, c'est un agent pour tout. Ils ont pu rien à faire.

– Je vais appeler mon beau-frère. Il va pas en revenir. Il a jamais vu d'agent de sa vie.

Il y a eu un break, tout le monde en profitant pour boire une gorgée de son café avant de croquer dans son beignet.

– Oui, mais si c'est son agent, c'est qui qui conduit le taxi, alors ?

– Tais-toi, toi ! Ton père il t'a jamais appris que les enfants ça reste en dehors des discussions des grands ?

À l'intérieur de l'auto aux fenêtres fermées, la radio jouait de la musique des îles. Pierre-Léon avait terminé son beignet depuis longtemps. Incrédule, il contemplait en silence Martin Ladouceur qui croquait délicatement dans le sien, roulait le morceau longuement en bouche avant de l'avaler en plissant les yeux, pour mieux le savourer, sans que rien ni personne ne semble capable de le troubler, de le sortir de sa bulle. Il a répété plusieurs fois l'opération, à petites bouchées.

– Hey, mon ami, mon café est presque froid et toi, t'as toujours pas fini ton beignet ! Dépêche-toi, sinon tu vas être en retard...

Martin Ladouceur a frémi. Cette phrase, il l'avait entendue mille fois, au même endroit. C'était il y a tant d'années, mais tout revenait, surtout le bon, comme si le temps ne filtrait que le meilleur, parmi les souvenirs. Pierre-Léon a mis la clef dans le contact et a démarré le moteur alors que son passager glissait soigneusement le reste de son beignet à l'érable dans le papier kraft, en prenant soin que le nappage n'y colle pas. Lorsque le taxi a ralenti à la sortie du parking, il a regardé à droite puis à gauche, et du doigt, il a pointé la gauche.

– Prends par là, je connais un chemin plus court.

La veille au soir, alors que Rosi-Anne rangeait la maison en chantant après le départ des derniers convives, Pierre-Léon avait proposé à Martin Ladouceur une promenade dans la rue Saint-Denis.

– Ça fera courir pour une dernière fois le *kabrit* et demain tu seras léger comme une gazelle.

Dès les premiers pas dans la nuit froide, le chauffeur de taxi avait expliqué à Martin que la chambre d'amis était à lui maintenant. La porte de sa maison lui était ouverte pour le temps qu'il faudrait.

– Tu y seras tranquille et tu pourras réfléchir.

Sans jamais l'interrompre, Martin Ladouceur avait écouté attentivement chaque mot que prononçait Pierre-Léon. De sa vie en Haïti à l'exode qui l'avait mené ici, il avait décrit tous les sentiments éprouvés dans sa quête d'une vie meilleure. Il avait évoqué cet enfant tant attendu. Cette rage contre la vie qui ne vient pas. Cette injustice d'être né et de ne pouvoir le rendre. Cette souffrance avait duré le temps de comprendre qu'à rester immergé dans ce passé sans avenir, à le ruminer sans jamais le digérer, rien d'autre ne s'offrirait à lui.

– On le traîne comme un boulet. Et puis on n'avance plus. Et si, un jour, le sol sur lequel tu marches est friable, il t'entraînera dans ses profondeurs, jusqu'à t'ensevelir.

Ce matin, quand Martin Ladouceur était revenu du kiosque avec le *Journal* dont il était la vedette, Pierre-Léon, qui finissait tout juste sa nuit de travail, l'attendait devant son taxi. Il lui avait remis la lettre que Charles-David lui avait apportée à la queue de taxi, face à l'hôtel.

– Oublie pas de passer le bonjour à Martin. On s'ennuie, ici, quand il est pas là. Et dis-lui que maintenant je sais. Il comprendra.

Le messager était entré dans la petite maison prévenir Rosi-Anne qu'ils n'iraient pas aujourd'hui chez Yveline Mode acheter le tailleur promis. Il avait une mission plus importante.

– *Se bon dye ki konnen!*

Cinq minutes plus tard, Pierre-Léon, des traces de mousse à raser sur le lobe de l'oreille, avait dévalé les quatre marches du patio de l'entrée pour courir jusqu'à son taxi tout en fermant les derniers boutons de sa chemise dont les pans n'étaient pas encore dans son pantalon. Au passage, il avait ouvert la porte du passager à Martin Ladouceur qui s'était assis sur le siège, sans protester. La voiture n'avait pas fait un tour de roue que Rosi-Anne surgissait pour l'arrêter de son corps, les deux mains sur le capot. Elle avait extirpé du taxi le passager pour le prendre dans ses bras et lui souhaiter bonne chance de toutes ses forces. Pierre-Léon avait même dû klaxonner.

– Faut partir maintenant si on veut être de retour ce soir.

Sur le bord de la route, le premier panneau indiquant Sainte-Claire est apparu. Martin Ladouceur s'est mordu la lèvre à revoir ces bâtisses éparses, ces fermes et entrepôts plantés dans la monotonie d'un paysage tout blanc, presque transparent à force de n'offrir que la routine du vide. Le taxi s'est engagé dans la rue principale du petit hameau. Au loin, un clocher en fer-blanc a surgi, étincelant sous le soleil. Au pied de l'église, face au magasin général et à la Caisse Desjardins, une douzaine d'enfants luttaient pour le palet sur la glace de la patinoire extérieure. Si la plupart portaient le maillot bleu à la fleur de lys des Nordiques de Québec, quatre joueurs suaient sous la bannière des Canadiens de Montréal, en rouge. Au dos de leur maillot, en lettres capitales blanches, « Ladouceur » était brodé.

– Waouh ! T'es encore très populaire, ici !

– Rêve pas, Pierre-Léon. Ils portent le vieil équipement de leur grand frère acheté y a dix ans. Ici, les parents n'ont pas les moyens d'en racheter un chaque année.

Le taxi a longé la patinoire, puis l'église. Au premier croisement, sur l'enseigne suspendue à la gouttière d'une bâtisse peinte en vert, on pouvait lire Chez Romuald. Sur la vitre du seul bar de la ville, une annonce manuscrite annonçait « lundi 5 à 7, bingo ». Martin Ladouceur a baissé les yeux de peur d'apercevoir son père derrière la fenêtre, mais surtout de peur que son père ne le voie. Quand Pierre-Léon a démarré, il n'a pu résister et les a relevés.

– Arrête-toi !

Le taxi a freiné. Martin Ladouceur ne regardait déjà plus celui qu'il n'avait pas vu depuis dix-huit ans, mais l'homme assis à la même table, en face, rencontré il y a deux jours à peine. Celui-là même qui lui avait affirmé ne jamais mettre les pieds au village l'hiver.

– Menteur !

Derrière la vitre, Henri Ladouceur ne jouait pas au bingo, trop occupé à discuter avec Gaëtan, le gardien de nuit du Forum. Le même Gaëtan qui lui avait donné rendez-vous à l'entraînement ce matin. Gaëtan qui n'en avait jamais manqué un depuis trente ans.

– En plus, il m'a dit qu'il le revoyait jamais ! Mais qu'est-ce qu'il fait là, lui ?

Derrière la vitre, furieux, son père brandissait le *Journal de Montréal* pour en pointer la une. Gaëtan le lui a arraché et l'a jeté par terre. Puis il s'est lancé dans un long discours illustré de ses mains. Il a mimé un homme parlant dans un micro, en se pointant du doigt. Ensuite, il a imité quelqu'un qui conduisait et s'est mis à genoux, sa tête dépassant à peine de la table, pour effectuer des arrêts imaginaires.

– Je suis tout de même pas si petit que ça…

Cette fois, le passager n'a pas ri à la blague de Pierre-Léon. Gaëtan s'est relevé et il a placé sa main sur la hanche pour indiquer une hauteur. Celle d'un enfant. Henri Ladouceur s'est gratté la tête, perplexe. Puis Gaëtan, sans crosse, a mimé un tir fulgurant et a feint de reprendre son micro pour le commenter.

– Waouh !

Martin Ladouceur a vu son père se prendre la tête à deux mains comme si le pire des cataclysmes venait de lui tomber dessus. Incrédule, assommé, le sexagénaire fixait Gaëtan qui tentait de le réconforter. Mais rien ne semblait pouvoir l'apaiser.

– Allez, roule !

La Chevrolet Caprice a démarré en trombe et a roulé un bon moment, à grande vitesse, sans plus suivre aucun itinéraire.

Jusqu'à ce que Pierre-Léon, las d'aller n'importe où, s'arrête à un croisement et se tourne vers son passager qui fixait ses pieds.

– On va où, là, maintenant ?

Martin Ladouceur a relevé la tête et a regardé autour de lui. Tout était blanc, au loin, toujours les mêmes arbres.

– À droite ! Non, non, à gauche… Va tout droit, plutôt ! Je t'avais dit à droite ! Ben, là, si tu m'écoutes pas, on n'y arrivera jamais !

Après avoir roulé douze mètres, dont aucun dans la même direction, Pierre-Léon a stoppé son taxi au beau milieu du carrefour.

– Martin, je pense que nous sommes perdus.

– *Se bon dye ki konnen !*

– Non, non, non, Martin ! Dieu ne l'a pas voulu. Il n'a rien à voir là-dedans. Crois-moi, pour lui parler chaque jour, je le connais bien. Il ne veut jamais que tu te perdes, c'est tout le contraire même !

Martin Ladouceur a regardé son beignet emballé, toujours dans sa main. Il a ouvert la fenêtre et l'a jeté loin, dans la neige.

– Je pense qu'on est allés un peu vite. On va rentrer à Montréal, puis on reviendra un autre jour, hein ?

Pierre-Léon a éteint le moteur de la voiture, toujours au beau milieu du carrefour. Il a pris son temps avant de parler, pour bien choisir ses mots, car il savait l'instant grave.

– Martin, si tu n'y vas pas maintenant, tu ne reviendras jamais. Tu ne me demandes pas de rentrer, tu me demandes de t'aider à fuir. Est-ce que tu veux continuer à fuir ? Penses-y, Martin. Penses-y bien. J'ai tout mon temps…

Une heure plus tard, la nuit tombant, on ne distinguait plus les contours des arbres au loin. La neige ne brillait plus, devenue grise. Les phares du taxi ont éclairé, au loin, le panneau indiquant la direction de Montréal, à droite.

– Prends à droite !

– T'es sûr, Martin ?

– Oui, je suis sûr !

– Moi, j'irais plutôt à gauche.

– Je te dis de prendre à droite !

– Je crois qu'on est déjà passés là y a pas trente minutes.

– Mais on avait tourné à gauche.

– T'as peut-être raison.

La Chevrolet s'est engagée, à droite, sur un chemin étroit fraîchement dégagé. Les pneus arrière patinaient parfois. Concentré, la langue tirée, Pierre-Léon tentait de ne pas faire cogner la carrosserie de sa belle voiture, lustrée la veille, sur les hauts bancs de neige qui encadraient le mince chemin.

– On y est, on est bien sur le quatrième rang ! Tu vas tout au bout jusqu'au lac Martin, et après c'est à droite.

Alors que le taxi longeait la forêt qui bordait une route sinueuse, un gyrophare est apparu entre les arbres, illuminant les troncs noirs de sa lumière orange. Martin Ladouceur a hurlé.

– Non, mais c'est pas vrai ! Pas maintenant !

Rapidement, les deux hommes n'ont plus vu que les feux arrière de la déneigeuse municipale qui roulait devant eux à un train de sénateur.

– Peuvent pas faire ça un autre jour ?

Pierre-Léon, toujours aussi attentif à ne pas quitter le chemin, a jeté un rapide coup d'œil à Martin Ladouceur qui trépignait sur son siège. Cet homme avait attendu dix-huit ans pour revenir, y avait ajouté trente minutes à réfléchir au milieu du carrefour, et n'était pas capable de tenir les dernières secondes.

– On est arrivés !

La Chevrolet a ralenti, laissant la déneigeuse disparaître dans la forêt, puis elle s'est arrêtée devant une maison de bois, peinte en bleu, dont l'entrée était éclairée d'une simple ampoule. Martin Ladouceur s'est tourné vers Pierre-Léon qui l'a encouragé d'un hochement de tête. Il s'est engagé dans la petite allée, si bien déneigée, et s'est revu trente ans plus tôt, lorsque, enfant, le ventre noué, il courait de peur que des monstres ou des fantômes ne le kidnappent pour le tuer. Il a vérifié que l'arbre dont la plus grosse branche portait la balançoire fabriquée par son père était toujours là. Dans la pénombre, il l'a aperçu. En laissant ses yeux s'habituer à l'obscurité, il a remarqué, au pied du tronc, des pas dans la neige. La balançoire avait été utilisée il y a peu.

– Martin, t'es venu jusqu'ici pour voir la balançoire ?

Il s'est tourné vers l'entrée de la maison. À contre-jour, sa mère lui est apparue. Quand il est arrivé près d'elle, elle s'est reculée pour le laisser entrer et a refermé la porte derrière lui. La mère et le fils se sont regardés un moment, aucun des deux n'osant faire un pas vers l'autre.

– T'enlèves pas tes chaussures ?

Martin Ladouceur s'est penché pour les ôter et les a soigneusement rangées sur le paillasson, l'une à côté de l'autre, comme on l'exigeait de lui, enfant. Quand il s'est relevé, sa mère a ouvert les bras et il s'y est jeté.

– Maman !

– T'en as mis du temps.

Martin se mordait les lèvres pour ne pas pleurer. Il a suivi sa mère au salon, se demandant s'il serait là, dans son fauteuil. Il était là. En voyant apparaître son fils, le vieil homme n'a pas souri, mais l'expression était bienveillante. Il s'est aidé de ses bras pour se lever. Le fils a fait les derniers pas. Les deux hommes sont restés serrés l'un contre l'autre.

– Si tu veux, tu peux faire entrer Pierre-Léon.

– Tu le connais ?

– Gaëtan m'a raconté votre visite au Forum.

– Plus tard…

Le père et le fils se sont détachés, mais leurs mains sont restées l'une dans l'autre. Martin Ladouceur aurait voulu parler, se délivrer. Il en avait tellement à dire : remercier son père de tout ce qu'il avait fait pour lui, s'excuser de ne pas en avoir fait son agent, tenter de se justifier de ses frasques à Montréal, lui crier qu'il ne lui en voulait de rien, trouver les mots pour se faire pardonner de son silence, lui dire tout simplement qu'il l'aimait, lui raconter cette nuit qui lui avait fait comprendre le sens de la vie, mais la pudeur a fait son œuvre et, comme toujours, c'est autre chose qui est sorti.

– C'est qui qui joue avec ma balançoire dehors ?

À la mine grave du père, qui s'est tourné vers son épouse, le fils a compris que sa question, si ridicule, était loin d'être anodine. Il a regardé sa mère, qui fixait le téléviseur. Martin Ladouceur en a fait autant. Ses jambes ont commencé à trembler. Un premier cadre photo présentait un enfant souriant aussi brun que lui, les mêmes yeux bleus, la même bouille. Sur un autre, le même enfant était assis entre Pauline et Henri Ladouceur. La joie qui les unissait, à l'évidence, était celle du sang. Sur le dernier cadre, l'enfant était dans les bras d'une femme assise sur le canapé de ce salon. Il a marché jusqu'à la télévision et l'a saisi pour mieux voir. Il l'a reconnue tout de suite. C'était bien elle, cette nuit-là. Michel Mercier n'avait pas menti et Gaëtan le savait. Cet enfant existait bel et bien et il était le sien.

– Elle est venue nous voir, elle était perdue, sans le sou. Le club n'a rien voulu savoir. On l'a convaincue de le garder et qu'on l'aiderait, en t'attendant.

Non seulement Martin Ladouceur se savait prêt, mais surtout il en avait envie. Il attendrait le temps qu'il faut avant de les rencontrer. Il ne voulait rien envisager, rien prévoir, rien exiger. Il laisserait la vie venir à lui. Cet avenir, il le bâtirait en donnant du temps au temps pour laisser aux sentiments, les vrais, l'espace de grandir. Maintenant, il savait et, surtout, il le voulait.

Que sa vie soit belle ainsi.

Achevé d'imprimer
sur Roto-Page
par l'Imprimerie Floch
à Mayenne, en septembre 2012.
Dépôt légal : août 2012.
Numéro d'imprimeur : 83181.

Imprimé en France